기대 수명
시네마

직업이 수명을 보여드립니다

✦ 노유정 장편소설 ✦

기대 수명
시네마

팩토리나인

목차

〈잡(JOB) 예측 신청서〉

직업의 기대 수명 풀이는 신청자가 가진 현 직업의 시작점부터 마지막 지점까지의 수명을 예측해 드리는 서비스입니다. 해당 풀이는 신청자가 직면한 외부 요인에 의해 변동될 수 있습니다.

신청자 상세 조건
1. 명확한 직업이 있어야 합니다. 학생, 취업준비생, 연습생 등은 신청이 불가합니다.
2. 신청자 본인이 직접 신청하는 것을 원칙으로 하지만, 일부 특수 상황에선 제3자가 대신 신청할 수 있습니다.
3. 직업 봉안실 안치를 희망하는 분은 본인의 직업적 삶에 관한 내용을 영화화하는 것에 동의해야 합니다. 해당 영화는 안치자와의 협의를 통하여 '기대 수명 시네마'의 수익 창출 활동에 이용될 수도 있습니다.
4. 안치자에게는 봉안실에 개인 직업함이 제공되며, 자신의 직업과 관련한 물건을 보관할 수 있습니다.
5. 신청자 본인의 직업 영화는 사전 예매를 통하여 직계 가족까지 무료로 관람 가능합니다.

※ 해당 서비스는 현재 신청자가 직업에 느끼는 책임감과 의무, 자부심, 애정, 만족도 등 다양한 요소의 종합적인 수치를 통해 결과를 도출합니다. 따라서 추후 외부 상황에 의해 충분히 변동될 수 있음을 알려드리는 바입니다. 신청자 본인은 직업의 기대 수명 풀이 결과에 대해 그 어떤 항의와 책임도 기대 수명 시네마에 묻지 않겠다는 것에 동의합니다.

(서명)

※ 해당 계약서는 영구 보관되며, 필요에 따라 신청자 본인에게 '기억 지우개'가 발동하여 직업의 기대 수명을 봤던 사실을 잊게 할 수 있습니다. 신청자 본인은 이에 동의합니다.

(서명)

1 뒤바뀐 배역

"신건우 님, 여기 펜과 신청서입니다. 저쪽 테이블에서 신청서 천천히 읽어보시고, 궁금한 점 있으면 저를 다시 불러 주세요. 다음, 39번 고객님!"

전광판에 39라는 숫자가 큼지막하게 뜨며 딩동 소리가 로비에 울려 퍼졌다.

"〈은행원 김명인〉 편으로 예매하겠습니다."

한 중년의 남자가 39번이 찍힌 번호표를 내밀었다. 고르게 손질되어 광택이 도는 머리와 손톱이 짧게 정돈된 긴 손가락. 남자는 말끔히 다림질된 회색 정장과 은색 빗살이 새겨진 새틴 재질의 하늘색 넥타이를 매고 있었다.

"네, 명인 님. 30분 뒤 오후 1시에 영화 관람 괜찮으신가요?"

흰 셔츠 위에 보라색 벨벳 조끼를 껴입은 티켓 부스 직원이 물었다.

"네."

금박 테두리 장식의 판판한 보라색 티켓 한 장이 발급되었다.

"명인 님, 티켓 확인 도와드리겠습니다. 〈은행원 김명인〉 편으로 오후 1시, D관 G열 9번 자리입니다. 영화 시작 5분 전까지 착석 부탁드리겠습니다."

"혹시, 영화 상영 전까지 직업 봉안실 관람할 수 있을까요?"

명인은 뒷목을 긁적이며 조심스레 물었다.

"물론이죠. 여기 출입 명부만 작성해 주세요."

직원은 직업 봉안실 관람 출입 명부와 검은 펜을 건넸다.

"감사합니다."

명인은 들고 있던 가방을 잠시 내려놓고, 직원이 건넨 펜을 집어 그의 이름을 흘림체로 적어 내렸다. 명부를 제출한 그는 바닥에 내려둔 가방과 영화 티켓을 들고 3층 직업 봉안실로 향했다. 봉안실 입구에는 홍채 인식 출입 기기가 설치돼 있었다. 그는 출입기기 센서에 눈동자를 들이밀었다.

'확인되었습니다. 김명인 님의 함은 K-87 구역 위에서부터 네 번째 줄 다섯 번째 칸과 여섯 번째 칸에 있습니다.'

안내 멘트에 따라 명인은 K-87 구역으로 향했다.

"위에서부터 하나, 둘, 셋, 넷……"

자신의 봉안함을 찾기 시작한 명인의 시선은 이내 '은행원 김명인_30년', '경비원 김명인_진행 중'이라고 적힌 두 함에 멈췄다. 은행원 김명인의 칸에는 명예퇴직 상패와 은행장 임명장, 사원증, 명함, 젊은 시절 동기들과 찍었던 사진 등이 가지런히 진열되어 있었다. 반면 경비원 김명인의 칸에는 신임 경비원 교육 수료 후 시험을 통과하고 받은 이수증 하나뿐이었다.

 명인의 딱딱하게 뭉쳐진 어깨 근육이 들썩였다. 그의 윗입술이 아랫입술을 꾹 눌렀다. 툭툭. 봉안실 바닥 위로 예고 없던 소나기가 떨어졌다. 미처 우산을 준비하지 못한 손은 눈에서 떨어지는 장대비를 막기 급급했다.

 손을 털고 놓아주는 일이란 언제나 쉽지 않다. 어린 시절 키웠던 강아지, 고교 시절의 첫사랑, 아침마다 교회에 들러 피아노를 치며 남몰래 꿨던 꿈, 자기의 품을 떠나 사회로 나아가는 딸, 은퇴와 함께 결별한 업무 습관 등. 지난 60여 년 동안 수없이 반복해 왔지만, 여전히 미련을 떨쳐내는 일은 내공이 쌓이지 않는다.

 굵은 빗방울이 점점 사그라들고, 명인은 재킷 안주머니에서 손수건을 꺼내 눈물의 잔여를 말끔히 닦아냈다. 그리고 촉촉한 엄지로 '경비원 김명인' 함의 센서를 눌렀다. 그러자 딸깍 소리와 함께 음성이 흘러나왔다.

 '열렸습니다.'

명인은 왼손에 쥐고 있던 검은색 서류 가방을 들어 올렸다. 겉가죽이 너덜너덜해진 가방의 지퍼를 열자 경비복과 모자, 반창고, 그리고 302호 꼬마로부터 받은 알사탕이 모습을 드러냈다. 명인은 그것들을 이수증 옆에 놓았다.

다시 창을 닫고 오른쪽 터치스크린에서 '기대 수명 수정하기' 버튼을 눌렀다. 곧이어 스크린에 안내 문구가 떴다.

'기대 수명 기간을 재입력한 후 수정 완료 버튼을 눌러주세요.'

명인이 3년으로 입력하고 수정 완료 버튼을 누르니, 스크린에 문장 하나가 깜빡였다.

'수정이 완료되었습니다.'

'경비원 김명인_3년'으로 수정된 명패를 확인한 명인이 왼손을 들어 올려 시간을 확인했다. 손목시계의 시침과 분침이 12시 52분경을 가리키고 있었다. 함에서 떨어지지 않는 시선을 겨우 거둬낸 명인은 발걸음을 입구 쪽으로 돌렸다. 빈 공기로 가득 찬 가방을 든 그의 손은 늘어진 어깨만큼이나 축 처져 보였다.

"김명인 님!"

누군가 상영관으로 향하는 명인을 붙잡았다. 아까 1층에서 만난 티켓 부스 직원이었다.

"점장님께서 두 번째 은퇴 기념으로 팝콘이랑 사과 케일 주스를 챙겨드리라고 하셔서요. 즐겁게 관람하세요, 명인 님!"

직원은 명인에게 팝콘과 음료 세트가 든 캐리어를 건넸다. 달콤한 캐러멜 팝콘 냄새가 명인의 콧속을 간질였다.

"뭐 이런 걸 다……. 점장님께 감사하다고 전해주세요."

명인은 슬며시 미소를 지으며 대답했다.

"저희가 더 감사하죠. 명인 님은 오실 때마다 저희 챙겨주시잖아요."

명인은 가방을 뒤적이더니 흰색 비닐봉지를 꺼내 직원에게 건넸다. 묵직한 봉투 속엔 초코우유와 소보로빵이 한가득 들어 있었다.

"딸 주려고 샀는데, 또 못 전해줬네요."

"아이고, 감사합니다. 매번 이렇게 맛있는 간식 챙겨주시는 건 명인 님뿐이네요. 직원들이랑 맛있게 먹을게요."

훈훈한 인사를 뒤로하고 명인은 다시 상영관으로 향했다. 콧노래라도 부르는 듯 그의 뒷모습은 어떤 설렘으로 들썩이고 있었다.

"송마호?"

흐뭇한 표정으로 명인을 바라보고 있던 직원의 뒤로 중저음의 날카로운 음성이 꽂혔다. 직원의 몸은 점점 딱딱하게 굳고, 온몸의 털 사이로 벌레가 기어다니기라도 하듯 부르르 떨었다.

"이번 달 봉급에서 팝콘 세트 B 금액만큼 빼면 되는 건가?"

"아, 놀래라! 점장님……."

우렁찬 소리와는 다르게 마호의 눈은 도망칠 구멍이라도 찾는 듯 점점 바닥을 파고들었다. 입에선 경직된 웃음소리가 헛헛하게 튀어나왔다.

"무슨 일로 오신 거야?"

점장이 물었다.

"아, 그게…… 은퇴하게 되셨대요."

"그뿐이야?"

"그뿐이라뇨!"

"다행이네."

점장의 냉담함에 마호는 입이 뾰로통하게 튀어나왔다. 그러다 삐딱하게 멈춰 뚜벅뚜벅 천천히 앞서가는 점장을 바라보았다.

온몸을 덮고 있는 캄캄한 남색 도포, 얼굴의 반 이상을 감싸돌고 있는 가면, 그리고 검은색 장갑까지. 비집고 들어갈 틈이라곤 전혀 없는 사람이었다. 문득 '정말 사람이 맞을까?' 하는 의구심까지 들게 하는 그런 이. 그래도 함께해 온 세월 탓인지 이런 점장이 마냥 밉지만은 않은 마호다.

"그 외의 보고 사항은?"

점장은 마호의 토라짐에 꿈쩍하지 않고, 마호의 가슴팍 앞으로 손을 뻗어 파일을 요구했다. 마호는 고개를 절레절레 저으며, 들고 있던 파일을 건넸다. 이번 실습생들에 대한 평가 파일이다. 실습생들의 업무 수행 완수 여부엔 모두 '미완수'라고 적혀있다.

"이제 유효기간이 1년이 채 남지 않았습니다."

마호가 카드 한 장을 펄럭이며 말했다. 그 카드는 거무죽죽한 잿빛을 띠고 있었다. 카드를 한참 바라보던 점장은 작은 한숨을 내쉬었다.

"…… 전단지라도 돌려보던가."

마호는 눈을 번쩍 뜨며 점장을 바라봤다.

"그날 이후로 외부에서 뽑진 않으셨잖아요!"

불편한 적막이 흘렀다. 마호는 허겁지겁 양손을 모아 입을 가렸지만, 이미 때는 늦었다.

"아…… 그…… 딕이 잠깐 지나가는 말로……"

마호는 더 이상 변명을 이을 수 없었다. 분명 가면에 덮여있었지만, 부들부들 떨리고 있는 분노 어린 눈동자가 보이는 것만 같았다.

크흠. 마호는 목을 한번 가다듬고 재빨리 고개를 조아렸다.

"죄송합니다. 앞으로 주의하겠습니다."

점장은 왼 손목을 들어 시간을 확인했다.

"그 양반은 말이 참 많은 게 문제야. 예약 손님 올 시간이 다 됐네. 아무튼 구인 공고 포스터 만들어 놓고, 가서 일 봐."

마호는 휴대폰을 들어 시간을 확인했다. 오후 1시 23분. 야간 근무를 마친 후, 숙면에서 깨어난 간호사 무리가 올 시간이다.

마호가 잠시 딴생각에 잠긴 사이, 점장의 발걸음은 점점 멀어져 갔다. 고요하게 등장했던 좀 전과 달리 둔탁한 소리를 무겁게 내고 있었다.

매미 소리가 밤낮을 뒤덮는 여름이 시작되었다. 이때만을 기다린 매미에게는 여름의 강렬한 태양이 스포트라이트와 같을 것이다. 세린은 지금 매미다. 정확히는 굼벵이. 일생일대의 스포트라이트를 받기 위해 무대 밑에서 열심히 장비를 설치하고 치우기를 반복하고 있다.

"세린 언니! 들고 있는 그 나무 의자는 센터 쪽에 놔주시고……. 아, 참! 동선도 바뀌어서 바닥에 붙여둔 안내용 테이프 떼서 재배치 좀 해줄래요? 전 단장님이 급하게 부르셔서요."

"알았어, 하림 씨. 얼른 가봐."

하림은 작년 말, 연출팀 스태프로 이 극단에 들어왔다. 신방과 재학생으로 언론고시 준비와 함께 자기소개서에 쓸 거리를 만들기 위함이었다. 드라마 PD를 꿈꾸며 그간 학교 연극 동아리에서 경험을 쌓아왔지만, 막상 취업 준비를 시작하고 보니 그녀의 경험은 턱도 없었다.

"이하림 지원자, 이게 다예요?"

수많은 낙방 끝에 얻은 첫 번째 면접. 자기소개가 끝을 맺기도 전에 끼어든 질문이었다.

"네?"

"4년 동안 한 게 이거밖에 없어요?"

"어…… 그게…… 동아리에서……"

"왜 그랬어요? 이 빈칸 좀 봐! 적어도 활동 이력 세 칸 이상은 채웠어야지. 또래들은 다 열정페이로 뛰고 그러던데. 아니면 우리 회사를 너무 쉽게 본 건가?"

면접자는 3년 전 하림의 학교 강단에 섰던 인물이었다. 당시 그의 강의는 하림에게 '인생은 속도가 아니라 방향'이라는 문장을 마음 깊이 새기게 했음은 물론, 빠르게 흐르는 한강 물결에 마음이 조급해질 때도 주관적인 속도를 지키겠노라고 다짐하게 한 사람이었다. 하지만 현실에서 만난 그는 하림의 이상을 모질게 재단했다. 결국, 세상은 스스로가 보채지 않으면 도태되는 곳이었다. 그렇게 말랑한 살결이 버티지 못한 하루가 참 오랫동안 뼈를 시리게 했다.

그런 하림이 배우 지망생 선언을 한 것은 서너 달 전쯤. 세린도 이유가 궁금했지만, 물어볼 여유까진 없었다. 그저 연기와 연출 그 어디쯤을 헤매는 배우 지망생인 자신과 엇비슷한 점이 편하게 느껴졌을 뿐. 이러한 공통점이 둘 사이를 막역하게 만들었다.

한번은 세린이 아르바이트 중인 편의점에 하림이 방문했다. 새벽 3시. 하림은 극단에서 연기 연습을 마치고 집에 돌아가는 길이었다. 5월의 새벽바람은 그녀의 열기를 식히기에 역부족이었는지, 낮까지만 해도 밝은 회색이었던 하림의 널찍한 박스티가 땀에 젖어 짙은 회색을 띠고 있었다.

턱! 캔 맥주 2개와 육포 봉지가 계산대 위에 놓였다. 계산이 끝나자마자 하림은 기다렸다는 듯 맥주 캔 하나를 재빨리 집어 올렸다. 치이익. 그녀의 콧대 주름이 얼굴의 중앙부로 찡긋 힘을 가하자, 캔의 입구 위로 흰 거품이 솟아올랐다. 꿀꺽꿀꺽 삼키는 소리와 함께 하림의 양 광대가 붉게 물들었다.

계산대 위에 덩그러니 남은 건 세린의 것이었다. 하림의 시원한 목 넘김에 넘어간 세린도 조심스레 맥주의 마개를 땄다. 탄산이 목구멍을 타닥타닥 쳐내는 감촉은 오랜만에 느껴보는 해방감이었다. 어느새 하림은 계산대 옆 간이 의자에 몸을 누이다시피 앉았다.

"언니, 언니는 언제부터 배우가 되고 싶었어요?"

하림은 끊어지지 않는 육포를 질겅질겅 씹어대며 물었다.

"본격적으로 마음먹은 건 아마 고등학생 때부터? 나도 빠른 편은 아니었어. 대학을 간 것도 아닌데. 20대 때 극단에서 시작했으니까."

"왜요? 왜 배우가 되고 싶었어요?"

"배우가 되면 다시 돌아갈 수 있을 것 같아서."

"네?"

술기운에 끔뻑끔뻑하던 하림의 눈이 동그랗게 치켜 떠졌다.

아뿔싸! 하림의 표정을 본 세린은 아차 싶었다. 속 깊은 곳에서 먼지가 쌓인 문장이 여과 없이 무심코 튀어나와 버린 것이다. 세린은 재빨리 손뼉을 치며 되감기를 했다.

"음……. 배우, 반짝반짝하잖아. 나는 유명해지고 싶거든."

"……"

돌아오는 대답이 없어 곁눈질로 하림의 옆모습을 살펴보니 눈이 꼭 감겨 있었다. 세린의 입에서 안도의 한숨이 푹 내쉬어졌다. 다시 계산대 위에 있던 파일을 집어 들어, 오전에 들어올 상품들을 점검했다. 우유의 수량을 체크하던 중 하림의 목소리가 들려왔다.

"맞아요, 화려하죠. 스포트라이트를 받는 배우에 한해서."

작은 탄식을 곁들인 새벽녘의 이슬과 같은 서글픈 음성이 낮게 깔렸다.

"언니, 부러워요."

"내가?"

세린은 코웃음을 치며 너스레 웃었다.

"면접에서 크게 야단맞고, 스펙 쌓겠다고 어영부영 들어온 극단이었지만, 많이 설렜어요. 연기하는 사람들 보면서."

하림은 양손으로 턱을 괸 채 초점 없는 눈동자로 허공을 응시하고 있었다.

세린의 시선에 닿은 하림의 뒷모습은 미세하게 떨리고 있었다. 위로가 필요해 보였다. 세린은 망설였다. 연기라면 간드러진 위로, 격려 따위를 곧잘 건네겠지만, 지금은 진심이 필요해 보였다. 세린은 오작동을 범하는 표정을 가다듬고 등을 토닥이는 비언어적 위로를 선택했다.

하림의 어깨 위로 세린의 손이 뻗어졌다. 어깨에 따뜻한 체온이 닿자 하림은 잠시 몸을 움츠렸다. 그러다 계속되는 다정한 토닥임에 조금씩 기대었다. 빠르게 뛰던 심박수도 점차 완만해져 갔다. 진정이 된 하림은 뒤를 돌아 싱긋 웃더니 다시 입을 뻐끔댔다.

"신문방송학과면 카메라를 잡거나, 글만 써야 하는 줄 알았어요. 10대 시절의 철없던 낭만이 내 인생을 결정하는구나 싶었죠. 엄마가 연기자는 절대 안 된다고 했거든요. 그래서 드라마 PD로 우회한 거였고."

"동아리에서 취미로라도 해보지."

하림이 푸핫 웃음을 터뜨렸다. 휘어진 눈가엔 후회가 가득해 보였다.

"그러니까요. 난 내가 되게 대담하고, 용기 있는 사람이라고 생각해 왔는데, 전혀! 뭐랄까…… 미운 오리 새끼가 되고 싶지 않았달까. 그래서 교내 연극 동아리에 들어갔어요. 저희 과 선배들은 모두 연출을 하기에 그게 정답인 줄 알고 따라간 거죠. 주류의 방법론에 편승하는 게 가장 편하니까. 근데 세상에! 거기서 엄청난 것을 봐버렸지 뭐예요."

"뭔데?"

세린은 어느새 하림의 옆에 자리를 잡고 앉아 있었다.

"언니요."

예상치 못한 대답에 세린은 눈을 뻐끔거렸다.

"꿈은 저렇게 꾸는 거구나 싶었어요. 나도 오기를 부려야지. 불가능하다고 말하는 세상에 붉은 깃발을 들어 올려야지. 그렇게 꿋꿋하게 버텨야지."

하림의 눈빛은 잔잔하고 부드럽게 내일을 준비하고 있었다. 그 모습은 마치 어둑한 밤공기를 밝히는 붉은 촛불 같았다. 하림의 눈동자를 지그시 응시하고 있던 세린은 손등을 움찔거렸다. 불시에 떨어진 촛농에 마음을 데어버린 것이다.

쾅! 문이 닫히는 소리에 세린은 퍼뜩 정신을 차리고 현실로 돌아왔다. 단장의 부름에 급히 달려가던 하림의 뒷모습은 이미 사라져 있었다. 주변을 둘러보니 세린뿐이었다. 그녀는 휴대폰을 들어 올려 시간을 확인했다. 오후 7시 49분. 1시간 내로 정리하고 편의점 야간 아르바이트를 하러 가야 했다.

세린은 어둠 속에서 길을 밝혀주는 안내용 테이프를 모두 떼고 하림의 부탁대로 동선을 점검하며 테이프를 붙여 나갔다. 발걸음이 무대 중앙으로 향할수록 벅차오름이 느껴졌다.

무대 중앙엔 조명으로 만들어진 지름 1m의 원형 공간이 있었다. 그곳은 주인공의 자리였다. 지금 당장 그 배역을 따내고 싶은 지망생인 세린은 빛으로 만들어진 원형 공간 위로 발을 슬며시 내밀었다. 강렬한 빛이 세린의 눈을 따갑게 만들었다. 아무것도 보이지 않았지만 그녀는 관객들의 주목을 받는 듯한 기분이 들었다. 세린은 두 눈을 번쩍 뜨고 연기를 시작했다.

S# 4. 낡고 오래된 단칸방, 오후 7시

검퍼런 곰팡이가 뜬 눅눅한 벽지. 이리저리 널브러져 있는 이불과 옷가지. 그 틈에 벽을 보고 뒤돌아 누워있는 머리가 듬성듬성 하얗게 센 여자. 그때 현관문이 열리며 교복을 입은 여학생이 들어온다.

"엄마, 나 왔어."

적막이 흘렀다. 돌아오는 대답 따윈 없었다.

"오늘 세찬이가 학교에서 또 싸웠대. 세찬이 담임 선생님이 알려주셨어. 근데 싸우다가 복도 창틀에 머리를 좀 크게 찢었더라고. 그래도 큰 사고는 아니라서 바로 병원 가서 머리 꿰매고, 내일쯤 퇴원하기로 했어."

여전히 묵묵부답이었다.

학생은 지친 한숨을 내뱉으며 매고 있던 책가방을 집어 던졌다.

"엄마…… 벌써 6년이야. 자기 꿈 찾으러 나가서 연락 끊은 게 벌써 6년이라고! 언제까지 그 사람만 붙잡고 있을 건데? 그 사람은 엄마의 남편도, 우리 아빠도 아니야! 그러니까 우리…… 우리끼리라도 이젠 제발 살자. 뭐라도 좀 해보자……."

세린이 연기에 한창 몰입하고 있던 그때 뒷문에서 들뜬 목소리가 들려왔다.

"마스크도 좋고, 뚜렷한 연기 스타일도 있고, 거기다 학과 선배가 이번 영화의 조연출! 운이 좋아, 아주. 제대로 캐스팅

했어. 이 판에선 인맥도 실력이지. 연기만 좋으면 뭐 해. 결국 캐스팅이 돼야 뭘 하든 말든 하는 건데. 그래서 내가 세린 씨 볼 때마다 참 안타까워. 기본기도 있고, 마스크도 나쁘지 않은데……."

단장이었다. 그 옆엔 하림이 함께 서 있었다.

"캐스팅이요?"

단장의 입에서 나온 캐스팅이란 단어가 복잡한 수식 같이 느껴졌다. 혹은 오탈자일까. 세린은 하림에게로 시선을 옮겼다. 익숙한 눈빛이었다. 눈꼬리는 축 처져있고, 입은 5mm가량 벌어져 어떤 말도 선뜻 꺼내지 못하는 상태. 대부분 새로운 시작과 성공을 눈앞에 둔 사람들이, 더 정확히 말하면 데뷔를 목전에 둔 배우 지망생들이 세린을 향해 뻗은 미안함과 측은의 눈빛이다.

하하. 세린은 그만 크게 웃음을 터뜨렸다.

"언…… 언니……"

"축하해요."

세린의 메마른 입술이 부드럽게 올라간다. 뻑뻑한 눈가도 겨우 비틀어 냈다.

"아…… 감사해요. 운이 정말 좋았어요. 다 언니 덕분이에요."

"정말요?"

"네?"

"아니, 정말 운 맞냐고. 다 하림 씨 실력이 뛰어나서죠. 인맥도 실력인데."

세린은 단장을 쓱 흘기며 뒷말에 힘을 가득 실었다.

"스티커…… 반은 붙였는데, 나머지는 하림 씨가 해줄래요? 원래 하림 씨 역할이었으니까."

세린은 들고 있던 가위와 테이프를 하림에게 건넸다.

"언니……"

여린 목소리가 세린의 귓가를 스쳤다. 하림의 파르르 떨리는 눈 주위엔 붉은 기가 짙게 감돌았다. 뒤이어 그녀의 어깨가 부들부들 들썩였다. 늘 반달 웃음을 짓던 눈망울엔 눈물이 가득 고여 있었다.

세린은 머리가 지끈거렸다. 아까부터 목을 타고 올라오는 울분 따위를 들키고 싶지도 않았다. 마지막으로 자신이 취해야 할 지시를 확인했다. 쏜살같이 달려 나가고 싶었지만, 지문엔 '침착하고 담담한 발걸음'이라고 적혀있다.

"하림 씨, 잘해 봐요."

세린은 하림의 어깨를 툭툭 토닥이며 마지막 대사를 꾸욱 쥐어짰다. 이윽고 그녀의 차분한 발걸음은 관객석의 뒷문을 향했다. 열정이 충만한 주인공과 그녀를 돕는 조력자를 뒤로한 채 극장 밖으로 완전히 퇴장했다.

"저기, 계산 좀 해주세요!"

금요일 밤 10시에서 12시 사이의 편의점은 피크타임이다. 한참 분주해야 할 세린의 손이 오늘따라 굼떴다. 게다가 물안개가 서린 눈은 무엇에도 초점을 맞출 수가 없었다. 세린의 머릿속에선 아까의 상황이 반복 재생되고 있었다.

세린은 세상에 자신의 이름을 새기고 싶었다. 매일 새롭게 업데이트되는 공간 속에서 존재를 드러내고 싶었다. 이런 편의점 유니폼 따위를 입고 있을 때가 아니었다. 고심하던 세린은 유니폼을 벗어 던지고 편의점 전체를 소등했다. 매니저에겐 관둔다는 문자 하나만을 남긴 채 밖으로 나왔다.

조용해진 주변을 둘러보았다. 외부 진열 상품 가판대 옆엔 시멘트 벽돌이 쌓여 있었다. 다가올 장마를 대비해 방수천이 날아가지 않도록 고정할 용도였다. 예정된 배역이 있던 벽돌.

세린은 눈을 번뜩였다. 그러곤 벽돌 하나를 불끈 들어 올리며 다짐했다. 오늘 네 배역을 바꿔주겠노라고. 세린의 마음은 모종의 이유로 마음이 푸릇푸릇 들뜨기 시작했다.

그녀의 거친 걸음은 엇박자를 치며 극장가로 향했다. 극장이 켜켜이 쌓여 있는 대학로의 좁다란 골목길에 우두커니 서니, 유토피아를 표방하며 질서 없이 엇나간 건물과 오디션 전날 검지와 중지를 한데 모아 잘근잘근한 식자재 따위를 역류시키며 쏟아냈을 모퉁이의 하수구 등이 눈에 들어왔다. 그리고 그 배경을 누군가의 축배에 곁들이고 있을 삼겹살의 기름 가득한 냄새가 감싸고 있었다.

세린은 불현듯 자기가 미처 알지 못한 부분이 있음을 깨달았다. 모든 유토피아엔 규칙을 수반한 정렬이 존재하고, 자유와 안녕은 역류가 아닌 순류로부터 온다는 사실이었다. 이를 자각함과 동시에 세린은 헛구역질이 나왔다. 입을 막고 전봇대에 기대어 속 안의 것들을 게워내기 시작했다. 그렇게 예술이라는 이름으로 지난 몇 년간 소화되지 않고 몸속 곳곳을 체류하던 부유물들을 쏟아냈다.

말끔하게 비워낸 세린은 고개를 뒤로 활짝 꺾었다. 벌게진 눈시울은 점점 말라갔고, 먹먹했던 귓가는 여름의 소리로 선명해졌다. 풀 향 섞인 새벽 공기는 8년 전 세린이 처음 이 골목으로 들어왔을 때 맡았던 봄꽃 내음처럼 싱그러웠다.

한참 길을 오르는 중에 습기와 곰팡이가 엉겨 붙은 것 같은 꿉꿉한 냄새가 코를 찔렀다. 여름만 되면 자취방에서 진동하는 것과 비슷했다. 세린은 이 구역을 벗어나고자 발을 더 분주히 움직였지만 악취는 더 심해질 뿐이었다.

냄새에 무뎌질 때쯤 무너지기 직전의 건물 한 채가 보였다.

건물 외벽 벽돌 틈엔 이끼가 덕지덕지 붙어 있었고 대롱대롱 매달려 있는 녹슨 간판엔 '시ㄴ마'라고 적혀 있었다. 'ㄴ' 옆에 'ㅔ' 자의 흔적이 희미하게 남아 있는 것을 보니 '시네마', 영화관으로 사용하던 곳인 듯했다.

"시네마……?"

난데없이 등장한 영화관에 세린은 목덜미를 꾹꾹 누르며 의아한 표정을 지었다. 수년간 대학로 생활로 이 근방의 상권과 분주히 오가는 소문만큼은 꿰뚫고 있다 자부했다.

어둑한 거리 끝에 으스스한 기운을 내뿜는 폐허의 시네마. 평소 같으면 지레 겁을 먹고 물러났을 테지만, 호기심과 오기가 겁을 앞서버렸다. 가까이 다가가자 벽돌 사이엔 균열이 가득했다. 나무로 된 문은 다 썩어 툭 치면 쓰러질 것 같았다. 슬며시 문고리를 움직였지만 꿈쩍도 하지 않았다.

세린은 발을 들어 쾅 하고 문을 찼다.

"악!"

살짝 금이 간 문틈 사이로 개미 같은 벌레들이 비집고 나와 스스슥 다시 어둠을 찾아 움직였다.

세린은 소름이 끼쳤다. 그대로 뒤로 물러서 시네마와의 거리를 유지했다. 뿌연 창문엔 세린의 모습이 비쳤다. 목적을 잃은 공허한 눈빛과 땀에 흠뻑 젖은 초라한 모습의 여자였다.

"기본기가 탄탄하면 뭐 해. 결국 쓸모가 없는데……."

연식만 쌓여 제구실도 못하는 이 시네마와 같은 처지처럼 느껴졌다.

"너도 싫지? 이런 너의 모습이."

오른손에 든 벽돌을 한번 더 꽉 움켜쥐었다. 시네마의 창엔 어느새 달빛이 닿아 있었다. 어스름한 빛 사이에서 희미한 옛 기억이 떠오를 것만 같았다.

"지금인가?"

세린은 들고 온 벽돌을 가만히 응시했다. 드디어 배역을 바꿔줘야 할 때가 온 것만 같았다. 흐끅끅. 세린의 입에서 괴상한 웃음소리가 터덜터덜 튀어나왔다.

"그래, 우리 같이 무너지자! 찬란하게!"

세린은 들고 있던 벽돌로 허름한 극장 외벽에 일침을 가했다. 한 번의 투쟁은 스크래치를 낳았고, 그다음의 격투는 미세한 진동을 일으켰다. 마지막 울분은 건물을 해체시켰다.

"이게…… 도대체 무슨……"

세린의 눈앞에서 극장이 흩어지기 시작했다. 그녀가 던진 벽돌이 기존의 벽돌 하나를 밀어냈다. 드르륵. 뒤이어 모든 벽돌이 좌우로 비틀리며 마찰이 일기 시작했고, 상하로 벌어지며 공중분해 되었다. 각각의 벽돌은 모두 고유의 성질을 탈피하려는 듯 제자리에서 사방으로 기지개 운동을 하며 저마다의 불꽃을 터뜨렸다. 타오른 흔적 끝엔 무지갯빛 광채를 품은 벽돌만이 남아 있었다.

헤쳐진 벽돌이 다시 모이더니 번쩍이는 소음을 내며 새로운 건물이 세워졌다. 반듯하지 않은 외벽의 트위스트 형상이 프랭크 게리의 '루마 아를'을 떠올리게 했다. 은색 외벽이 노란 가로등에 반사되어 은은한 금빛 광채를 뿜어냈다.

세린은 정문으로 시선을 옮겼다. 입구엔 '기대 수명 시네마'라고 적힌 푸른색 네온사인이 걸려 있었다. 조금 전과는 완전히 다른 모습이었다. 스산한 기운이 감돌 때쯤 세린은 중얼거렸다.

"나…… 혹시 죽었나?"

그녀는 허파에 공기를 가득 채워 상실된 어이를 발판으로 웃음을 터뜨렸다. 어디까지가 이승이었고 어디서부터가 사후인지 잘 모르겠지만, 오히려 다행스러웠다. 지금 이 순간이 이생이라면 마이너스통장에 신용도 제로인 본인에게 기물을 파손한 상해죄를 크게 물었을 테니 말이다.

세린은 시네마의 문을 열고 조심스럽게 발을 들였다. 이룬 것 하나 없이 잃은 것만 수두룩한 삶이라 입구를 통과하는 내내 발걸음이 가벼웠다.

반질반질한 남색 대리석이 쫙 깔린 바닥, 왼편으론 티켓 부스가, 정면엔 팝콘 기기까지 있는 것이 제법 시네마의 구색을 갖추고 있었다. 로비 중앙에는 2층으로 향하는 거대한 계단이 있었다. 유리 천장에선 외부의 빛이 투과되고 있었고, 그 빛은 푸른 기가 감도는 보라색을 띠었다. 보랏빛은 주변으로 퍼져서 분홍빛, 하늘빛, 노란빛 등으로 이어졌다.

'아니면 반대인 것일까.'

보라색으로부터 퍼져 나온 것인지, 각각의 색이 모여 보라색을 만들어 낸 것인지, 삶의 마지막 순간에 만난 그 기이한 빛깔은 세린에게 오히려 희망적인 감정을 느끼게 했다. 천장의 빛을 머금은 세린의 눈동자는 이곳이 이생과 저승 사이의 중간 통로쯤일 것이라 굳게 확신했다. 가뿐했던 마음이 조금 무거워졌다.

'이제 와서 살고 싶게끔 하려는 것일까.'

방금까지 그토록 환영했던 말끔한 죽음이었지만, 희망을 발견한 지금은 다른 바람이 일렁였다. 세린은 생각했다. 신은 마지막 순간까지 인간에게 알량한 모순적 면모를 일깨워 주려는 것일지도 모르겠다고.

또각또각. 어디선가 구두와 대리석 바닥 간의 마찰음이 들려왔다. 로비를 서성이던 세린의 시선은 중앙 홀 계단으로 옮겨졌다. 한 남자가 세린을 보고 화들짝 놀라 카운터로 달려왔다. 구김 하나 없는 흰 셔츠 위로 보라색 벨벳 조끼를 입은 깔끔한 차림이었다. 명찰에는 '송마호'라고 적혀 있었다.

"안녕하세요, 손님! 저희 금일 영화 관람 이용 시간은 모두 종료되었습니다. 혹시 잠 예측 서비스 예약으로 오신 걸까요?"

마호가 물었다.

"어……"

"아! 손님, 혹시 저희 시네마 이용이 처음이신가요?"

"네! 처음이에요."

어두웠던 세린의 얼굴에 작은 화색이 돌았다.

"그럼, 명함 먼저 주시겠어요? 저희가 시간대별로 입장 가능한 직업군이 나뉘어 있어서요."

"명…… 명함이요? 그런 건 없는데……."

세린은 혹여나 하는 마음으로 바지 주머니에 손을 넣어봤지만, 안감만 까끌까끌하게 만져질 뿐이었다.

"네? 그럼, 여기 어떻게 들어오셨어요?"

"근데…… 저승까지 가는 데 명함이 굳이 왜 필요하죠? 뭐, 신분 검사라도 해야 하나요?"

"네? 저승이요?"

마호가 일그러진 표정으로 되물었다.

"어…… 네. 제가 사후세계는 처음이라 잘 몰라서요. 저도 갑자기 이렇게 된 거라 아직 뭐……. 개인정보나 명부 같은 게 도착 안 했나 봐요?"

점점 창백해져 가는 마호의 낯빛에도 굴하지 않고, 세린은 지난날 읽었던 사후세계에 관한 작품들을 떠올리며 꿋꿋하게 말을 이어갔다.

"잠깐, 잠깐만요! 그러니까, 지금 본인이 진짜 죽었다고 말씀하시는 거죠?"

"네, 아마도요……?"

마호는 뒷머리를 헝클어뜨리며 인상을 구겼다. 그러다 숨을 다시 가다듬고, 앞에 있던 태블릿을 열어젖혔다.

"흠…… 그럼, 성함과 생전의 직업이 혹시 무엇이었을까요?"

"송세린이고, 무직이었습니다. 배우 지망생이었어요. 대신 분식집, 쇼핑 모델, 편의점 등 아르바이트 경력은 좀 많은 편이에요."

"네, 알겠습니다. 이름 송세린, 직업 무직. 맞을까요?"

순식간에 차분해진 직원의 태도에 세린은 조용히 고개만 끄덕였다.

세린의 응답을 확인한 마호는 무전기를 들었다. 그는 이제 막 벌어진 상황을 긴급하게 전했다. 무전 중 이따금 세린을 흘겨보는 눈빛엔 여전히 경계가 가득했다.

"송세린 님, 같이 올라가실까요? 점장님께서 방으로 모셔 오라고 하셔서요."

무전을 마친 그의 얼굴엔 다행히 화색이 돌았다. 한결 부드러워진 목소리와 손짓에 세린은 이해한다는 듯 고개를 끄덕였다.

'역시 갑작스러운 사고 탓에 내 명부가 누락되었구나!'

마호는 세린을 엘리베이터로 안내했다. 그가 엘리베이터 버튼 하단에 부착된 센서에 사원증을 갖다 대자 4층과 5층 버튼에 불이 들어왔다. 가장 위의 5층 버튼이 눌렸다.

엘리베이터의 안내 창엔 층별 정보가 쓰여 있었다. 1층은 티켓 부스, 2층은 상영관, 3층은 직업 봉안실, 5층은 상담실. 4층과 1층 아래에 있는 버튼엔 별다른 설명이 없었다.

3층을 지나고 있을 때, 엘리베이터 통유리 밖으로 납골당의 안치단 같은 것이 쭉 늘어선 방을 볼 수 있었다. 곁눈질로 안치단을 살펴보던 세린은 조금 특이한 점을 발견했다. 각각의 함에는 '치의사 이희원', '치킨집 사장 김수인', '한국무용수 반지나'와 같은 명패가 놓여 있었다.

'다들 생전의 직업명을 함께 써놨네. 그럼 나는 백수로 기록되려나?'

마호를 따라 5층에서 내린 세린은 백수로만은 남고 싶지 않아 잔꾀를 이리저리 굴려보았다. 머릿속에선 비공식 경력이 하나둘 샘솟았다. 그러다 콩.

"앗, 죄송합니다."

딴생각에 정신이 팔려 걷던 세린은 마호의 등에 이마를 부딪쳤다.

"들어가시죠."

마호가 손짓한 곳은 점장실이라는 팻말이 붙어있는 문이었다. 똑똑. 마호가 문을 두드리자, 들어오라는 중저음의 목소리가 들려왔다. 문을 열자 웬 가면을 쓴 남자가 책상 앞에 앉아 있었다. 가면은 코끝까지 가리고 있었다. 눈꼬리가 휙 올라간 게 흑여우를 연상케 했고, 머리 쪽으로는 살짝 긴 귀가 곡선형을 그리며 바짝 올라가 있었다.

'설마 진짜 귀?'

세린은 의문이 들기 시작했다. 마침 남자가 왼쪽으로 고개를 기울이면서 검푸른색 머리칼 사이로 비집고 나온 오른쪽 귓불을 볼 수 있었다. 다행히 살색이었다.

"거기 멀뚱하게 서 있지만 말고 들어와서 앉아."

방의 분위기만큼이나 날카롭고 건조한 목소리가 세린의 귀를 파고들었다.

사방이 남색으로 뒤덮인 벽에, 창이 하나도 없는 방이었다. 안쪽으로 들어갈수록 어떤 기운이 세린을 죄이는 것 같았다. 답답했다. 숨이 턱턱 막히고 온몸이 수축할 것만 같았다. 그녀의 손에선 다한증과 수족냉증이 활개를 쳤다. 분명 손바닥은 땀으로 흥건한데, 손끝은 북극의 얼음장 못지않게 차가웠다.

세린은 죽어서도 이런 아이러니한 증상을 겪어야 한다는 사실에 다소 기가 차기도 했다. 그리고 오만가지 생각이 먹구

름처럼 몰려왔다.

'혹시 아직 반만 죽은 건가? 그래서 명부에도 없어 이런 곳까지 불려 오게 된 건 아닐까? 아니, 근데 저 가면은 왜 처음 보는 사람한테 반말이야? 괜히 따라 들어왔나? 무서운데.'

끼익. 직원이 점장의 맞은편 의자를 끌어냈다.

"세린 님, 여기 앉으세요."

"아, 감사합니다."

점장과 가까워진 세린은 그의 차림새를 살폈다. 은자수가 놓인 품 넓은 진한 남색 두루마기 안으로 흰 셔츠와 옅은 남색 조끼를 입고 있었다.

점장은 세린을 쓱 보더니 카드 한 장을 꺼내 책상 위로 뒤집어 올렸다.

"한번 확인해 봐."

세린은 황급히 바지에 손을 문질러 땀을 닦아냈다. 건조해진 손은 책상 밑에서 올라와 카드를 집어 들었다. 방금 발급된 것인지 미적지근한 열기가 남아 있었다. 세린은 카드를 뒤집었다. '배우 송세린: 기대 수명 0년'

"이게 뭐예요?"

세린의 질문에 적막이 흘렀다.

점장 대신 테이블 옆에 서 있던 마호가 입을 열었다.

"음……, 그러니까…… 직업의 기대 수명이에요. 세린 님의 직업 기대 수명이요.”

마호는 카드를 들어 상세한 설명을 덧붙였다.

“여기 카드 상단의 정사각형 공간은 특정 색으로 채워져 있어요. 이건 각각의 직업인을 대표하는 색이랍니다.”

그는 비슷한 색을 띠는 카드가 간혹 있지만, 모두 다른 명도와 채도를 갖고 있다고 전했다.

세린이 다시 확인해보니 하단엔 직업명과 직업인의 실명 그리고 직업의 기대 수명이 나열되어 있었다. 검은색으로 뒤덮인 세린의 카드 맨 하단부엔 빛이 들어오는 방향에 따라 ‘Underground Rainbow’라는 글자가 보였다 사라지기를 반복했다. 땅 밑의 무지개. 세린은 알고 있다. 빛이 차단된 땅 밑에는 무지개 따윈 없다는 것을.

‘기대 수명 0년은 무슨 의미일까.’

복잡다단한 의문이 점장의 한마디에 정리되었다.

“기대 수명 0년이라……. 이런 경우가 꽤 있긴 하지.”

그는 콧김을 가득 내뿜으며 가느다란 웃음을 터뜨렸다.

“보통 고시생, 지망생, 취업준비생 중에 이렇게 나오는 경우가 종종 있어. 물론 이곳이 그런 애들에게 쉽게 허락되는 곳도 아니지만. 우리는 직업의 기대 수명을 봐주고 업의 탄생과 임종을 관할하는 곳이지, 운세나 사주 따위를 봐주는 곳은 아니거든. 너는 배우 지망생이라고 했지?”

"네? 직업의 기대 수명이요?"

"맞아. 아무것도 모르고 온 너 같은 인간은 받아들이기 좀 힘든 개념인데, 직업에도 수명이라는 게 있어. 그 직업을 가진 사람, 소속된 사회, 그리고 트렌드에 따라 직업도 수명이 달라져. 그러니까 넌 지금 죽지 않았어. 아주 멀쩡히 살아있다고. 다만 너의 직업 기대 수명이 0년이라는 것뿐이야."

세린은 도통 맥락을 잡을 수가 없었다. 하지만 상대적 박탈 감이 스멀스멀 올라오는 더러운 기분은 분명하게 느낄 수 있었다.

"저기요! 하…… 왜 저는 배우로서의 기대 수명이 0년이죠?"

욱하는 열기가 목구멍을 타고 올라와 뿜어졌다.

"뻔한 걸 왜 물어봐? 재능이 없는데 무턱대고 맞지 않는 옷을 꾸역꾸역 입으려고 애만 쓰고 있으니까. 물론, 이유는 개개인에 따라 다르겠지만. 아무튼 넌 네가 생각한 배우는 될 수 없을 거야. 자, 그럼 이제 어느 정도 궁금증도 해결된 것 같고. 그만 가봐, 늦었네."

점장은 자정을 향해 달려가고 있는 시계를 가리켰다.

아무것도 해결된 것이 없는 세린은 급하게 점장을 붙잡았다.

"잠깐만요! 방법이 아예 없는 건가요? 기대 수명을 늘리는 법이라든지, 아니면 제게 맞는 직업이 무엇인지……. 예를 들어 중·고등학생 때 하는 진로검사 같은 거, 그런 건 없나요?"

"너 돈 좀 있니?"

점장은 턱을 괴고 시선을 세린에게 고정했다.

"······없는데요."

"그럼, 없어. 돌아가."

또 한 번의 퇴장. 오늘만 벌써 두 번째 퇴장이다. 세린은 책상 위에 있던 카드를 다시 한번 바라만 보고 자리에서 일어났다. 점장실을 나와 문을 등지자 다리에서 힘이 쭉 빠졌다. 세린은 그대로 주저앉았다. 닫히다 만 점장실의 문틈 사이로 달갑지 않은 대화가 들려왔다.

"기대 수명 0년에 '땅 밑의 무지개'까지. 이게 나오네. 종종 봤잖아. 더 이상 나아갈 의욕도 없으면서 자기 삶은 저절로 나아지길 바라는 사람들."

세린은 기가 찼다. '한심하다'라는 표현을 참 정성스럽게 내뱉고 있는 점장에게 화가 났다. 그리고 억울했다. 이 정도면 자신도 세상이 만들어 낸 '버팀의 미덕'의 피해자가 아닐까 생각했다. 버티다 보면 기회가 반드시 오리라 생각했다. 그래서 빛 한줄기 보이지 않았던 땅 아래서 스스로 빛을 그리며 11년을 버텨왔다. 그런데 그 시간이 고작 저렇게 폄하되는 것을 듣고만 있을 순 없었다. 세린은 발끈하며 일어나 문을 벌컥 열어젖혔다.

마호의 얼굴엔 놀란 기색이 가득했다. 반면, 점장은 세린을 거들떠보지도 않았다.

"들렸어? 들었으면 다행이고. 지금이라도 다른 직업을 알아 봐. 무언가를 포기하기엔 아직 너무 젊잖아."

무책임하게 툭 내뱉는 점장의 태도에 세린은 화가 났다. 하지만 상대할 힘이 없어 눈시울을 붉게 물들이는 일밖에 할 수가 없었다.

그때 점장실의 문에서 둔탁한 소리가 울렸다. 노크보다 더거친 소리였다.

"다들 여기 계셨네요?"

마호와 비슷한 차림새의 여직원이 서 있었다.

"리나야, 노크는 손으로 해야지. 발로하면 어떡해?"

마호가 들어 온 직원에게 주의를 줬다.

"보다시피 손이 없네요."

그녀의 양손은 종이 더미를 한껏 안고 있었다. 여직원은 또 각또각 구두 소리를 내며 책상 위에 종이 더미를 쿵 하고 내려 놓았다. '재연 배우 모집'이라는 글씨가 크게 박힌 단조로운 포스터였다.

"그럼 저는 이만 퇴근해 보겠습니다."

여직원은 칼같이 사라졌다.

포스터의 내용을 유심히 살피던 세린의 눈이 반짝였다.

"이거 제가 할게요."

세린이 말했다.

"이걸? 네가?"

"증명하고 싶어요, 제 실력! 더 이상 나아갈 의욕도 없으면서 자신의 삶은 나아지길 바라는 부류가 아니거든요, 저는."

점장은 세린의 비장한 오기에 호탕한 웃음을 터뜨렸다. 그는 서랍에서 카드 한 장을 꺼내 책상 위로 올렸다. 잿빛을 띠고 있었다.

"여기 검게 변한 카드 보이지?"

"기대 수명도 적혀있지 않는데요?"

세린의 것과 비슷하긴 했지만 분명 달랐다.

"맞아, 실종자야."

"네?"

"자신의 직업 기대 수명을 모두 채우지 못하고 사라진 인간. 직업의 기대 수명을 관리하는 우리에게 이런 인간은 실종자인 거고. 기대 수명이 사라진 이유를 찾아야 하니 미제 사건 같은 거야."

"기대 수명이 갑자기 왜 사라지는데요?"

"다양한 이유가 있겠지. 나도 잘 몰라. 이제 네가 직접 그들이 돼서 그 이유를 찾아야 해."

갑자기 점장실의 불이 소등되었다. 달칵. 캄캄해진 어둠 속에서 푸른색 빛이 솟아났다. 책상 위 램프에서 뿜어져 나오는 빛이었다.

세린은 점장의 검지를 따라 시선을 천장으로 옮겼다.

"저기 서로서로 긴밀하게 엮인 투명한 실 보이지?"

실 같은 것들이 거미집처럼 어떤 규칙을 갖고 얽혀 있었다.

"저 실은 직업 DNA에서 추출한 거야. 저걸 너의 직업 DNA에 연결하면 특정 누군가의 세계관으로 들어갈 수 있어. 그리고 그 사람을 대신해 기대 수명이 사라진 이유를 찾아 직업인으로서의 서사를 채워주면 돼. 그게 네가 할 일."

딱! 점장의 엄지와 검지 간의 마찰음이 울려 퍼지자 푸른빛은 사라지고, 점장실의 불이 다시 들어왔다.

"실력, 잘 증명해 봐. 네가 얼마나 타인의 삶에 잘 스며들 수 있는 배우인지는 결과로 확인할게. 마호, 티켓 발급하고 R관으로 안내해. 송세린, 넌 이거 챙기고."

점장은 세린의 손에 '인문계 영어 교사 한유진'의 카드를 쥐여줬다. 이 카드는 10년 동안 잿빛이었다.

마호는 세린을 다시 1층 티켓 부스로 데려갔다.

"세린 님, 여기요."

판판한 티켓엔 금박으로 〈인문계 영어 교사 한유진〉이라고 적혀 있었다.

"티켓 확인 도와드리겠습니다. 〈인문계 영어 교사 한유진〉 편으로 오전 1시, R관 C열 5번 자리입니다. 영화 시작 10분

전까지 착석 부탁드리겠습니다."

"상영관은 어디에 있죠?"

"2층입니다. 저랑 같이 가시죠."

2층에 도착하자 세린의 눈동자는 또다시 분주하게 돌아갔다. 화이트 계열의 대리석 위로 남색 카펫이 좍 깔려 있었고, 벽면은 짙은 보라색이었다. 양쪽 벽엔 밝은 노란빛의 램프가 규칙적인 간격으로 설치돼 있었다. 상영관 길목으로 높게 솟아난 고풍스러운 기둥들은 신비함을 가중했다.

"세린 님, 이곳입니다."

어느새 R관 앞이었다. 문을 열자 교실처럼 꾸며진 상영관이 펼쳐졌다.

"안 들어오세요?"

세린이 문 앞에서 꿈쩍도 하지 않는 마호에게 물었다.

"저의 역할은 여기까지입니다. 잘 부탁드려요, 세린 님."

마호는 고개 숙여 정중히 부탁했다.

문이 닫힌 뒤 세린은 다시 상영관을 살펴보았다. 칠판을 형상화한 스크린과 계단식으로 놓여 있는 학교 나무 의자가 인상적이었다.

세린은 C열 5번 자리를 찾아 착석했다. 스크린에서 광고가 연이어 나왔다. 화려한 광고 문구 하나가 세린의 시선을 사로잡았다.

'〈잡스(JOBS): 홀로그램 패드 개발자 백도현〉대개봉'

홀로그램의 상용화를 이끈 플픽의 백도현 CTO의 직업적 삶을 다룬 영화였다.

"유명 인사들의 삶은 공공을 위한 영화로까지 만들어서 대대적인 상영을 하는구나……."

세린은 내심 부러운 듯 중얼거렸다.

이후에도 유명인들의 업을 압축한 영화 광고 몇 편과 강연 소식에 대한 영상이 나왔다.

'아, 여긴 이런 식으로 돈을 버는구나?'

영화 사업뿐만 아니라 직업인의 강연과 책 출판 지원 활동까지. 시네마에선 직업을 기반으로 한 다양한 수익 활동을 하고 있었다.

'그래, 건물 유지비만 해도 장난 아닐 것 같긴 했어.'

납득이 된 세린은 고개를 끄덕이다가 미간을 찌푸렸다. 대뜸 돈부터 있냐고 물었던 점장이 떠오른 것이다. 입을 삐죽 내밀고 툴툴대던 사이에 시네마 이용 안전 수칙 방송이 끝났다. 상영관 전체가 암전되고 스크린에서 환한 빛이 뿜어지더니 영화가 시작되었다.

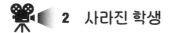

2 사라진 학생

하늘색의 깔끔한 시폰 블라우스, 집게 핀으로 꽉 조여 고정한 머리. 유진은 흐트러짐 없는 일관된 자세로 칠판에 영어 기출 문제를 띄워 수업하고 있다. 그런 유진의 말을 하나라도 놓칠세라 학생들은 귀를 쫑긋 세우며 수업에 집중하고 있다.

"유진 샘!"

쉬는 시간에도 유진은 바쁘다. 학생들이 교과서와 유인물을 들고 와 유진의 주변을 빙 둘러싸고 질문을 쏟아낸다. 유진은 이런 생활에서 뿌듯함을 느꼈고, 힘껏 올라간 그녀의 입꼬리엔 만족감이 충만했다.

다음 장면의 교실은 상반된 모습이었다. 혼자 떠들고 있는 유진의 뒤로 각자의 일을 하는 학생들. 이내 화면이 늦은 저녁

으로 바뀌었다. 아무도 없는 교무실에서 지친 기색이 역력한
표정으로 허공만 응시하는 유진의 모습을 마지막으로 환한
빛이 세린의 눈을 감쌌다.

그녀가 눈을 떴을 땐 교무실의 풍경이 펼쳐졌다.

"한유진 선생님!"

옆에서 한유진을 부르는 어떤 남자의 음성이 들려왔다.

지금부터 세린은 영어 교사 한유진이다.

S# 3. 교무실, 오후 6시 30분

"한유진 선생님, 오늘도 퇴근이 늦나요?"

"네, 수업 자료 좀 더 정리하고 가려고요."

"와! 2학년 애들이 선생님의 이 정성을 알아야 할 텐데…….
굳이 사서 고생 안 하셔도 돼요. 아무튼 수고하시고, 내일 뵙
겠습니다."

역사 교사인 민우는 유진에게 에너지 드링크 한 병을 건네
고 종종걸음으로 교무실을 나갔다.

"하…… 자료는 이렇게 정리하면 됐고. 가만있어 보자, 이건
애들한테 너무 쉬운가?"

《왕초보 영문법》과 《발음기호 정복하기》와 같은 초보자를 위한 영어책과 《수능 특강》 중에서도 짧고 쉬운 지문을 엮은 자료집, 초등학생용 영어 교과서까지 온갖 종류의 자료가 책상의 크기만큼 널브러져 있다. 유진은 복잡한 책상을 바라보다 민우가 건넨 조언이 떠올랐다.

"사서 고생이라……."

유진은 그의 말이 썩 달갑진 않았지만, 그렇다고 틀렸다고 생각하지도 않았다. 민우의 말대로 그녀는 지금 세상에서 가장 무의미한 짓을 하는 것일지도 모른다.

초임도 아니고 올해로 12년 차 영어 교사인 유진은 자신이 이런 딜레마에 빠질 줄은 몰랐다. 물론 매년 다채로운 모습으로 곤란에 빠뜨리게 하는 학생들이 있었지만 지극히 소수였다.

학교는 주류를 위한 규칙과 환경을 구축하니 소수의 학생은 벌점제도라는 자동화 시스템에 의해 처리된다. 유진의 인생은 늘 주류였다. 학창 시절에도 학교의 모든 구성원이 직접 케어하는 모범생 그룹원 중의 한 명이었고, 교사로 발령받은 후에는 국·영·수의 센터인 영어 과목을 맡아왔으니까. 더욱이 인문계에서 대학 진학을 준비하는 학생들에게 유진의 말은 한 자도 빠짐없이 기록돼야만 하는 가치 있는 것이었다.

그렇게 항상 메인 스테이지만을 누볐던 유진은 올해 특성화 고등학교인 K-비즈니스 고등학교로 발령받으면서 상황이 완전히 뒤바뀌었다. 비선호 과목 대상자가 된 것이다.

첫 3개월은 절망에 가까웠다. 영어라는 이유로 우대받았던 삶이 영어라는 이유로 무시당할 줄은 감히 상상도 못 했다.

발령 첫 달엔 기본적인 중등교육의 의무를 지지하며, 자신이 지금껏 고수했던 학습 방식을 적용하려 했지만, 지금은 학생들의 수준에 맞추는 전략으로 변경했다. 물론 대학 진학을 준비하는 소수의 학생을 위한 보충 자료를 만드는 일도 틈틈이 하고 있다. 유일하게 숨을 틔울 수 있는 자투리 시간이다. 그녀는 요즘 그 시간을 기다리며 삶을 연명하고 있다.

월요일 아침 3교시, 영어 수업 시간. 유진은 지난 주말을 모조리 투자해 만든 유인물을 학생들에게 나눠줬다. 하지만 그들에겐 길거리에서 나눠주는 한낱 종이 쪼가리에 불과한 듯 손에 잡히지 못한 유인물은 불어오는 바람에 휩쓸려 교실 바닥을 나뒹굴었다. 게다가 24명 중 절반은 얼굴의 옆면을 책상 위에 부대끼고, 대여섯은 책상 아래로 땅굴을 파며 열렬한 엄지손가락 운동 중이었다. 다행히 서너 명은 머리를 쥐어 싸매며 수업 내용을 이해해 보려 분투했다.

한창 분사 구문을 설명하는데 수업을 마치는 종이 울렸다. 마지막까지 필기를 놓치지 않으려 애쓰는 앞줄과 오른쪽 창가 자리에 앉은 학생들이 기특한 유진은 그 학생들에게만 추가 보충 자료를 건네고 교실을 나갔다. 교무실 입구에 다다를 때쯤 한 여학생이 유진을 불렀다.

"저…… 영어 선생님!"

방금 수업했던 반의 이소민 학생이었다. 항상 오른쪽 창끝에서 몰려오는 졸음을 참으며 꾸역꾸역 수업을 소화하려 분투하는 아이라 유진은 무척 반가웠다.

"어, 소민아! 무슨 일이야? 혹시 모르는 문제라도 있었어?"

"아, 선생님! 혹시 오늘 학교 끝나고 상담해 주실 수 있으실까요?"

소민은 우물쭈물하며 물었다.

"당연하지! 진로상담이면 언제든 환영이야! 그럼 오늘 수업 마치고 바로 교무실로 와. 선생님이 상담실 예약해 둘게."

유진은 소민의 부탁에 기분이 좋아졌다. 드디어 자신의 쓸모를 찾은 것만 같아서.

"아…… 네! 감사합니다."

소민은 막상 자신의 진로 얘기를 꺼내려는 것이 부끄러워진 건지 유진과 말하는 내내 고개를 푹 숙이고 있었다.

유진은 반으로 돌아가는 소민의 뒷모습을 지켜보다 콧노래를 부르며 교무실로 들어갔다.

"무슨 기분 좋은 일 있어요?"

오른편에 앉아 있던 민우였다. 민우는 안경을 치켜들며 홍

미로운 눈초리로 유진에게 물었다. 그의 물음에 유진의 콧방울이 한껏 벌어졌다.

"네! 방금 2학년 4반 수업하고 왔거든요. 혹시 이소민 학생 아세요? 소민이가 막 이렇게 쭈뼛쭈뼛 오더니 진로상담을 요청하고 갔어요. 매년 하던 그 익숙하고 막막했던 진로상담이 이렇게 기대되는 일이 될 줄이야! 저 지금 자존감 상승 미쳤어요!"

"아, 이소민 학생이요?"

민우는 별안간 한숨을 내쉬었다.

"진로상담은 아닐 거예요. 이번엔 또 뭐가 안 보인다고 하려나? 아마 손이 안 보인다던가, 얼굴이 안 보인다고 할 수도 있어요."

"네? 그게 무슨……?"

"이따 만나보면 알아요. 유진 샘, 아자! 전 그럼 다음 수업이 있어서……."

유진은 멀어지는 그를 다급히 붙잡았지만 민우는 그 말만 남기고 교무실을 나갔다.

"유진 샘! 그러다 국이 코로 들어가겠어요. 무슨 고민 있어요? 특성화 고등학교 적응 많이 힘드시죠? 저도 벌써 3년 차인데 아직도 적응이 쉽지 않네요. 아니, 아까 3학년 4반에서 말이에요……."

국어 교사인 다연의 수다가 시작되었다.

"오늘 오전에 2학년 4반의 이소민 학생이 한유진 선생님 찾아왔었대요."

늘어지는 다연의 말을 끊고 제육볶음을 야무지게 먹고 있던 민우가 말했다.

"와! 유진 선생님, 단기간에 우리 학교에서 경험할 수 있는 버라이어티 한 일이란 일은 모두 겪고 있네요?"

옆자리에 앉아 있던 디자인과 담당 교사인 혜인이 유진의 등을 토닥였다.

"대체 소민이가 어떤 아인데요?"

아까부터 들려오는 부정적인 반응에 스트레스를 받고 있던 유진은 날카롭게 쏘아 물었다. 유진의 예민해진 반응에 주변 선생들도 큼큼거리며 높아지던 언성을 가다듬었다.

"처음엔 엄청 착실한 아이였어요. 나름의 뜻이 있어 자발적으로 이 학교에 온 아이였거든요. 근데 작년 여름부터 영 수업에 집중을 못 하더니 2학기부턴가? 어느 날 아침에 눈을 떴는데 자기 손가락이 안 보인다고 하기 시작했어요."

"손가락이요?"

유진은 괜스레 자신의 양손을 활짝 펴보았다. 연하게 주름진 표피 안으로 검붉은 초록빛을 띠는 혈관만 미세하게 보일 뿐이었다.

밥 한술을 모두 삼켜낸 혜인은 다시 말을 이었다.

"그다음엔 발이 안 보인다고 했다가, 또 다른 날은 거울을 봤는데 얼굴이 사라져 있었대요. 그런데 보다시피 소민이는 멀쩡하거든요. 부쩍 수척해지긴 했지만 외상은 전혀 없으니까."

"맞아요! 제가 작년에 소민이 담임이었거든요."

혜인의 말이 끝나기가 무섭게 다연이 잽싸게 바통을 이어받았다.

"그래서 소민이 부모님께 따로 연락했었잖아요. 심리상담이나 치료가 필요한 것 같다고. 근데 부모님은 완전 금시초문이라 하더라고요. 집에선 단 한 번도 그런 얘기를 한 적이 없었대요. 그래서 어머니는 소민이가 학교에 잘만 다니고 있는 줄 아셨다고……. 아무튼 그날 이후로 소민이가 더는 그런 이상한 이야기로 상담 요청을 한 적은 없었어요. 그러니까 유진 샘도 그냥 들어만 주시고……"

드르륵. 유진의 의자가 거세게 끌렸다. 그녀는 벌떡 일어나 아직 묵직한 식판을 들어 올렸다.

"제가 준비해야 할 자료가 있어서 먼저 일어나겠습니다."

급식실을 나온 유진은 아직 학생들로 가득한 운동장을 지나쳐 학교 뒷길로 갔다.

"사라진다……, 사라졌다라……"

유진은 걸음을 멈추고 우뚝 섰다. 양손을 활짝 펴 교차하며 흔들었다. 두 다리도 한 발 한 발 쭉쭉 발차기를 해봤다. 그런데도 도무지 이해가 되지 않았다.

"하아……."

깊게 한숨을 내쉰 뒤, 다시 맑은 공기를 들이켜기 위해 고개를 뒤로 푹 젖혀냈다. 정오의 강렬한 햇빛이 유진의 눈을 따갑게 했다. 오른손을 들어 태양 빛을 가려보았다. 빛이 손을 투과라도 하는 듯 잘 가려지지 않았다. 그때 5교시 시작종이 울렸다. 오후 수업이 없는 유진은 텅 빈 운동장으로 가 돌계단에 자리를 잡았다. 골똘히 생각에 빠진 그녀의 앞에 누군가의 손이 내밀어졌다.

"어? 현경 선생님!"

학생주임인 현경이었다. 그의 손엔 흰 USB가 들려 있었다.

"네, 유진 선생님. 아까 점심시간에 우연히 소민 학생에 대해서 나누는 대화를 들었습니다."

"아…… 네……."

유진은 창피함이 몰려왔다. 그녀가 늘어놓은 평가는 아니었지만, 그 자리에 있었다는 이유만으로 그들과 한패가 되어 소민이에 대해 왈가불가한 것처럼 보였을 것 같았기 때문이다. 유진이 궁색한 변명거리를 떠올리는 사이, 현경이 먼저 운을 뗐다.

"오늘 소민이랑 상담이 있다고 하셨죠? 이게 좀 필요하실 것 같아서요. 소민이의 생활기록부입니다."

"아, 감사합니다."

"네, 그럼 잘 부탁드리겠습니다. 유진 선생님이라면 가능하실 거예요."

현경은 유진과 달리 특성화 고등학교만 20년째 순회하고 있었다. 견고하게 쌓아온 시간이 내실이 된 건지 현경은 학생들 사이에서 제법 인기 있었다. 현경은 머쓱하게 웃으며 먼저 자리를 떠났다. 유진은 문득 그가 인기 있는 이유를 알 것 같기도 했다.

유진은 교무실로 돌아와 현경이 준 생활기록부 파일을 열었다.

* 이름: 이소민

* 반: 그래픽 디자인 반

* 진로 및 특기

- 1학년: 애니메이션 디자이너

2학년의 진로 및 특기란은 아직 비어 있었다. 1학년 1학기 성적은 2등급인 수학을 제외하고 모두 1등급이었다. 문제는 2학기부터였다. 갑자기 전 과목이 3·4등급으로 곤두박질치더니 2학년 1학기 중간고사 성적은 4·5등급을 넘나들었다. 그래도 국어와 영어는 각각 2·3등급을 간신히 유지 중이었다.

공부를 곧잘 하던 학생의 성적이 떨어지는 건 생각보다 비일비재한 일이다. 소민의 가파른 성적 하향곡선이 유진에게 그다지 새삼스러운 일은 아니었다. 다만 그녀를 놀라게 했던 것은 1학년 1학기 때의 소민에 대한 수식어들이었다. '외향적인, 주도적인, 또래 학우들을 이끄는, 당찬'. 유진은 아까 자신이 본 학생과 같은 학생인지 의심스러울 정도였다.

한 학기, 아니 몇 달 새 180도 다른 모습으로 나타난 소민. 유진은 소민에게 무슨 일이 있었던 건지 점점 궁금해지기 시작했다. 교과목 세부 특기란을 찬찬히 살피던 중 1학년 2학기 그래픽 애니메이션 과목에 대한 평가가 눈에 띄었다.

'스토리텔링과 일러스트 그래픽 구현에 우수한 감각이 있음. 자율 애니메이션 기획 및 제작 실습 시간에 애니메이션 〈블루문 베타〉를 제작함. 소외되어 마땅한 비주류의 존재와 사라져가는 전통 사이의 교집합을 찾아 감동적인 스토리로 끌어냄. 특히 수중도시 그래픽과 질감 구현이 수준급임.'

유진은 '소외되어 마땅한', '비주류', '사라져가는'에 샛노란 형광펜을 치며 생각에 잠겼다.

'소민이는 무엇을 말하고 싶었던 걸까?'

분명한 메시지가 있어 보였지만 유진의 눈엔 잘 보이지 않았다.

똑똑. 유진은 책상을 두드리는 소리에 화들짝 놀라 눈을 뜨니 민우가 보였다.

"유진 선생님, 밖에 소민이 와있어요."

"아, 네. 감사합니다."

"적당히 잘해요."

민우는 유진의 어깨를 툭툭 치며 지나갔다. 그의 말에 유진의 미간이 중앙으로 한껏 웅크려졌다. 복사실로 향하는 민우의 뒷모습에 뭐라도 던지고 싶은 심정이었지만, 이내 마음을 가다듬었다. 그녀는 책상 위에 널브러져 있던 소민이의 생활기록부와 펜 하나를 챙겨 교무실 밖으로 나갔다.

"소민아, 오래 기다렸지? 얼른 상담실로 가자."

"네······."

상담실로 가는 내내 소민은 굼뜬 걸음으로 유진의 뒤를 쫓았다. 생기를 잃은 시선은 복도 바닥에 고정되어 있었다.

앞서가던 유진은 잠깐 걸음을 멈춰 뒤를 돌았다. 어깨가 굽어진 갈색 단발머리 소녀가 힘없이 걸어오고 있었다. 일단 움츠린 마음을 가볍게 풀어내는 것이 급선무였다. 유진은 웃음기를 가득 머금은 밝은 목소리로 소민에게 말을 붙였다.

"소민아, 오늘 점심은 어땠어?"

"그냥 괜찮았어요."

얇고 힘없는 목소리였다.

"요즘 공부는 어때? 잘 되어가?"

"공부요?"

"응응. 소민이 네가 그래픽을 그렇게 잘 다룬다며! 그럼 졸업하고 나면 바로 디자이너로 취업하고 싶은 건가? 아님 관련 대학으로 갈 생각도 있어?"

유진의 질문은 허공을 떠돌다가 바닥으로 툭툭 곤두박질쳤다. 뒤를 돌아보니 소민은 뒤처져 있었다. 걱정이 된 유진이 다가서자 소민은 부들부들 떨리는 오른팔을 겨우 들어 가까워지는 유진을 제지했다.

"선생님, 선생님도 제가 이상하죠? 다른 선생님들께 이미 다 들으신 거죠?"

점심시간의 소란이 생각난 유진은 아무 말도 할 수가 없었다.

"선생님들은 다 사기꾼이에요!"

소민은 버럭 소리치고, 있는 힘껏 몸을 돌려 반대편으로 달아났다.

당황한 유진은 한동안 멍하니 서 있다가 교무실에서 막 나온 현경과 눈이 마주쳤다.

"상담은 잘 끝내셨나요? 생각보다 빨리 끝난 것 같네요?"

"아…… 그게……"

유진은 부끄러움에 얼굴을 붉혔다.

"애들 다루기가 여간 쉽지 않죠? 저도 벌써 교직 생활이 28년 차인데 아직도 어렵더라고요. 특히 어른의 잘못으로 마음의 문을 굳게 닫아버린 아이들에게는 더 그래요."

유진은 눈을 휘둥그레 뜨며 현경을 쳐다봤다.

"어른의 잘못이요?"

"그렇죠. 소민이 말대로 우린 학생들에게 사기 집단일지도 몰라요. 아이들 인생에 언제 터질지 모르는 시한폭탄을 가져다준 테러범일지도 모르죠."

"네? 테러범이라뇨. 비유가 너무 지나친 거 아닌가요? 교사는 아이들이 자신의 인생에 주체성을 갖고 순항할 수 있게 도와주는 역할을 하는 사람입니다. 적어도 저는 그런 신념으로 지금까지 교직 생활에 임했고요!"

유진은 다소 격양된 어조로 현경에게 맞대응했다.

"네, 맞아요. 아마 지금껏 좋은 성적을 받고 대학에 합격한 많은 학생이 한유진 선생님께 인생의 참된 스승이었다며 감사 인사를 전해왔겠죠. 보통의 주류 학생에겐 분명 그러셨을 거예요."

할 말을 찾지 못한 유진은 얼이 빠진 채 현경을 바라보았다. 그리고 먼저 들어가 보겠다 하고는 짐을 챙겨 나와 도망치듯 퇴근했다.

유진은 버스 좌석에 앉아 등을 잔뜩 구부린 채 오늘의 일을 되짚었다.

"영어만 잘하면 좋은 교사가 될 수 있을 줄 알았는데…….
아니, 작년까진 그게 맞았는데……. 왜 이렇게 어렵냐……."

한창 한탄을 내뱉고 있던 그때, 유진의 휴대폰이 울렸다. 창
엔 '민우'라고 떠 있었다.

"왜?"

[한유진 선생님, 또 목소리가 왜 이렇게 착 잠기셨나요?]

민우가 장난스러운 목소리로 물었다.

"김민우, 나 지금 너랑 장난 칠 기분 아니야."

[소민이랑은 얘기 잘했어? 입 닫고 살던 애가 너한테 상담 요청한
거 보면 네가 이 학교 선생 중에 그나마 믿음이 가긴 했나 보다.]

"못 했어."

[응?]

"소민이랑 대화 못 했어. 됐고, 오늘 누님 심란하니까 치맥
사 들고 우리 집으로 와라."

역사 교사인 김민우는 같은 대학에서 만나 함께 임용을 준
비했던 유진의 오랜 친구다. 그도 한때는 유진처럼 인문계 고
등학교에서 학생들을 가르치다가 교사 5년 차부터 특성화 고
등학교만 전전했다. K-비즈니스 고등학교에서의 생활도 올해
로 4년째다.

"내가 말했잖아, 너 특성화 고등학교랑 안 맞을 거라고."

민우가 크게 베어 문 치킨 다리 조각을 꿀꺽 삼키고 말했다.

"조금만 더 버티다가 원래 있던 자리로 돌아가. 너한텐 그런 곳이 훨씬 어울려. 그냥 정 붙이지 말고, 학교에서 하라는 대로만 아이들한테 전하면 돼. 너도 여기 처음 발령받았을 때 그럴 생각이었잖아."

민우의 말에 유진은 캑캑대며 씹고 있던 치킨 조각을 내뱉었다. 방심하고 있다가 명치를 제대로 얻어맞은 기분이었다.

"처음엔 그랬지. 그런데 지금은 생각이 좀 달라졌어. 그리고 나는 소민이의 이야기를 들어주고 싶어, 교사로서."

유진은 아까 현경과 나눈 대화를 곱씹었다. 현경에게 가르치듯 내뱉은 이상적인 교사의 역할을 지키기 위해서라도 소민과 더 많은 교류는 필수였다.

"유진아, 지난 20여 년의 학창 시절과 교사 시절 모두 잊고, 그 아이 하나를 위해 세상을 새롭게 볼 자신은 있어?"

민우는 뜯고 있던 치킨 조각을 내려놓고 제법 진지한 눈빛으로 물었다.

"뭘 그렇게까지 겁을 줘. 나 이제 교직 생활만 12년 차야. 만나 온 애들만 수천 명이고. 이젠 어느 정도 나만의 노하우도 있다고."

유진은 양손을 들어 올려 손가락으로 숫자 1과 2를 만들어 자신의 연차를 강조했다.

"잘하려고 하면 할수록 어그러지는 게 이쪽 세상이야. 그 아이를 이해하려면 그동안 네가 믿어온 답안을 모두 버리고 세상을 다시 직시해야 해. 물론 세상을 다시 본다 해도 딱히 나아지는 건 없어. 오히려 그동안 느끼지 못한 불만만 쌓일 거야. 이 사회 속의 학교라는 공간에서 교사가 할 수 있는 일은 제한적이야. 너도 잘 알잖아. 세상의 민낯을 보여주지 않는 것도 교사의 역할이라는 거."

유진은 민우의 말에 반박할 수가 없었다.

유진의 10대 시절. 유진은 '대학만 가면'이란 주문의 환상을 믿었다. 미모 포텐권, 국경 없는 이동의 자유권, 운명적 연애 추구권, 안정적 직업 보장권 등. 이 모든 권리가 보장되리라 굳게 믿었다. 실상 대학은 이 중 무엇도 보장해 주지 않았다. 대신 학생증을 발급해 등록금에 대한 값으로 그것의 이름을 유진에게 양도했다.

대학 생활 내내 대학 이름 소위, 타이틀은 유진의 이름 앞에 콕 박혀 자기소개를 대신했다. 그것은 유진의 20여 년의 역사를 압축해 위대하게 표현해 주는 효율적인 훈장이었으며, 어떤 주류 집단에 입장하기 위한 만능 티켓으로 쓰이기도 했다. 누군가의 세상에서 대학은 정답이 아닐지 몰라도 유진이 경험한 사회에선 대학이 정답이었다. 이 찰나의 경험이 교사가 된 유진에게도 "대학만 가면"을 외치게 했다.

"일단 책상 위에 쌓여있는 영어 교과서랑 책은 덮고 뉴스부 터 좀 봐봐."

민우는 리모컨을 찾아 TV를 켰다.

'지난 6월 초 전국으로 시행된 모의평가의 수준이 지난해 수능보다 훨씬 심화한 것으로 나타났습니다. 국·영·수 과목별 만점자가 지난해 수능과 비교하면 절반가량 줄어든 것으로 추정되었습니다. 이에 따라……'

뉴스에선 이번에 치러진 6월 모의평가에 대한 소식이 한창 이었다.

"올해 수험생들 힘들겠네……."

유진이 말했다. 곧이어 휴대폰을 켜 6월 모의평가 커트라인 을 찾아보기 시작했다. 뉴스에선 고3 학생들의 인터뷰도 흘러 나왔다. 뒤이어 나온 뉴스는 대학별 새로 시작하는 지원 사업 에 대한 소개였다.

"유진아, 뭔가 이상하지 않아?"

"모의평가 수준이 너무 올라간 거? 그러게……. 가뜩이나 올해 대학별 뽑는 인원수 확 줄어서 난리인데……."

"아니, 뉴스 내용 말이야."

민우는 TV에서 유진 쪽으로 시선을 돌리며 말했다.

"뉴스 내용? 뭐가 이상한데? 매년 이맘때쯤 항상 나오는 얘기잖아."

"그러니까 말이다."

남은 맥주를 입에 털어 넣은 민우의 얼굴이 쓰라리게 찌푸려졌다. 맥주의 쓴맛 때문인지, 유진의 대답이 맘에 들지 않은 건지 알 수 없었지만, 그는 더 이상 말을 잇지 않았다. 별안간 맥주 캔이 민우의 손에서 찌그러졌다. 민우는 조용하게 일어나 치킨 봉투에 빈 박스와 찌그러진 맥주 캔을 툭툭 넣더니 내일 보자는 말을 남긴 채 그대로 가버렸다.

전날 소민과 그늘진 기색으로 떠난 우진 때문에 잠을 설쳤더니 유진은 온몸이 찌뿌둥했다. 출근 버스 탑승도 다른 때보다 늦어졌다. 정신없이 비틀리는 출근길 버스. 유진은 고개를 양옆으로 흔들며 정신을 깨우고 발가락을 오므려 중심을 잡았다.

'다음 정거장은 선호아파트입니다.'

이제 학교까지 한두 정거장 정도 남았다.

유진은 고개를 왼편으로 살짝 틀어 창밖으로 시선을 옮겼다. 가까워지고 있는 버스정류장 벤치엔 소민이 앉아 있었다. 유진은 화들짝 놀라 창가 쪽으로 몸을 기울였다. 눈을 비벼 더 크게 떠 확인했다. 다시 봐도 소민이었다. 버스가 정차했다. 버스를 타려는 다분한 무리 속에서 소민이는 주변을 전혀 의식하지 않고 평온하게 앉아 있었다. 이내 버스가 다시 출발하기 위해 문을 닫았다. 탑승자, 버스 운전사, 정류장을 지나가는 사람까지 그 누구도 소민을 신경 쓰지 않았다. 아니, 보이지 않는 듯했다.

"기사님, 잠시만요! 저 여기서 내릴게요!"

유진은 정류장을 조금 지나쳐 하차했다. 최근 통화 목록에서 민우를 찾아 전화를 걸었다.

"김민우! 진짜 미안한데, 너 오늘 1·2교시 비었지? 나 대신 수업 좀 들어가 줘. 시간표는 책상 위에 있어. 부탁할게!"

[어? 야! 무슨 일인데?]

민우는 숨 가쁘게 말하는 유진에 놀라 걱정스럽게 물었다.

"후하, 이따가…… 이따가 다시 연락할게."

유진은 재빨리 전화를 끊고 정류장 쪽으로 달려갔다. 따사로운 햇살이 소민이를 품고 있었다. 감싸고 있는 빛이 너무 강렬해 소민의 왼쪽 뺨과 손이 투명해 보일 정도였다.

"어? 선생님!"

인기척을 느낀 소민은 유진 쪽을 바라봤다.

"선생님, 왜 학교 안 갔어요?"

소민은 의아한 표정으로 물었다.

유진은 자기 입에서 나와야 할 대사가 소민의 입에서 나오는 것을 보고 어처구니없었다.

"질문이 바뀐 것 같은데? 소민아, 왜 버스 안 탔어?"

"선생님, 이젠 정말 아무도 절 못 봐요."

미세하게 떨리지만 담담한 음성. 소민은 천천히 말을 이어 나갔다.

"제가 중학생 때부터 다니던 독서실이 있는데요. 작년에 주인아주머니께서 공부하는 거 힘들지 않냐며, 어느 고등학교에 갔는지 물어보시더라고요. K-비즈니스 고등학교에 갔다고 자랑했어요. 잘 배워서 얼른 디자이너가 될 거라고 신나게 말씀드렸는데, 그 이후로 더는 제게 안부를 묻지 않으세요."

잠시 침묵이 이어졌다. 소민의 왼 다리도 투명 빛으로 물들어 가고 있었다.

소민은 무언가 떠올랐는지 다시 입을 뻐끔댔다.

"작년 수능 날, 우리 학교 기계과 선배 한 명이 현장 실습을 나갔다가 크게 사고를 당했어요. 지하철 시설물 관리 중에 지하철에 치였거든요. 하반신 마비까지 되었는데……. 그날 뉴스는 온통 수능 이야기로 가득했어요. 저희가 국민 청원도 올렸는데 아무도 보지 못했어요."

소민의 눈동자는 텅 비어 보였다. 마치 침대에 기댄 채 마지막 잎새를 바라보는 존시 같았다. 또다시 소민의 입이 움직였다.

"한 살 차이 나는 남동생이 있어요. 이름은 재민이에요. 그 친구는 인문계 고등학교로 들어갔어요. 왜 인문계로 들어갔냐는 저의 물음에 그건 선택의 문제가 아니라고 했어요. 태어났으면 글을 익히고, 기본 의무 교육을 배우며 자라나는 것처럼 그저 당연하다고 했어요. 지금 선호 고등학교에 다녀요. 워낙 공부 잘하기로 소문난 학교라 그런지 1학년 애들한테도 이번 3월, 6월 모의평가를 다 치르게 했어요. 6월 모의평가가 끝난 날, 재민이가 집에 오자마자 엄마가 시험이 어땠냐고 물었어요. 재민이는 떳떳하게 1등급이라 말했죠. 그날 아빠는 기세등등한 어깨를 하고 1++ 등급 한우를 사 오셨어요. 재민이의 머리를 쓰다듬는 애정 표현도 잊지 않으셨고요. 그날 전 방 밖으로 나가지 않았어요. 세상은 이미 보통의 고등학생 이야기로 가득 차 있으니까요."

소민은 겹쳐지지 않는 자신의 양손을 잡아보려 애썼다. 그런 소민의 몸에선 아지랑이가 일렁이더니 금방이라도 사라질 것처럼 하반신부터 흐려졌다.

"제가 특성화 고등학교를 선택한 순간부터 저는 이 세상에서 사라지기로 한 거였어요."

희미해지는 소민이. 그 아이를 감싸는 빛 때문에 유진은 눈을 제대로 뜰 수가 없었다. 아이를 붙잡기 위해선 어떤 말이라도 내뱉어야 했다.

"그럼…… 선생님이랑 그림을 그리자!"

유진은 소민의 두 어깨를 왈칵 안으며 말했다.

"……무슨 그림이요?"

희끗희끗한 파열음을 내며 소민이가 물었다.

"소민이가 그리고 싶은 그림. 사라지는 것들에 대한 이야기! 선생님이랑 같이 그려나가자!"

유진은 부서지고 있는 소민이의 어깨를 붙잡았다. 그리고 다시 사이를 벌려 소민이와 눈을 맞췄다.

유진은 그제야 비로소 알게 되었다. 햇빛은 투명 빛이 아니라는 걸. 찬란한 황금빛이었다.

세린이 다시 눈을 떴을 땐 엔딩 크레딧이 올라가고 있었다. 주먹을 꽉 쥔 손을 펴자 카드엔 햇빛을 닮은 황금색이 담겨 있었다. 색의 이름은 'Daylight'.

"세린 님!"

상영관을 나오자 누군가 경쾌한 목소리로 세린을 불렀다. 마호였다.

"소민 학생이 가장 간절하게 기다려 온 말을 세린 님이 건네주신 것 같아요. 그런데 그런 말을 할 생각은 어떻게 하신 거예요?"

마호의 칭찬에 세린의 기분은 훨씬 가벼워졌다.

"음……, 10년 차 배우 지망생만이 할 수 있는 애드리브랄까? 여기서 진가가 나타나네요."

기분이 좋아진 세린은 슬며시 장난을 쳤다.

예상치 못한 장난에 마호도 푸핫 웃음을 터뜨렸다.

"사실 어릴 때 제가 가장 듣고 싶었던 말이었어요."

세린이 나직하게 말했다. 쑥스러움에 땅으로 시선을 툭 떨궜다. 그러다 아까부터 느껴진 지긋한 시선에 고개를 들어 올려 살짝 틀었다. 마호의 뒤로 점장이 서 있었다. 세린과 눈이 마주친 점장은 재빨리 몸을 돌렸다. 그러곤 태연하게 어디론가 걸어갔다. 마호는 세린에게 따라오라며 손짓했다.

세 사람은 3층에 도착했다.

"이곳은 직업 봉안실이랍니다. 직업인들의 직업 명패와 기대 수명 카드가 보관되는 곳이에요."

"이제 소민이는 어떻게 되는 거예요? 그리고 이 서사가 한유진에게도 잘 전달이 된 건가요?"

세린은 걱정 반 호기심 반의 질문을 쏟아냈다.

"잘 전달되었어."

앞서 걷던 점장이 말했다.

"너는 본체의 인생에 잠깐 스며드는 역할이니까. 그리고 이소민의 앞날은 교사 한유진과 학생 이소민의 몫이지. 분명한 건 네 덕분에 이소민 학생의 미래가 달라졌을 수도 있고."

세린은 점장의 시선을 따라 함 쪽을 바라봤다. 명패는 '인문계 영어 교사 한유진'에서 '교사 한유진'으로 바뀌어 있었다.

"교사 한유진이요?"

"자기 업의 본질을 깨달은 거야. 희미해서 지나칠 수도 있는 빛을 감지하는 눈을 갖기 시작하면서."

손에 쥐고 있던 교사 한유진의 카드를 확인하자 기대 수명도 바뀌어 있었다. '기대 수명 38년'

"와! 이렇게나 길어요?"

"부러우면 너도 공무원 하던가."

점장은 흐르듯 뱉어낸 말이었지만 세린은 왜인지 그 말이 불편했다. 점장의 눈을 쏘아 보려는 순간 그가 세린의 어깨를 툭툭 치며 말했다.

"그럼 잘해 봐."

점장의 눈짓에 마호는 준비한 문서를 세린에게 보여줬다.

재연 배우 채용 계약은 빠르게 이루어졌다. 계약서는 이해하기 어려운 말투성이였지만 명확하게 보이는 보수는 제법 맘에 들었다. 월 1,000만 원.

"와! 보수가 엄청나네요?"

"단순한 재연 배우가 아니니까 위험수당도 함께 쳐주는 거야. 그 외에 마호를 도와 시네마 운영에도 기여 좀 하고. 숙식은 걱정 마. 계약 기간엔 여기서 해결할 수 있게 해줄 테니까."

"단순한 재연 배우가 아니라면……?"

"처음에도 말했듯이 이곳의 주된 업무는 직업의 수명을 관리하는 거야. 모든 직업의 시작을 환대하고, 끝을 짜임새 있게 마무리해야 해. 참, 그리고 이번 달 정산에서 아까 기대 수명 풀이를 본 비용은 뺄게."

세린은 그가 참 칼 같다고 생각했다.

"세린 님, 여기가 세린 님이 묵을 방이에요."

방문을 열자 마치 호텔 방 같은 새하얀 침대와 아늑한 분위기를 자아내는 노란빛 스탠드가 세린을 반겼다. 그리고 몇몇 가전제품까지.

녹초가 된 세린은 커튼부터 쳤다. 시간이 얼마나 지난 것일까. 이미 중천에 떠 있는 해를 가려 적막한 분위기를 만들었다.

'업의 본질이라…….'

세린은 침대에 누워 기이했던 하루를 되뇌다 잠들었다.

그날 저녁, 업무를 마무리한 마호가 점장실을 방문했다. 점장의 탁상 위엔 카드 두 장이 뒤집혀 있었다.

"오! 오늘 잡 예측 신청자들은 어땠어요?"

마호가 카드에 손을 대려 하자 점장은 재빨리 가로막았다.

"아직 색과 수명이 선명하지 않은 신청자들이었어."

"아, 그랬구나!"

마호는 멋쩍게 웃으며 머리를 긁적였다.

"무슨 일이야?"

"아! 어떻게 들어오신 걸까요? 세린 님이요!"

"글쎄? 시네마에 발을 들인 순간부터 자격이 생긴 것일 수도 있겠지."

그는 아무도 모르게 의미심장한 미소를 지었다.

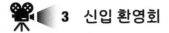

"아……, 얼마나 잔 거지?"

세린은 비몽사몽인 채로 팔을 뻗어 휴대폰을 찾았다. 게슴 츠레 눈을 떠 날짜와 시간을 확인한 그녀는 깜짝 놀라 벌떡 일어났다. 대략 이틀이 지나 있었다. 재연 배우 업무를 하고 나면 체력이 급격하게 떨어져 오랜 휴식을 취해야 한다고 마 호가 신신당부하긴 했지만, 모든 게 처음인 세린에겐 이 상황 이 낯설 뿐이었다. 다행히 숙면 덕분에 몸은 가뿐했다. 세린은 부스스한 몰골을 씻어내고 나갈 준비를 하기 위해 화장대 앞 에 앉았다.

"이게 뭐지?"

화장대 위엔 노란색 포스트잇 한 장이 붙어 있었다.

'아침 식사 후에 5층으로 와 주세요.'

마호가 남긴 것이었다. 세린은 아침 식사를 마치고 바로 5층으로 올라갔다.

"오, 세린 님! 잠은 푹 잤어요?"

"네, 덕분에요."

마호는 세린을 흰 벽으로 둘러싸인 공간으로 안내했다. 중앙엔 원통형의 기둥 선반이 세린의 가슴팍 높이만큼 솟아 있었다. 그 옆 탁자엔 3개의 원석이 놓여 있었고, 각각 노란색, 붉은색, 보라색 빛의 아지랑이가 피어오르고 있었다.

"오늘 오후에 있을 환영회에 앞서 세린 님께 미리 알려드릴 사항이 있어요."

마호는 노란색 원석을 집어 선반 위에 올렸다. 원석은 번쩍하고 노란빛을 내더니 벽면에 '입장 조건'이란 글씨가 드러났다.

'기대 수명 시네마는 명함 혹은 증명 가능한 프로필을 가진 직업인에게만 허용되는 공간입니다.'

기대 수명 시네마의 입장 조건에 대한 안내 음성이 흘러나왔다. 시네마에 입장하기 위해선 명함이 필요하다는 얘기였다. 이어서 명함을 비롯한 사원증과 증명할 수 있는 경력서를 지닌 사람에게만 시네마가 보이고, 그렇지 않은 이들에겐 그저 악취가 진동하는 낡은 극장으로만 보인다는 내용과 직업인에게는 직업의 기대 수명을 측정하고, 그 기록을 보관하고, 직업 영화를 볼 수 있는 기회가 주어진다는 안내가 이어졌다. 다만, 잡스(Jobs)와 같은 특별 상영회나 노동자의 날, 어린이날, 크리스마스처럼 특별한 날에는 직업 영화를 관람하고자 하는 모든 사람에게 개방된다고 했다.

"그리고 시네마의 본관 직원은 현재 혜론보육원 출신으로만 구성되어 있답니다. 오늘 보게 될 직원들도 사라 님을 제외하곤 모두 혜론보육원 출신이에요."

마호는 두 번째 원석을 선반 위에 올렸다. 이번엔 붉은색 빛이 온 공간을 물들였다. 벽면에는 아이들로 가득한 시설이 나타났다.

기대 수명 시네마는 혜론보육원의 후원 기관이다. 덕분에 보육원 아이들은 좋은 시설에서 연령대에 맞는 기본 교육과정을 이수할 수 있다. 특이한 점은 직업학이라는 수업을 필수로 들어야 한다는 것이다. 이 수업을 이수한 아이들은 기대 수명 시네마에서 실습할 기회를 얻는다. 하지만 누구에게나 허락되지는 않는다. 필기시험과 면접을 통과해야만 자격이 부여된다. 실습생 중 일부는 이곳에서 만난 다양한 직업인을 통해 꿈을 폭넓게 키워갈 수 있다. 이들은 실습이 끝난 뒤 대학 진학, 국내·외 여행, 창업 등 개인의 삶을 위한 준비를 해나간다. 우수 실습생의 경우 시네마에 정규직 채용 기회가 주어지는데, 두 차례의 면접을 통과해야 최종 합격할 수 있으므로 시네마 직원은 대체로 자부심이 높다.

"지난번 점장님을 통해 간단히 들어서 아시겠지만, 이곳의 직원은 직업의 생애주기라는 개념을 완벽하게 이해하고 있어야 합니다. 또한 많은 직업인을 직접 상대해야 해요. 그래서 다양한 직업에 대한 편견 없는 태도를 갖추고 있어야 합니다."

이런 이유로 본관은 혜론보육원 출신 이외의 직원을 뽑는 것에 매우 엄격하다. 이에 반해 산하기관인 직업 영화 제작사와 직업 데이터 센터는 자격요건이 충족되는 누구나 지원할 수 있다.

"근데 마호 님, 실례가 되지 않는다면 점장님이 가면을 쓰는 이유를 여쭤봐도 될까요?"

마호는 고개를 끄덕이며 마지막 원석을 선반 위에 올렸다. 보라색 연기가 피어오르더니 벽면엔 고전적인 분위기의 극장이 등장했다.

"그건 기대 수명 시네마의 전통과 관련이 있습니다. 점장님의 가문은 직업신(神)의 가호를 받아 인간 세상에서 직업의 기대 수명을 관장하는 일을 해 왔습니다. 그래서 이곳은 오래전부터 다양한 직업인이 유대를 나눴던 공간이었죠."

과거에는 신분에 따라 사람의 귀천이 정해졌다. 그로 인해 개인의 능력을 발휘하지 못하는 직업인이 다분했다.

모든 직업의 평등을 지향하고, 다양한 직업인 간의 자유로운 사교 활동이 일어나길 바랐던 당대의 점장은 참신한 제도 하나를 도입한다. 바로 가면 착용이다. 이후 가면을 쓰는 행위는 자신의 업에 대한 자부심을 드러내고, 타인의 업에 대한 경의를 표하는 의미가 되었다. 벽에는 역대 점장의 모습이 떠올랐다.

"시대가 바뀌면서 직업인들이 가면을 쓰는 문화가 사라졌고, 보고 있는 사진처럼 역대 점장님들도 어느 시점부터 가면을 벗은 걸 볼 수 있습니다. 제가 알기론 지금의 점장님은 가문의 전통을 유독 중시한 분이라 쓰는 거로 알고 있어요. 저도 사실 딕에게 들은 거라 정확히는 모른답니다."

"딕이요?"

세린이 물었다.

"아, 이따 환영회에서 만나게 될 풍채 좋고, 성격도 시원시원한 직원이에요. 시네마에서 가장 오래 일하기도 하셨고요."

갑작스럽게 들어온 다량의 정보 탓에 세린은 어안이 벙벙해졌다. 그런 그녀에게 마호는 들고 있던 파일을 건넸다.

"오늘 들은 내용은 여기에 정리돼 있어요. 아, 참! 그리고 영화 관람 이용 시간은 오전 6시부터 오후 10시까지예요. 잡 예측 서비스는 직업군별로 신청 가능한 시간이 나뉘어 있으니 참고하세요."

세린은 마호가 준 자료를 빠르게 훑었다.

"저 하나 더 궁금한 게 있는데요……."

세린은 잡 예측 신청자 상세 조건 자료의 맨 마지막 줄을 가리켰다.

'해당 계약서는 영구 보관되며, 필요에 따라 신청자 본인에게 기억 지우개가 발동하여 직업의 기대 수명을 봤던 사실을 잊게 할 수 있습니다.'

"혹시 기억 지우개는 뭔가요?"

"말 그대로 기억을 지우는 거야."

뒤에서 점장의 목소리가 들려왔다.

"직업의 기대 수명을 보고 나면 이를 동력 삼아 더 열심히 하는 인간도 있지만, 안심 혹은 불안의 감정을 느끼는 인간도 있어. 분명 해당 풀이는 신청자의 현 상태에 기반하고, 외부 요인에 의해 언제든 바뀔 수 있다는 주의를 재차 줬음에도 결과만 보는 거지."

"맞아요. 한번은 기대 수명으로 48년이 뜬 한의사가 있었는데요. 그 결과를 받은 후에 본인의 모든 재산을 주식에 갖다 바쳤고, 결국 1년 만에 한의원 문을 닫게 되었어요. 우리가 재물운을 봐 드린 것도 아닌데, 우리 때문에 망한 거라며 소송을 걸겠다고 하더라고요."

"그래서요? 소송이 가능한가요?"

세린이 물었다.

"당연히 못 하죠. 하지만 다른 고객들도 계셨었고, 소란스러운 시네마를 그냥 두고 볼 수는 없으니, 약간의 트릭을 썼어요. 본인의 영화 한 편을 다 보고 나오면 모든 게 1년 전으로 돌아가 있을 거라고 하면서 기억 지우개 효과를 넣어둔 팝콘을 줬죠. 그 팝콘을 먹고 나면, 이곳에서의 모든 기억은 사라져요. 현실의 상황은 아무것도 바뀌지 않지만."

선량한 눈웃음과는 상반되는 단호한 어조. 첫인상과는 다른 분위기의 마호를 본 세린은 조금 놀랐다.

"하지만 그건 너무 무책임한 거 아니에요? 그 사람은 절망적인 삶을 살게 될지도 모르는데……."

"그 사람이 절망적인 삶을 살게 될지 어떻게 알지, 송세린?"

점장이었다.

"네? 그야 주식으로 돈도 다 잃고, 한의원도 망했으니까……."

세린의 대답에 점장은 한숨을 내쉬었다.

삐거덕대는 두 사람 사이를 마호가 파고들었다.

"잠시 후 있을 환영회를 기점으로 세린 님은 오늘 습득한 내용을 모두 경험하게 될 거예요. 자, 환영회부터 해볼까요?"

세 사람은 옥상 정원으로 올라갔다. 투명 돔 방향으로 복작복작한 소리가 들려왔다. 그곳엔 시네마 직원이 모두 모여 있었다.

"다 모였으면 세린 님 먼저 소개할게요."

마호는 세린을 중간에 세웠다.

이목이 집중되자 세린은 살짝 주눅이 들었다.

"어…… 네, 처음 뵙겠습니다. 송세린입니다."

세린은 사람들의 눈을 한 번씩 훑어봤다. 근 10년간 고개를 숙인 자리 중 가장 편안하게 느껴졌다.

"기대 수명 시네마에선 재연 배우로 일하게 되었습니다. 잘 부탁드립니다."

인사를 마친 세린이 고개를 들자 테이블 위로 박수 소리가 가득 찼다. 그때 왼편에 앉아 노트북을 두드리고 있던 정장 차림의 한 남자가 자리에서 일어났다. 그가 일어서자 포근하고 뽀송뽀송한 코튼 향기가 세린의 콧속을 간지럽혔다.

"환영해요, 강로하입니다."

로하는 눈꼬리를 활짝 휘어내며 세린에게 악수를 청했다. 세린도 얼떨결에 그의 손을 맞잡았다.

"아……."

로하의 입에서 짧은 탄식이 뿜어졌다. 그는 재빨리 손을 빼더니 미간을 살짝 구겼다. 바지 주머니에서 손수건을 꺼내 세린과 맞잡았던 손에 묻어난 땀을 닦아냈다.

"아, 죄송해요. 제가 지금 좀 긴장을 해서……."

로하의 행동에 안절부절못하던 세린은 고개 숙여 사과했다. 그런 세린의 모습에 그는 아차 싶었는지 빠르게 예민해진 미간을 풀었다.

"괜찮아요, 제가 수분에 좀 약하거든요."

로하는 다시 싱긋 웃으며 재킷 안주머니에 있던 명함을 꺼내 세린에게 건넸다. 거기엔 'JOBS MOVIE/직업 영화 제작사'라고 새겨져 있었다.

세린은 오전에 들었던 내용이 떠올랐다. 시네마의 상영작은 모두 이곳에서 만들어진다고 했다. 로하는 직업 영화 제작사에서 콘텐츠 기획자로 일하고 있다.

"저 몇 살 같아요?"

로하가 물었다.

"음……, 서른둘…… 셋?"

세린은 조심스럽게 추측했다.

"에? 그렇게나 들어 보여요?"

"아, 아니요! 스물여덟!"

"땡! 서른여덟."

딱딱하게 굳어버린 세린의 표정에 로하는 머쓱한지 목덜미를 긁적였다.

"긴장 좀 풀라고 장난 한번 쳐본 건데 더 굳어 버렸네? 아무튼 아까 내가 손수건 꺼낸 건 미안해요."

"맞아요, 그건 로하 님이 좀 너무했어요."

맞은편에 앉아 있던 여자가 말했다. 그녀는 길게 웨이브 진 밝은 갈색 머리를 하고 있었다.

"세린 님, 안녕하세요. 직업 데이터 센터의 주임, 윤사라입니다."

그녀는 가을날의 아침과 같은 온화한 미소를 짓고 있었다.

"도움이 필요하면 언제든 연락하세요. 그렇지 않을 때도요."

사라의 명함도 세린에게 전해졌다.

인사가 끝나자 마호는 사라의 옆에 앉아 있던 사람을 가리켰다.

"여기는 직업 DNA 원석 관리자 리나예요. 저번에 잠깐 마주쳤었죠?"

마호의 손을 따라 시선을 옮겼다. 칼 단발의 앳되어 보이는 여자가 있었다. '20대 초반쯤 되려나?' 세린은 생각했다.

리나는 까만 안경테를 바로 잡아 세린에게 초점을 맞췄다.

"지난번 언제요?"

리나는 전혀 기억이 나지 않는 듯 마호의 설명에도 고개를 갸웃거렸다.

"아무튼 직업 메모리를 관리하는 한리나라고 해요. 이미 제 소문은 많이 들으셨죠? 유일무이한 필기시험 만점자로 들어와서 가장 중요한 업무를 담당하고 있죠."

리나는 어깨를 으쓱했다.

"세린 씨는요? 재연 배우 쪽도 경쟁률 상당했을 텐데."

모든 시선이 세린에게로 쏠렸다. 하지만 그녀의 입은 꿈쩍도 할 수가 없었다. 그들이 원하는 답을 내어줄 수 없을 것 같았기 때문이다. 마치 심판대 위에 선 것 마냥 몸이 부들부들 떨렸다. 그녀의 이상 증후를 눈치챈 마호가 대신 답하려는 찰나, 맞은편에서 중저음의 목소리가 들려왔다.

"송세린은 특별채용이야."

잠자코 식사를 하던 점장이었다.

"특별채용이요?"

시네마 사람들의 눈빛이 달라졌다.

"송세린만 유일하게 시험을 통과했거든."

점장의 한마디에 세린을 향한 직원들의 눈빛이 흥미와 기대로 바뀌었다.

"드디어 열정과 능력을 갖춘 재연 배우가 나타났군요? 다들 박수!"

로하는 잔을 들어 축하를 북돋웠다.

모든 잔이 공중 위를 찰랑이며 세린을 환영했다. 그제야 세린도 다시 평온함을 찾고 시네마 사람들과 어울렸다.

"든든하게 먹어요, 세린 님."

사라는 세린의 접시 위에 샐러드와 파스타를 담아 건넸다.

"그럼 계속 연기를 해 왔던 거예요?"

"꽤 오랜 시간 동안 배우 지망생이었어요."

"뭐야, 근본도 없는 게 굴러들어 왔네."

까칠한 음성이 세린의 귀를 파고들었다. 파스타를 집던 세린의 포크가 접시 위로 떨어졌다. 동시에 모든 시선이 리나에게로 쏠렸다.

"다들 표정 왜 그래요? 맞잖아. 여긴 본관이에요. 여러분, 시네마 본관을 들어올 수 있는 부류는 딱 둘이죠. 우선 정식 교육을 받고 정직하게 시험을 통과한 직원."

리나는 천천히 잔을 돌렸다. 남아있던 붉은색 와인이 점점 커다란 물결을 일으켰다. 한 모금에 와인은 사라졌고 식탁 위로 둔탁한 소리가 진동을 일으켰다.

"그게 아니라면 우리 고객님이거나."

붉게 상기된 리나의 눈빛이 세린을 향했다.

"잘못 들어올 수 있죠. 우리 고객님들이 특히 그런 편이거든요. 대다수가 툭하면 직업을 바꾸잖아요."

"한리나, 예외는 있었어. 그리고 이제 잔 내려."

마호는 상황을 중재하기 위해 리나의 손에서 잔을 빼앗았다. 얼어붙은 공기 속에서 점장만 앞에 놓인 스테이크를 정갈하게 자르고 있었다.

와르르르 투당탕. 어색해진 공기를 비집고 돔 입구에서 요란한 소리가 들려왔다. 다들 고개를 일으켜 입구로 시선을 모았다. 입구 바닥엔 나무패가 잔뜩 쏟아져 있었다. 그 뒤로 다부진 체격의 중년 남자가 서 있었다. 그의 턱엔 수염이 수북했고, 옅은 완두콩 색의 옷 위로는 흙먼지가 듬성듬성 묻어 있었다. 그리고 한 손에는 공구 가방을, 다른 한 손에는 밀짚 바구니를 들고 있었다. 바구니 안에선 미처 떨어지지 못한 나무패들이 옹기종기 달그락거렸다. 그 모습은 마치 탐험가를 연상케 했다.

"매번 느끼는 거지만 여긴 입구가 너무 좁구나."

남자는 혹여나 떨어진 나무패들을 밟을까 까치발을 들어 조심스럽게 들어왔다.

"딕, 오셨어요?"

마호의 입엔 다시 미소가 걸렸다.

"근데 여기 왜 이렇게 싸늘하지?"

한여름의 온실 정원에서 알 수 없는 한기를 느낀 딕은 의뭉한 얼굴로 몸을 부르르르 떨어댔다. 딕의 한마디에 앉아있던 직원들도 경직된 근육을 풀며 곤두선 신경을 부드럽게 가라

앉혔다.

"딕, 이번엔 뭐가 좀 많이 발견됐나 보네요?"

마호는 딕이 떨어뜨린 나무패들을 주워 그가 들고 있던 바구니에 담았다.

"허허. 또 틀렸어! 발견 아니고, 발굴! 발견은 새로운 직업을 찾아냈을 때 쓰는 표현이라니까."

딕은 혀를 끌끌 차며 발견과 발굴의 차이를 강조했다.

"며칠 전에 현장에 좀 다녀왔어. 독립운동을 했던 곳인데 다행히 이번에 발굴된 직업 DNA 중에 살릴 수 있는 게 많았지. 당장 살리기 어려운 건 일단 개울가 근처에 날려 보냈고."

딕은 시원섭섭하게 웃으며 자리에 앉았다.

"그나저나 저 고운 아가씨는 누구지? 그 신참인가?"

"네, 맞아요."

마호의 소개에 세린은 자리에서 일어나 꾸벅 인사했다.

"편하게 앉아요. 저는 땅굴을 파서 노다지를 발견하는 일을 하죠. 일단 그렇게 알아둬요."

딕의 호탕함에 식사 자리는 다시 유쾌함을 찾았다.

식사가 끝난 후 점장은 세린을 따로 불러냈다.

"아까 분위기 봤지? 다들 너한테 기대를 걸고 있어. 그러니까 넌 내 안목을 증명해야 해. 단순히 이곳에 들어온 것을 운으로 얼버무리지 말라는 뜻이야. 자만이나 과대평가도 하지 말고. 보통 그러다가 금세 지칠 수 있으니까."

말을 마친 점장은 세린에게 나가보라며 손짓했다.

조용하게 물러서려 했던 세린은 점장실 문 앞에서 머뭇거렸다. 방법을 알고 싶었다. 이곳에서 일을 잘 해낼 방법을. 민망함에 괜스레 무언가 다짐한 세린은 작은 숨을 한번 내뱉고 그것을 연료 삼아 다시 테이블로 성큼성큼 다가갔다.

"그럼 알려주세요! 점장님 말씀대로 한유진 편은 운이었을지도 몰라요. 이곳에서 보수를 받고 일하는 직원이 된 이상 저도 제 능력을 팔아낼 거예요."

"성실하게 보고 연습해. 능력 없는 것들에게도 허락된 유일한 재주이니까."

점장은 책장에서 두꺼운 책 몇 권과 손때가 가득 묻어 있는 노트들을 꺼냈다. 그것들은 혜론보육원의 재연 배우 준비생들이 직업학 시간에 필독서로 읽는 것이었다.

"그리고 감정을 삼켜내는 버릇부터 고쳐. 그래야 인물 안의 진솔함을 꺼낼 수 있으니까."

4 정식 등재되지 않았습니다

"세린 님, 잠은 푹 잤나요?"

마호의 활기찬 아침 인사가 싱그러운 하루의 시작을 알렸다. 마호와 리나는 여느 때와 같이 아침부터 부지런하게 로비를 청소하고 있었다.

세린의 시네마 생활도 어느덧 2주가량이 흘렀다. 세린이 인사를 건네려 손을 들자 리나는 먼저 가보겠다는 말만 남기고 대걸레를 들고 창고 쪽으로 갔다. 세린은 민망하게 남겨진 손을 재빨리 내려 괜스레 바지 주머니 부근을 긁적였다.

"세린 님이 이해 좀 해주세요. 그나저나 이게 뭐예요?"

마호는 세린의 눈가에 다닥다닥 붙은 눈곱을 가리켰다. 세린은 귀를 붉히며 황급히 눈을 비벼댔다.

"요즘 거의 못 주무셨죠?"

환영회 이후 세린은 밤낮없는 혹독한 훈련을 해나가고 있다. 직업인들의 영화를 감상하고, 각각의 인물이 되어 주어진 일상을 살아가는 연습을. 한마디로 24시간 중 단 한순간도 송세린으로서 살지 않는 법을 터득해 나가는 중이다. 그녀의 눈은 붉게 충혈되어 있지만, 마호는 그 눈이 맑게 갠 것처럼 보였다.

"아침은요? 아직 안 먹었으면 이 빵 좀 드실래요?"

카운터엔 빵과 우유가 쌓여 있었다.

"오, 웬 빵이에요? 초코우유도 있네?"

"아, 종종 이렇게 간식을 챙겨주는 고객이 있어요."

세린은 잔뜩 신난 얼굴로 빵과 우유를 챙겼다.

"세린 님, 이 빵 엄청 좋아하시나 봐요?"

마호의 물음에 부끄러워진 세린은 얼굴에 드러난 웃음기를 가다듬었다.

"하하, 어릴 땐 좋아했어요. 커서는 잘 사 먹진 않았는데, 추억의 간식 정도?"

"어릴 때의 추억이라……. 그런 게 있을 수 있죠."

마호는 고개를 작게 끄덕이며 빵 하나를 집었다. 그런 마호의 모습이 세린은 신경 쓰였다. 밝은 입꼬리에 감춰진 울적한 눈빛을 본 것만 같았다. 하지만 본인이 먼저 입을 떼지 않는 한 먼저 나서서 질문하고 싶진 않았다. 세린은 무거워진 공기 사이로 살포시 오른손을 들어 올렸다.

"저 궁금한 게 있는데……"

"네네! 뭐든 물어보세요. 지금이 궁금한 게 제일 많을 때니까."

마호의 눈이 다시 밝게 풀렸다.

"어떻게 영화가 될 수 있는 거예요? 그러니까 제 말은……"

"한 사람의 일상을 계속 카메라로 찍는 것도 아닌데 어떻게 영화로 만들 수 있냐는 말이죠?"

마호가 양손을 으쓱하며 되물었다.

"와, 맞아요! 딱 그거예요. 혹시 막 길거리나 사무실에 있는 CCTV 같은 거 다 입수해서 만드는 거예요? 학교에도 CCTV 가 있었나? 그러기엔 너무 고화질이던데……."

"여기, 여기 한번 보세요."

마호가 그의 머리를 가리켰다.

"모든 사람에게는 자신의 매 순간을 기록하는 이 머리카락 같이 얇고 투명한 털이 있어요. 이 털에서 '직업 DNA'를 추출 하는 거죠."

세린은 지난번 계약 때 점장에게서 언뜻 들었던 직업 DNA 를 떠올렸다.

"그리고 이 투명한 털은 다른 사람의 털과도 엮일 수가 있 어요. 그래서 저기 위에서 보면 굉장히 복잡한 미로 같기도 하고, 거미집 같기도 해요. 제 털과 세린 님 털도 아마 엮여 있을 걸요? 우리가 대화를 시작한 그 시점부터."

세린은 눈을 위로 치켜올리며 자신의 머리카락을 들춰보기 바빴다.

"세린 님, 그러다 머리 다 엉키겠어요. 하여튼 이 털을 통해서 개인의 기억뿐만 아니라 연결된 타인의 시선에서의 자신도 볼 수 있는 거죠. 필요에 따라서 다른 DNA도 끌어와요. 예를 들어 흔히 덕업일치를 이룬 사람들. 그분들은 '취미 DNA'도 함께 추출해요. 사내 연애같이 일과 사랑을 모두 쟁취한 경우엔 '사랑 DNA'도 같이 추출해 오고요."

"와, 일과 사랑. 완전 로맨틱하네요."

"두 가지 이상의 DNA를 함께 가져오는 경우는 생각보다 흔해요."

세린은 마호가 전해준 정보들을 꼼꼼히 메모했다. 그때 갑자기 카운터의 전화벨이 울렸다.

[직업 데이터 센터의 윤사라 주임입니다. 마호 님, 좋은 아침이에요. 조금 급한 사항이 있어서 연락드렸어요. 데이터가 안 맞는 부분이 있더라고요.]

마호는 무슨 일인지 차근차근 물었다.

[상반기 업종별 분포 리포트 건으로 저희 팀에서 요 며칠 작업을 하는 중인데, 외식업종 파티시에 직업군에서 계속 오류가 있어요. 전

해주신 데이터보다 수가 적어요. 시네마 측에서 산정을 잘못한 거라면 다른 직업군에서 수가 넘쳐야 하는데, 그건 또 아니고요.]

"네, 사라님 저희가 확인하고 다시 연락드리겠습니다."

마호의 낯빛에 그림자가 드리워졌다.

"무슨 일이에요?"

세린이 물었다.

"직업 데이터 센터에서 연락이 왔는데 문제가 좀 생긴 것 같네요."

"어떤 문제요?"

"아, 지난번에 잠깐 얘기해 드렸죠? 직업 데이터 센터에선 매년 직업의 트렌드를 분석하고, 직업 기대 수명 측정에 유용한 데이터를 수집하는 일을 해요. 근데 지금 그 데이터에 이상이 좀 생긴 것 같아요."

마호는 세린에게 간략히 설명한 후 위층으로 올라갔다. 얼마 지나지 않아 다시 로비로 내려온 마호의 손에는 잿빛 카드 한 장이 들려 있었다.

"세린 님, 좀 도와주시겠어요?"

마호는 들고 있던 카드를 건넸다. 카드엔 '파티시에 신연우'라고 적혀 있었다.

"아무래도 신연우 님께 뭔가 문제가 생긴 것 같아요. 분명 '크리스틴 뉴욕 레스토랑 수석 파티시에'라고 잡 오퍼 데이터

까진 잘 기록되었는데……. 그 이후의 직업 DNA에서 추출된 사항이 없어요. 이럴 땐 딱 두 가지 경우죠."

마호는 심각한 안색을 조금 거둔 후 세린을 바라봤다.

"무소식이 희소식이라는 말이 있듯 일을 잘하고 있거나, 아니면……"

마호는 잠시 뜸을 들였다.

"변고가 생겼거나."

마호는 세린에게 SOS를 청했다. 지금 바로 해결하지 못한다면 직업 데이터 센터의 업무에 계속 차질이 생기기 때문이다. 막 나와 뜨끈한 티켓 한 장이 세린의 손에 쥐어졌다.

"〈파티시에 신연우〉 편으로 오전 10시 20분, G관 E열 8번 자리입니다."

"세린 님!"

마호는 상영관으로 올라가는 세린을 불렀다.

"파이팅!"

밝은 표정 속에 애써 숨기려는 마호의 불안한 기색을 봐버린 세린은 자신도 모르게 사명감이 느껴졌다.

세린이 G관에 들어서자 호텔 조리실 같은 풍경이 펼쳐지며, 강한 단내가 진동했다. 버터와 초콜릿 생크림 등의 향이 켜켜이 섞여 코를 벌렁거리게 하는 매력적인 향이었다.

스크린에선 빵 굽는 연기 대신 집념의 열기가 뭉게뭉게 피어올랐다. 노트에 무언가를 열심히 적고 있는 한 여자가 등장했다. 곡선을 열심히 그려가며 아직은 어색한 불어를 받아 적고 있다. 옷 갈아입을 새도 없이 바쁜 건지 그녀의 유니폼은 버터와 밀가루 범벅이었다.

　이런 열정으로 자기만의 감각을 키워나간 연우는 각종 세계 대회에서 수상을 거듭하며 업계에서 두각을 발휘했고, 대학을 졸업하자마자 프랑스 미쉐린 스타 레스토랑에 채용되어 커리어를 쌓기 시작했다. 그로부터 3년, 새로운 근무 환경에 대한 갈증이 생길 때쯤 메일 한 통을 받는다.

S# 4. 프랑스 미쉐린 스타 레스토랑, 오후 9시

　신연우 님께
　축하합니다!
　귀하는 크리스틴 뉴욕 레스토랑의 수석 파티시에로 최종 임명되었습니다.
　계약 서류는 첨부 파일을 확인해 보시길 바랍니다.
　근무 시작 일은 두 달 뒤인 10월 9일입니다.

확인 후 회신 부탁드립니다.

크리스틴 뉴욕 레스토랑으로부터

연우는 그토록 꿈에 그리던 크린스틴 뉴욕 레스토랑으로부터 채용 합격 통보를 받았다. 그것도 수석 파티시에로.

일생일대의 선택을 어릴 때 본 제빵을 주제로 한 만화 한 편으로 쉽게 결정해 버렸지만, 빵과 케이크로 달콤한 행복을 전하는 일은 세상 그 무엇보다 의미 있다고 생각했다. 하지만 제과제빵학과를 졸업하고 마주한 현실은 회색 철제 기구로만 둘러싸인 좁디좁은 조리실과 박봉의 월급이었다. 나름 유명한 프랜차이즈 베이커리였는데도 파티시에를 위한 공간은 열악했다.

그곳에서 7년 차가 되었을 무렵 연우는 홧김에 조리복을 벗어 던졌다. 그 길로 결혼 자금으로 모아둔 돈을 몽땅 유로로 환전해 프랑스로 갔다. 한국에 모든 걸 두고 가려 했지만, 당시 남자 친구였던 가온이 동행했다.

다시 학교에 입학해 제빵을 배우고, 지금의 자리에 오기까지 5년. 드디어 절실히 기다렸던 메일이 도착했다. 연우는 이 기쁜 소식을 가온에게 알리기 위해 퇴근 후 곧장 집으로 향했다.

"가온 씨, 나 됐어! 오늘 크리스틴 뉴욕 레스토랑에서 메일이 왔는데 나 수석 파티시에로 최종 임명되었어!"

"정…… 정말?"

가온의 몸이 떨려오기 시작하더니 곧이어 울음을 터뜨렸다.

"가온 씨, 울어?"

연우는 휴지를 가져와 서럽게 우는 가온의 눈물을 닦았다. 쉴 새 없이 흐르는 가온의 눈물을 보니 연우의 머릿속에선 파리에서의 시간이 파노라마처럼 지나갔다. 또 지난 5년간 누구보다 마음고생이 심했을 가온의 마음을 헤아려 봤다.

가온은 연우가 그녀의 삶의 주체가 될 수 있도록 응원하고 격려했다. 언제나 연우의 선택을 존중하고, 그녀의 열정을 존경했다. 그런데 이젠 뉴욕 최고의 레스토랑에서 파티시에 자격까지 갖추게 되었다. 연우는 입맛을 다셨다. 혀끝이 일과 사랑이 주는 충만한 행복으로 달콤하게 적셔지는 듯했다.

연우와 가온은 미국으로 가기 전 한국에 들렀다. 오랜만에 만난 가족들과 눈물의 상봉을 한 후, 미국 취업을 위한 준비를 시작했다. 비자, 건강검진표 등 준비해야 할 서류가 많았다.

"자기야, 건강검진 결과 서류 받으러 가는 거지? 나도 같이 갈까?"

연두색 체크 앞치마를 두른 가온이 현관 앞으로 마중 나왔다.

"뭘, 내가 애도 아니고. 금방 다녀올게."

"알았어. 그럼 내가 자기가 좋아하는 로제 파스타 해놓고 있을게."

"고마워. 아, 나……"

"알지! 고춧가루 팍팍 넣어서 매콤하게 해놓을게!"

가온은 활짝 웃으며 한쪽 눈을 찡긋했다.

연우도 가온을 향해 싱긋 웃으며 엄지를 치켜세우고는 산뜻한 마음으로 현관을 나서 병원으로 향했다. 병원에 도착하자 습습한 소독약 냄새가 연우의 콧속을 훑고 지나갔다. 30분 정도 지났을까. 진료실 앞 전광판에 '이연우'라는 이름이 떴다.

"이연우 님, 당뇨 있는 거 알고 있었나요?"

"네? 당뇨요?"

의사는 검진 결과표를 보여주며 콜레스테롤 수치의 상승으로 혈관이 수축되어 있었고, 그 길을 지나는 혈액은 고혈당으로 인해 끈적끈적한 상태라고 설명했다.

"당뇨는 증상이 없어요. 감기처럼 기침이나 콧물 같은 신호 하나 없이 그동안의 좋지 않은 생활 습관이 혈관에 쌓이고 쌓여서 발생하는 질병이니까요. 그래도 이연우 님은 운이 좋아요. 더 심각해지기 전에 개선할 기회를 얻었으니까요."

"이게 운이 좋은 건가요? 그런데 저 곧 출국해야 하거든요. 거기엔 지장이 없는 거겠죠?"

"출국은 상관은 없습니다. 문제는 식습관이죠."

의사는 파일에서 식단표를 꺼냈다. 현미밥, 두부부침, 나물무침, 맑은 된장국, 버섯볶음 등 온통 채식과 저염, 저열량식으로만 구성되어 있었다.

"저 파티시에인데……. 다른 건 몰라도 시식을 해봐야 제품 개발도 할 수 있는 거라……."

연우의 말에 점잖았던 의사의 눈썹 끝이 위로 높게 솟구치며 이마 주름이 깊게 패였다.

"저당식으로 당장 개선하셔야 합니다. 당뇨합병증이 오면 온몸에 퍼져 있는 모든 혈관에 문제가 생길 수 있어요. 쉽게 말하면 뇌졸중, 심장 질환, 실명 그리고 갑작스러운 사망까지 할 수도 있어요. 당뇨는 그만큼 심각한 질병이에요."

"선생님, 다른 방법은 없는 건가요?"

"식단 조절은 필수입니다."

연우의 구슬픈 애원이 이어졌지만 돌아오는 대답은 냉정했다.

약을 처방받고 집으로 가는 길. 연우의 눈엔 푸른 하늘을 가로지르는 비행기 한 대가 보였다. 5년 전 연우는 저 비행기를 선택했다. 그땐 선택이라고 생각했다. 지금껏 인생은 선택이라고 배워왔으니까. 하지만 포기한 것이었다. 꿈의 이상주의에 사로잡혀 작은 행복과 안정 따위를 모두 포기하고, 잡히지 않는 것을 잡기 위한 질주였던 것이다. 그런 생각이 들자, 더 더욱 포기할 수 없었다. 연우는 휴대폰을 꺼내 가장 익숙한 번 호를 눌렀다.

"자기야, 나 포기 못 해. 포기하기 싫어! 나 무조건 뉴욕 갈 거야!"

상대의 음성이 나오기도 전에 연우는 길바닥 위에 고꾸라 져 처량히 울부짖었다.

"연우야, 그게 무슨 소리야? 포기라니? 그 레스토랑에서 어 려울 것 같대?"

가온은 눈물 콧물 소리만 터뜨리는 연우에게 금방 가겠다 는 말을 남겼다. 더는 흘릴 눈물도 없을 때쯤 그림자 하나가 연우를 감쌌다.

"연우야! 왜? 무슨 일이야?"

가온은 눈물 얼룩으로 더럽혀진 연우의 얼굴을 보고 울상 이 되었다.

"나…… 파티시에 못한대."

"파티시에를 왜 못해? 다른 곳으로 지원하면 되지. 네 경력 이면 한국도, 다른 나라에서도 가능할 거야. 아니면 다시 프랑 스로 돌아갈까?"

가온은 연우를 달래기 위해 애썼다.

"다 틀렸어……. 내 몸으로는 파티시에를 할 수가 없대. 당뇨래. 꽤 오래되었나 봐. 심각하면 합병증까지 올 수 있대. 이제 내가 만든 디저트를 맛볼 수도 없어. 맛도 못 보는데 어떻게 파티시에를 해……."

가온은 말없이 연우를 부축해 집으로 향했다.

한동안 연우는 입을 열지 않았다. 그녀의 손이 쓸모를 잃은 순간부터 그것은 사형 선고나 다름없었기 때문이다.

그사이에 연우의 마음처럼 그녀의 몸도 점점 파리해졌다. 가끔 가온이 끓여다 주는 미음 정도만을 목구멍으로 겨우 넘겨낼 뿐. 때론 그마저도 몸이 거부했다. 마치 삶을 포기한 것처럼. 몇 달 전만 해도 합을 이뤄 에너지를 내뿜던 세포들은 그날 이후 분해를 반복하더니, 이젠 남보다 못한 사이가 된듯했다.

봄바람이 분분하게 휘날리는 5월. 연우는 하늘을 나는 비행기를 보기 위해 앙상해진 복사뼈를 이끌고 베란다로 향했다. 비행하기 참 좋은 날이었다.

"가온 씨, 나 비행기 타고 싶어."

"안 돼."

가온은 단호하게 거절했다. 가온은 연우의 팔목을 낚아채 다이닝룸으로 이끌었다. 식탁 위엔 채소죽 한 그릇과 밑반찬 따위가 차려져 있었다. 가온은 묵묵히 연우를 앉히고 턱받침을 매줬다. 손에는 나무 숟가락을 쥐게 했다.

"최소한 살고자 하는 의지라도 보여줘, 제발. 그럼 그때 비행기 태워줄게."

가온의 눈에서 눈물이 글썽였다.

그제야 연우는 자신의 꼴이 보였다. 앙상한 손가지 사이, 아까 가온에게 붙잡힌 손목엔 붉은 자국이 남아 있었다. 작은 힘에도 연약해진 팔이 원망스러웠다.

"정말 형편없네, 나."

겨우 뗀 한마디에 숙였던 가온의 고개가 들렸다.

연우는 보란 듯이 수저가 잡힌 손에 힘을 쥐었다. 미적지근해진 죽 속을 뭉글하게 파고들었다. 식으면서 점성이 진해졌는지 진득한 한 숟가락이 퍼 올려졌다.

"그래, 먹자."

그날 이후, 음식물을 삼켜내는 연우의 목 넘김은 점점 자연스러워졌다. 한동안 부드러운 음식이 주를 이루고 있었던 식탁은 점점 영양가 있는 식단으로 채워졌다.

"연우야, 고마워."

가온은 생선 살 한 조각을 발라 연우의 보슬보슬한 잡곡밥 위에 얹으며 말했다. 연우는 밥 한술을 크게 뜨는 것으로 화답했다. 어느새 양 볼이 빵빵해진 연우의 모습에 가온은 배를 잡고 웃어댔다. 그녀가 뾰로통한 표정으로 그를 노려보자 가온은 식탁을 집고 있던 왼손을 슬며시 연우 쪽으로 밀었다. 손

아래로 티켓 두 장이 있었다.

"오늘 가자, 비행기 타러."

그 길로 두 사람은 배낭 하나 없이 제주도에 도착했다. 가온은 정갈하게 잘 지어진 돌담집으로 연우를 안내했다. 뒤뜰엔 작은 감귤밭도 있었다.

"연우야, 어때?"

"예쁜데? 우리 연애 초에 얘기했던 그런 로망 같은 집이네. 그나저나 숙소는 언제 예약한 거야?"

연우는 이상으로 가득했던 그때를 추억하며 잠시 눈을 감았다. 바람이 머리칼을 찰랑였다.

"우리 집이야. 너랑 내가 우리가 되어 함께 살 집."

가온의 목소리가 꿈처럼 불어왔다.

연우는 가온이 서 있는 바닷소리가 들려오는 쪽으로 고개를 돌렸다. 그녀의 가슴이 뛰기 시작했다. 뉴욕 크리스틴 레스토랑의 메일을 받았을 때와는 다른 떨림이었다. 처음 '꿈'이란 것을 가졌을 때 느꼈던 진동과 비슷한 것이었다.

"여기서 나는 당신만을 위한 건강식 레스토랑을 오픈하고, 당신은 비건 빵으로 달콤한 건강과 행복을 선물하는 파티시에가 될 거야."

가온의 말이 끝나자 기시감이 들었다. 연우는 언젠가 이런 비슷한 기분을 느껴본 적이 있었던 것만 같았다.

"5년 전에 내가 물었지? 지금의 안정감 다 포기하고 꼭 프랑스에 가야 하냐고. 그때 연우 네가 뭐라고 했는지 기억나? '두려움 없는 보상은 없어.'라고 담담하게 말하더라. 절대 배움을 멈추지 않을 거라고. 그 과정이 아무리 지루해도 언젠가 마주할 불꽃을 위해 견뎌낼 거라고. 그때의 너는 포기한 게 아니야. 기회를 준 거지. 덕분에 우린 낯선 세계에서 새로운 꿈을 꾸며 살아봤잖아. 그때 너를 통해 얻은 용기가 이번엔 내가 너를 이곳으로 이끈 용기가 되었어."

서로를 향했던 시선이 바다를 등지고 같은 곳으로 가 닿았다.

"나중에 나이가 더 들면 우리만의 레스토랑에서 나는 파스타를 만들고, 너는 빵을 굽기로 약속했잖아. 그 시간이 조금 빨리 온 것뿐이야."

가온은 연우의 손을 꼭 잡고 집으로 들어갔다. 원목의 따스함이 느껴지는 주방이 눈앞에 펼쳐졌고, 선반을 열어젖히니 집에 있어야 할 제빵 기구가 거기에 와 있었다. 영문을 모르는 연우가 어리둥절한 표정으로 가온을 쳐다봤다. 그는 그저 웃기만 했다.

"언제부터 준비한 거야?"

"널 처음 봤을 때부터?"

능글맞은 가온의 멘트에 심각하게 움츠렸던 연우의 미간이 활짝 펴졌다. 연우는 다시 입술을 꽉 물고 안색을 관리했다.

"장난치지 말고. 돈은?"

"음……, 적금 깼어."

적금이란 단어에 연우는 온몸의 피가 갑자기 역류하는 기분이 들었다.

"결혼 자금이랑 집 사려고 모아둔 그 적금? 그걸 깼다고? 누굴 닮아서 이렇게 독단적이야? 서가온 씨?"

"5년 전의 이연우 씨를 닮아서 그런가?"

부드럽게 휘어지는 가온의 눈꼬리와 장난기 가득한 웃음이 연우의 눈동자에 가득 찼다. 그때 연우는 생각했다.

'나는 참 좋은 언어를 만났구나.'

배우자를 선택하는 일은 어쩌면 자신이 평생 듣게 될 언어를 선택하는 일일지도 모른다. 가온은 연우를 통해 비상의 언어를 익혔고, 연우는 가온을 통해 안착의 언어를 배워나가고 있다.

"그래서 우리 이제 돈 모아야 해, 자기야. 이 집 사느라 비자금도 다 썼어."

조밀하게 구겨진 연우와 달리 가온은 싱그럽게 웃으며 연우의 손을 들어 올렸다. 왼쪽 네 번째 손가락엔 반지가 끼워졌다.

"우리 같이 건강하게 웃으면서 달콤한 하루하루를 만들어가 볼래?"

연우는 대답 대신 그에게 입을 맞췄다.

연우와 가온이 이방인에서 제주도민이 된 지도 어느덧 1년이 흘렀다. 주방은 여러 대의 카메라로 북적였다.

"여러분 안녕하세요. 오늘은 밀가루 없이 병아리콩과 두부크림으로 만든 브라우니 케이크 레시피를 소개해 드리겠습니다. 브라우니의 단맛은 설탕이 아니라 이 대추야자로 낼 거예요. 물에 15분 정도 불린 뒤 씨를 빼서……"

제주도에서 작은 카페와 함께 '달콩한 연우' 채널을 운영한 지도 벌써 6개월째. 최근 건강 베이킹의 유행과 꾸준한 업로드 덕에 구독자가 꽤 늘었다. 그리고 종종 올리는 신혼 생활 콘텐츠도 많은 사람이 예쁘게 봐주고 있다.

"연우야, 이리 와 봐."

가온이 부르는 소리에 뒤뜰에 가 보니 초록 잎 사이로 블루베리들이 몽글몽글 맺혀 있었다.

"다음에 여름맞이 블루베리 타르트 만들어도 좋겠다. 그치?"

밀짚모자를 푹 눌러쓴 가온이 이마에 맺힌 송골송골한 땀을 그의 옷소매로 스윽 훑었다.

"내가 땀은 수건으로 닦으라고 했지?"

연우가 야단치며 말했다. 그러고는 가온의 어깨 위에 있던 흰색 수건을 집어 그의 땀을 닦아준 다음 다시 주방으로 돌아가 고객 맞을 준비를 했다. 때마침 바다를 타고 선선한 바람이 놀러 왔다.

"어서 오세요, 달콤한 연우에 오신 걸 환영합니다."

눈을 뜨자 세린은 달콤한 꿈을 꾼 듯한 기분이 들었다. 사람의 말에는 힘이, 사랑의 말에는 기적이 담겨 있었다. 파티시에 이연우의 서사를 연기해 내는 동안 자꾸만 부풀어 오르는 마음을 감출 수가 없었다. 절망, 설움, 감동, 환희, 각각의 감정을 구분 짓지 않고 이 모두를 혼합해 감정을 말끔하게 토해냈다.

"마호 님!"

세린이 마호에게 건넨 카드의 색깔은 'Sweet Green'. 달콤하고 싱그러운 초록색이었다.

"때론 추락이 기적이 될 수도 있는 걸까요?"

"추락은 도약을 의미하기도 하지."

대답은 뒤편에서 들려왔다. 딕이었다.

"딕? 오랜만이에요."

새로운 직업이 발견되었다는 소식을 듣고 한걸음에 달려온 그였다. 마호는 새로운 데이터를 반영한 최종 파일을 직업 데이터 센터에 전달하기 위해 먼저 자리를 떴고, 딕은 세린을 직업 봉안실로 이끌었다. 둘은 이연우의 함 앞에 섰다. 명패에는 '비건 파티시에 이연우'라고 적혀 있었다. 딕은 태블릿으로 무언가를 입력했다.

"뭐 하세요?"

세린은 곁눈질로 딕의 태블릿을 쳐다봤다.

"새로운 직업을 등록하고 있지. 비건 파티시에는 정식으로 등재된 적이 없었거든. 그래서 직업 데이터 센터에서 오류가 발생했던 거고."

"그런데 연우 님의 직업 기대 수명은 왜 숫자가 안 뜨죠?"

"같은 이유란다. 정식 등재가 되지 않은 직업은 기대 수명 산정이 되지 않지. 그래서 직업이 정식으로 등재될 때까지 조금 더 기다려야 할 게다. 그나저나 참 좋은 직업이 또 하나 발견되었구나."

딕은 흡족한 웃음을 지어냈다.

"그럼 반대의 경우도 있나요?"

"당연하지. 완전히 소멸한 경우도 있어."

"완전히 소멸해도 이곳에 보관될 수 있어요?"

"모두 보관되어 있지. 이곳은 모든 직업의 역사를 기록하고, 존재를 존중하는 곳이니까. 따라와 보렴."

딕은 세린을 또 다른 직업 봉안실로 이끌었다.

5 신원 확인 불가

딕과 세린은 직업 봉안실 맨 안쪽으로 향했다. 끝에는 은은하게 빛나는 남색 벨벳 커튼이 꼼꼼하게 쳐져 있었다. 딕이 커튼을 걷자 또 하나의 안치장이 나왔다. 다른 안치장과 마찬가지로 카드와 물품들로 가득 채워진 함도 있고, 빈 함도 있었다.

딕은 안치장 중앙의 한 함 앞에 섰다. 그가 매고 있는 사원증을 갖다 대자 '띡' 하는 기계음과 함께 음성이 흘러나왔다.

'확인되었습니다.'

높게 솟은 안치장 사이가 세로로 길게 갈라지며 빛을 냈다. 갈라진 안치장은 문처럼 열리며 새로운 길을 밝혔다. 세린은 예상치 못한 광경에 입을 떡하니 벌렸다. 그런 세린을 보고 딕은 허허 웃고는 설명을 덧붙였다.

"안치장을 가장한 가벽이자, 다른 직업 봉안실로 갈 수 있는 문이란다."

문 사이로 들어가자 양옆으로 횃불이 꽂힌 어둡고 은밀한 터널이 이어졌다.

"재밌는 퀴즈 타임을 한번 가져볼까?"

세린은 일전에 마호에게 들었던 말이 생각났다.

'딕은 퀴즈 타임을 좋아해요. 한번 시작하면 끝을 종잡을 순 없지만, 듣고 나면 이곳에 대한 이해가 높아질 거예요.'

세린은 딕의 제안을 흔쾌히 받아들였다.

딕은 호탕하게 웃으며 잠시 세린을 멈춰 세웠다. 잠시 허리를 숙여 바닥에서 돌 몇 개를 주워 올렸다. 큰 돌덩이 한 개와 자잘한 조약돌이었다.

"원래 직업은 이렇게 큰 돌덩이와 같았어. 한 직업이 여러 작업을 담당해 왔지. 요즘 젊은이들 말로 멀티플레이어? 제너럴리스트? 아마 그럴 거야. 하지만 세상이 발전하면서 다양한 사회 문화적 양상이 나타났고, 직업도 이렇게 자잘하게 나뉘게 되었단다. 즉, 한 가지 일을 전문적으로 하는 스페셜리스트가 나타나게 된 거지!"

딕은 스페셜리스트는 제대로 기억한다는 걸 강조하고 싶었는지 유독 힘을 주어 우렁차게 말했다.

"자, 여기서 문제! 석공은 어떤 직업으로 나뉘었을까?"

세린은 곰곰이 생각했다. 석공은 돌을 다루어 무언가를 만들어 내는 사람이다. 주변을 둘러보았다. 횃불 사이에 있는 선반 위로 칸칸이 조각품이 배치되어 있었다. 세린은 정답을 찾은 건지 눈을 번뜩였다.

"일단, 조각가요!"

"그렇지! 거기에 건축가와 가구 디자이너, 보석 세공사, 그리고 타일 시공사도 있단다. 그 외에도 각양각색의 직업으로 쪼개져 있지."

신이 난 딕은 세린의 손 위로 조약돌을 떨어뜨렸다. 그것들은 각자의 색으로 빛을 내고 있었다. 이후에도 딕의 퀴즈 시간은 길고 긴 터널의 길이만큼 끝없이 이어졌다. 유용한 정보였지만 세린은 점점 당이 떨어져 가는 기분이 들었다. 슬슬 지쳐 갈 때쯤 희미하게 푸른빛이 들어오는 게 보였다. 세린은 입에 모터를 단 딕을 뒤로한 채 그 빛을 향해 뛰쳐나갔다.

"와!"

세린의 눈앞에 한 번도 보지 못한 푸른빛의 산란이 펼쳐지고 있었다. 마치 수중 도시 같았다.

"이곳은 20세기 이전의 직업을 보관해 둔 곳이란다."

세린은 딕을 따라 개울 위에 놓인 돌다리를 건넜다. 시작과 끝은 보이지 않았다. 물 위를 떠도는 푸른빛은 마치 반딧불이를 연상케 했다.

"저 빛들은 뭐예요?"

"신원 확인 불가로 기록되지 못한 역사란다. 여기서 신원 확인 불가란 직업을 확인할 수 없었다는 의미지. 그래도 저들은 이름의 흔적이라도 있어 빛으로나마 여기 존재할 수 있는 거고."

딕은 다리를 건너 나무로 만들어진 안치단이 나열된 공간으로 걸어 들어갔다. 엿장수 이봉수, 과학자 장영실, 보부상 이호식, 전령 서흔남, 기생 논개, 영화 필름 자막 제작자 박주희……. 끝없는 직업인의 향연이었다.

상단에 배치된 함 중 몇몇에는 배지가 달려 있었다. 딕은 배지를 유심히 훑는 세린의 시선을 알아챘다.

"저 배지가 궁금한가 보구나!"

딕은 재킷 윗주머니를 열어 손을 집어넣었다. 푸근한 손의 크기 탓에 주머니가 빈 공간 없이 팽팽해졌다. 겨우 꺼낸 뭉툭한 손끝엔 함에 붙어있던 배지와 똑같은 것이 있었다.

"직업에 대한 충실도에 따라 안치단의 위치가 결정된단다. 전생에 자기 직업에 충실했던 이들은 위쪽에, 그렇지 못한 이들은 저 아래쪽에 배치되지. 물론, 신분에 따른 차등도 없단다."

전생에 왕이나 귀족이었다고 해서 위에 있지 않다는 의미였다. 관직이 높은 이들 중 세린의 허리 아래 춤에 있는 이도 많았다. 반면에 성실하게 농사를 지었던 농부, 거짓 없이 왕의 일거수일투족을 기록했던 승정원, 전쟁에서 전우애를 발휘했던 군인과 같은 사람들이 높은 곳에 배치되어 있었다.

"그런데요, 이곳에 언제부터 계셨어요?"

세린은 문득 궁금해졌다.

"나? 아마 40년이 넘었지?"

딕은 손가락을 접어가며 수를 헤아리다 수염이 수북한 턱을 긁적였다.

"그럼 정확하게 어떤 일을 하는 거예요?"

"새로운 직업을 발견하고, 소멸할 수 있는 직업의 흔적들을 발굴하고 있지."

그동안 얼마나 많은 직업이 발견되고, 발굴되었는지에 관한 이야기가 다시 분출되기 시작했다.

세린의 뇌에서 과부하가 오기 시작한 시점에 딕의 발걸음이 멈췄다. 세린도 따라 멈췄다. 어떤 함 앞이었다. 그 함에도 배지가 달려 있었고 명패엔 '비행사 권기옥'이라 새겨져 있었다. 딕은 권기옥의 함을 열어 작은 노트 한 권을 꺼냈다. 일기였다. 대략 훑어보니 1919년부터 기록이 끝나는 마지막 페이지까지 심덕희라는 이름이 드문드문 눈에 띄었다.

"심덕희?"

"이번에 찾아야 할 실종자란다."

"네? 아니, 이것만 가지고 어떻게……"

딕은 옅은 푸른빛이 감도는 나무 명패를 세린에게 건넸다.

"마침 저 다리 밑에 나무 명패가 있었거든. 기록이 명확하게 존재하는 직업인은 나무 명패의 형태로 발굴될 수 있지. 하지만 신원 확인이 불가한 사람들은 희미한 빛으로 채집된단다. 그중에 좋은 것은 이곳의 어떤 기록과 닿아 찰나 동안 명패가 생성될 수 있지."

건네받은 명패에는 '심덕희'라는 이름이 붓글씨체로 쓰여 있었다. 아까 본 다른 빛들에 비해 생기가 없었다.

"그 빛이 사라지면 심덕희는 이 세상에서 영영 소멸할지도 모른단다. 그녀를 기억하는 단 한 사람은 이미 사라졌으니까."

세린은 권기옥의 함을 재차 들여다봤다. 거기엔 '1901. 01.11.~1988.04.19.'라는 날짜가 적혀 있었다. 세린은 딕이 준 나무 명패와 권기옥의 일기장을 들고 1층으로 내려갔다.

"마호 님, 이 명패로 예매 부탁드릴게요."

마호는 고개를 갸웃거리며 모니터 화면을 살폈다.

"세린 님, 심덕희라는 인물은 없는데요? 아, 그것도 함께 주실래요?"

마호가 가리킨 것은 권기옥의 일기였다. 일기를 받은 마호는 티켓 한 매를 발매했다.

"여기요. 〈비행사 권기옥〉 편으로 예매해 드렸습니다."

상영관에 들어서자 푸른색과 붉은색 조명이 엇갈려 있었다.

세린이 자리에 앉자 기다렸다는 듯이 영화는 바로 시작했다.

학교 뒷동산에 앉아 하늘을 보고 있는 한 여학생. 그녀에게 슬금슬금 다가가 깜짝 놀라게 하는 또 한 명의 여학생.

"야, 심덕희!"

앉아있던 여학생이 소리치며 그녀를 잡기 위해 성큼성큼 뛰어갔다. 잡히지 않으려 뛰어가던 덕희는 제 발에 걸려 넘어졌다.

S# 2. 평양 숭의여학교 뒷동산, 오후 2시

"아…… 아파."

덕희는 기옥에게 항복의 몸짓을 취하며 무릎을 부여잡았다.

"어휴, 넌 진짜 조심 좀 해. 난 항상 너의 어설픔이 걱정된다니까."

"걱정 마, 나 실전파야. 기옥아, 근데 뭐 보고 있었어?"

덕희는 기옥을 따라 하늘 위로 고개를 기웃거렸다.

"저기 높이 날아가는 새!"

기옥은 검지로 새를 가리켰다.

"새? 새는 왜?"

"난 저 새처럼 하늘을 푸른 들판 삼아 달릴 거야. 몇 년 전 평양에서 한 양인 비행사가 곡예비행을 하는 걸 본 적이 있어. 그 거대한 쇳덩이가 세상 자유롭게 날갯짓을 하는데, 그건 마치 내게 독립운동을 하라는 계시 같은 거였어. 저 쇳덩이를 타고 일제와 일왕을 폭파하리라 다짐했지. 덕희야, 나는 비행사가 될 거야."

기옥은 양팔을 양옆으로 곧게 뻗어 잔디에 몸을 맡겼다.

"그럼 나도! 우리 꼭 비행사가 돼서 독립된 천하를 자유롭게 비행하자!"

덕희도 기옥을 따라 두 팔을 힘껏 벌려 잔디에 등을 기댔다. 두 소녀는 무엇이 그리 재밌는지 서로를 보며 간지러운 웃음을 터뜨렸다.

그날 저녁 모두가 송죽회에 모였다. 만세 운동을 위한 태극기 만들기에 한창이었다.

"덕희야, 지금 완성된 태극기가 총 몇 장이야?"

만옥이였다. 그녀는 송죽회에 속한 여학생 중 가장 나이가 많아 자연스레 학생 대표로 학생들을 관리했다.

"120장 정도요. 내일 출발 전까진 150장 정도 가능할 것 같습니다."

만족스러운 답변을 들은 만옥은 단상 위로 올라갔다. 기옥과 덕희 뒤로 태극기를 든 여학생 독립운동 부대가 줄지어 서 있었다.

"다들 주목! 3월 1일, 내일이면 거사 일이다. 기옥이는 그날 덕희와 함께 행상으로 변장해 일원을 이끌도록 해."

"네!"

기옥이 허리를 곧게 펴며 기세등등한 목소리로 대답했다.

반면에 덕희의 고개는 축 처져 있었다. 무슨 생각에 잠긴 건지 덕희는 꼼짝 않고 있었다. 대답이 없자 만옥은 단상에서 내려와 덕희에게 다가갔다. 기옥은 급히 덕희의 옆구리를 툭툭 쳤다. 그제야 정신을 차린 덕희가 대답했다.

"……네!"

송죽회에서 나오는 길에 덕희는 오른팔이 저렸다. 떨려오는 손을 들키고 싶지 않아 주먹으로 꽉 감싸고 뒷동산으로 달아났다. 덕희는 왼손에 들린 작은 태극기를 바라보며 나지막이 혼잣말을 했다.

"지키고 싶지 않은 마음은 죄인 걸까요?"

울분에 찬 외침은 총성보다 작으며, 태극기를 휘날리는 일이 총격전에서 승리를 가져다주진 않는다. 한반도 전역에서 벌어지고 있는 은밀한 투쟁. 덕희는 이 무모한 행위들이 점점 부질없어 보였다.

"덕희야, 괜찮아?"

기옥이었다. 급하게 올라온 건지 헐떡대며 숨을 고르고 있었다. 그런 기옥을 보자 덕희는 눈물이 났다. 그동안 꺼내지 못한 걱정과 두려움이 벌컥벌컥 나오기 시작했다.

"기옥아 사실 난 잘 모르겠어. 이 일이 해야 하는 것처럼 느껴지다가도, 그게 맞는지, 우리가 이걸 해 봤자 무엇이 바뀌는지, 소중한 사람을 잃게만 되는 건 아닌지……. 나 내일 아우내 장터로 안 가고 싶어. 우리 그냥 같이 도망갈까?"

덕희는 그녀가 처한 현실과 투쟁하듯 모든 걸 쏟아냈다.

"덕희야……."

기옥의 눈빛은 덕희를 다그치고 있었다.

"그게 맞는 삶일 수도 있는 거잖아. 그냥 평범하게 사는 거. 이 세상에서 소중한 사람들만의 안전을 바라고, 그저 가족과의 안락한 삶을 꿈꾸는 것조차 잘못된 거야?"

"그렇지만 우린 해야 해. 여기 두렵지 않은 사람이 어딨니? 다 소중한 가족이 있고, 그걸 지키고 싶어서 하는 거잖아. 지금 동포들은 우리보다 훨씬 위험한 곳에서 칼과 총을 들고 싸우고 있어. 언제까지 방패 속에만 숨어 있을 건데?"

기옥은 타이르듯 덕희에게 말했다.

"나는…… 너와 달라. 무서워. 벌써 온몸이 떨려온다고. 어릴 때 왜놈들이 우리 언니를 끌고 간 그 날이 아직도 생생해. 그때

난 큰 독 안에 숨어 갈라진 틈으로 언니가 끌려가는 걸 봤어. 우리 아버지는 그날 그놈들을 말리다가 돌아가셨고. 얼마나 맞았는지 얼굴이 피범벅이 돼서 이목구비를 알아볼 수도 없었어. 그 끔찍한 기억이 요즘 따라 자꾸 떠오른다고. 어머니는 내가 그냥 공부하는 줄만 알아. 나…… 정말 잘 모르겠어…….”

덕희는 말을 거듭할수록 몸이 더 떨려왔다. 기옥은 그런 덕희를 살포시 감싸 안았다. 진정될 때까지 천천히 토닥였다. 그날 밤은 기록되지 못한 채 고요하게 지나갔다. 덕희는 매일이 이런 밤이면 좋겠다고 생각했다.

덕희는 간밤에 소원을 빌었다. 해가 잠시 떠오르는 법을 잊게 해달라고. 하지만 무심하게도 해는 떠올랐다.

기옥은 벌써 나갈 채비를 하고 있었다. 그녀는 태극기와 칼을 챙겨 덕희의 곁을 스쳐 지나갔다. 잠시 뒤, 기옥이 이끄는 행상 부대가 먼저 평양 시내 거리로 향했다.

덕희는 회의실 안에서 태극기를 움켜쥐었다 펴기를 반복했다. 그때 만옥이 들어왔다.

“덕희야?”

“언니…… 저는…… 저는요…….”

“괜찮아, 그래도 된단다.”

만옥은 편안한 미소를 지으며 덕희가 기댈 수 있는 어깨 팍 한쪽을 내어주었다. 뒤늦게 찾아온 평안을 느껴보려 했던 그때 총성이 울렸다.

"여기 있는 계집애들 싹 다 끌어내!"

일본어가 뒤섞인 날카로운 목소리가 들렸다.

만옥은 손이 분주해졌다. 양손엔 총과 칼이 들렸다. 벽에 걸린 천 하나를 걷어내 뒷문을 열었다. 만옥은 갖고 있던 칼 한 자루를 덕희에게 쥐여줬다.

"기옥의 행상 부대에 얼른 이 소식을 알려야 해."

만옥은 울먹이는 덕희를 뒤로한 채 뒷문을 꽉 닫았다. 또다시 총성 소리가 울렸다. 군인들의 발걸음이 더 가까워졌다. 더는 누군가를 또 잃을 수 없었던 덕희는 뒷길로 기옥이 있을 시내 거리를 향해 뛰어갔다.

거리를 매운 총성 소리. 아수라장이 되어버린 장터. 이미 일제의 탄압이 시작된 듯했다.

덕희는 기옥을 찾아야 했다. 단 1초도 예측할 수 없는 상황. 덕희는 도망치는 사람들의 틈을 비집고 거리를 더 깊숙이 파고들었다. 흩어진 무리에서 끝까지 독립 만세를 열창하는 소녀가 보였다. 기옥이었다.

"기옥아!"

덕희는 있는 힘껏 기옥을 불러대며 그녀에게로 달려갔다. 그때 칼을 든 한 일본 순경이 기옥에게 돌진했다. 칼은 그대로 한 10대 소녀의 살을 비집고 들어갔다. 덕희는 급히 만옥에게 받은 칼을 꺼내 그 순경의 심장에 내리꽂았다. 순경이 쓰러지자 그제야 왼쪽 옆구리의 쓰라림이 느껴졌다. 고통을 참기 어려웠지만, 지금은 그녀의 눈앞에서 얼어버린 소녀를 달래는 일이 먼저였다.

"기옥아……, 괜찮아. 일단 얼른 가. 꼭 살아서…… 독립된 조국을 자유롭게 비행하는 비행사가 되어줘……."

덕희는 그녀에게 눈물을 흘릴 시간도 허락하지 않았다. 그저 자신의 손에 쥐어진 태극기를 건넸다.

기옥은 그 태극기를 받아 들었다. 덕희와 눈을 한 번 더 마주치고는 뒤를 돌았다. 달려나가는 걸음에서 땅 먼지가 일었다. 마치 이륙 전 활주로를 가로지르는 비행기의 바퀴처럼.

또 한 발의 총성이 울렸다. 덕희의 눈엔 붉게 물든 하늘이 보였다. 그 사이를 가르는 새 한 마리. 새가 지나간 자리엔 청아한 푸른빛이 어려 있었다. 그건 덕희가 언제나 상상해 왔던 독립된 하늘 속 기옥의 모습이었다.

'기옥이는 결국 비행사가 되었구나!'

화면이 꺼진 스크린 위로 희뿌연 글자가 모습을 드러냈다. 그것은 오랜 세월 꽁꽁 묻혀있던 덕희의 염원이었다.

'나는 너만큼 용감하지 못해서 조국을 지켜야 한다는 대담한 염원은 품을 수가 없었어. 다만 내 생의 마지막 총성이 울렸던 그날, 그 순간, 내가 지키고 싶었던 건 조국이 아니라, 너의 꿈이었어. 언젠가 푸른 하늘을 가로지르겠다는 화창한 꿈. 그런 꿈을 바라보는 것만으로도 나는 충분히 자유를 느낄 수 있었으니까.'

막이 내렸다. 푸른빛 조명이 상영관 전체를 물들였다. 손에 꽉 쥐고 있던 명패는 카드가 되어 있었다. 'Independent Sky'. 독립의 하늘. '독립운동가 심덕희'가 바라던 색이었다.

상영관 밖에선 딕이 기다리고 있었다.

"수고했단다. 그분께 이걸 붙여드리고 오렴."

딕은 세린에게 작은 배지 하나를 건넸다.

세린은 카드와 배지 그리고 권기옥의 일기장을 들고 다시 조금 전 들렀던 직업 봉안실로 향했다. 기옥의 함 옆에는 덕희의 함이 만들어져 있었다.

세린은 카드와 기옥의 일기장을 독립운동가 심덕희의 함 안에 넣고 닫았다. 함 표면에 배지를 붙이는 일도 잊지 않았다. 때마침 푸른색 빛 하나가 세린의 곁을 맴돌았다. 세린은 그것이 덕희 일지도 모른다는 생각이 들었다.

"그전까진 만인의 역사에 남는 것만이 의미 있다고 생각했어요. 덕희, 앞으로도 어떤 역사책과 자료에서도 당신의 이름을 찾을 순 없겠죠. 하지만 한 사람의 역사에 잊지 못할 푸른 하늘이 되었죠. 그것만으로 충분하다는 걸 이제야 조금 알게 되었어요."

그제야 세린의 곁을 맴돌던 빛이 푸른 하늘빛을 찬란하게 터뜨리며 사라졌다. 그건 세린이 덕희의 눈으로 기옥과 함께 보았던 염원의 하늘색이었다.

[기옥의 일기]

1988년 3월 1일

그때 내가 너를 달래지 않고,

여기 남아있어도 괜찮다, 존재만으로 충분히 힘이 되었다,

그렇게 너를 다독였다면 네가 그리되진 않았을 텐데…….

나는 지금도 이 땅과 하늘에 내 이름을 남긴 것이 후회될 때가 있어.

차라리 너의 이름을 한 번 더 다정히 불러줬다면,

그랬다면 참 좋았을 텐데…….

생애라는 것이 유한하다는 것을 그땐 왜 몰랐을까?

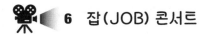

6 잡(JOB) 콘서트

한계였다. 지금 흘러나오는 노래의 제목이 그렇게 말하고 있었다. 수진은 오늘 아침에 벌어진 일을 다시 떠올렸다.

"네, 책임님. 정말 죄송합니다."

수진은 사수와 팀장의 눈치를 보며 대행사 직원을 향해 조용히 읊조렸다.

"수진 씨, 뭐가 죄송해?"

그때 뒤에서 사수의 목소리가 들려왔다.

"아, 그게…… 대행사에 제가 예산안을 잘못 전달한 부분이 있어서요."

수진의 말이 끝나기도 전에 사수는 전화를 대신 받았다.

"네, 이경헌 대리입니다. 상황은 들었고, 저희랑 일 한두 번

한 게 아닌데 이렇게 처리하면 안 되죠. 분명 전년도에 진행한 행사랑 규모, 예산 모두 비슷할 거라고 몇 번을 강조해 드렸는데, 어떻게 예산을 이렇게 보낼 수가 있죠? 초짜 아니잖아요?"

사수는 힘이 들어간 건조한 말투를 속사포로 내뱉었다. 그의 미간 사이가 점점 좁혀지기 시작하자 고개를 푹 떨군 수진은 땀으로 흥건해진 꽉 쥔 주먹만 바라봤다.

"저희도 돈 주고 이용하는 건데 이렇게 하시면 안 되죠. 그럼 금일 오전까지 재정리해서 보내주세요."

그는 들고 있던 펜을 종이 위에 꾹꾹 눌러 가며 마지막 말을 내뱉었다. 그제야 수화기가 내려갔다.

그날 오후, 사수는 이 일에 있어 단 한 가지만 지적했다.

"오늘처럼 다른 팀이나 부서, 특히 대행사엔 죄송하다거나 실수했다는 말 일절 하지 마세요. 그리고 부탁드린다거나 감사하다는 말도 최대한 아끼세요. 실수나 사과, 부탁 그리고 감사는 우리가 할 게 아니라 대행사의 몫이에요. 성수진 씨 똑똑한 사람이니까 잘 알아들었을 거라고 믿겠습니다."

입사 직전 수진이 인수인계를 받을 때 가장 주의 받았던 사항 중 하나는 '말'이었다. 모든 입사자는 업무의 효율을 높이고, 책임을 전가 받지 않기 위한 새로운 언어를 배워야 했다. 열정이 충만했던 수진은 사수의 말을 빠르게 숙지했다. 하지만 숙지와 습득은 다른 영역이었다.

어느덧 입사 5개월 차. 대기업 입사라는 달큰한 스파클링 와인의 거품이 식어가고 있었다. 노래 몇 가닥에 기대어 퇴근을 하던 중에 사람이 복작이는 곳으로 시선이 향했다. 그곳은 오묘한 분위기가 감도는 시네마였다.

수진은 고개를 갸웃거리며 두 눈을 의심했다. 이 골목에선 한번도 보지 못한 광경이었기 때문이다. 수진은 홀린 듯 사람들을 비집고 시네마 안으로 들어갔다.

"어! 고객님 오신다. 세린 님, 부탁 좀 할게요."

오늘은 플픽 백도현 CTO의 영화 시사회 날이다. 마호와 리나는 분주한 걸음으로 비품실과 로비를 오가고 있다. 벌써 30편이 넘는 잡스 시리즈를 진행했지만, 콘서트 당일만큼은 모두 바짝 긴장한다.

시네마 입구 위에 깔린 보라색 카펫 위로 또 하나의 그림자가 드리워졌다.

"〈잡 콘서트: 홀로그램 패드 개발자 백도현〉 편 현장 예매로 오신 거죠? 운이 좋으시네요. 취소표 몇 장이 남아 있거든요."

세린은 방금 들어온 고객을 위해 빠르게 표를 준비했다.

"아…… 네."

고객의 대답이 애매했지만 빠른 일 처리를 위해 세린은 준비된 표를 건넸다.

수진은 얼떨결에 받은 표를 유심히 보다가 시사회의 주인공을 기억해 냈다. 최근 20~30대의 압도적인 지지를 얻고 있는 젊은 기업가 중 한 명이었다. 수진이 그와 관련한 기사 몇 줄을 읽고 있던 그때 안내방송이 흘러나왔다.

'잠시 후 플픽 백도현 CTO의 영화가 상영될 예정이오니 내빈 여러분께선 신속히 상영관으로 입장해 주시길 바랍니다.'

수진은 급히 상영관 안으로 들어갔다. 높은 천장, 뮤지컬 홀처럼 두 개의 층으로 구성된 좌석. 스크린 앞엔 넓은 단상이 설치되어 있었다. 거대한 상영관의 자리가 모두 채워지자 영화가 시작되었다.

S# 1. 고속도로를 달리는 시외버스, 오후 1시

어린 소년은 생각한다. '흔들리는 버스에서 왜 우리는 몸을 일으켜 하차 벨을 눌러야 할까?' 이 작은 질문이 그를 소프트웨어학과로 이끌었다. 그렇게 코딩을 배워 하차 벨 앱을 만들고 나니 또 하나의 물음표가 생겼다. '굳이 휴대폰을 켜야 하나?' 그런 도현의 눈에 버스의 창이 보였다. 연구실에서 터치 스크린 기술을 공부하던 중에도 강한 의구심이 들었다. '디스 플레이가 제약일 수도 있지 않을까?' 그 의심이 현재의 플픽을 만들었다.

143분의 러닝 타임이 끝나자 스크린 앞에 설치된 단상에 불이 환하게 들어왔다. 기립박수 속에서 한 남자가 모습을 드러냈다.

"안녕하세요, 홀로그램 문화를 설계해 나가고 있는 플픽의 창업자이자 현재는 CTO 직책을 맡고 있는 백도현입니다."

관객의 함성이 상영관을 가득 메웠다. 그들의 연령층은 다양했다. 눈을 반짝이는 꼬마 발명가부터 어떤 환상에 젖어있는 젊은이, 제2의 청춘을 시작하는 중장년층까지. 지친 기색이 역력한 사람도 듬성듬성 앉아 있었다.

도현이 카드 한 장을 펼쳐내자 관객들은 집중했다. 카드의 색은 'Fail Red'. 실패의 빨강이었다.

"여러분, 여기 카드에 쓰인 숫자가 보이나요?"

"3개월이요."

맨 앞에 앉은 교복을 입은 학생이 대답했다.

"맞아요. 무슨 암 말기 환자 같죠? 이 카드는 파산을 앞둔 제가 이 시네마에 처음 왔을 때 받은 거였어요. 그리고 저는 정확히 3개월 뒤 망하게 되죠."

도현은 카드를 들고 있던 왼손을 내리고 반대 손을 들었다. 그 손엔 포인터가 들려 있었다.

"저는 오늘 여러분께 제 인생의 두 가지 실패에 대해 말씀 드리려 합니다."

도현의 뒤로 자료 화면이 올라왔다. 영상엔 플픽 로고가 박힌 제품이 있었다. 손가락 크기의 얇은 판의 버튼을 누르자 스마트폰 화면이 펼쳐졌다. 관객이 수군대기 시작했다. 수진도 마찬가지였다.

'깜짝 신제품 발표회인가?'

처음 보는 형태의 스마트폰에 관객은 도현의 다음 말만 기다리며 숨을 죽이고 있었다.

"표정을 보아하니 다들 잘 모르시는 것 같네요. 플픽의 첫 번째 제품이었던 홀로그램 스마트폰입니다."

도현은 슬라이드를 넘겼다. 5,000,000,000이라는 숫자가 다시 한번 관객의 이목을 끌었다. 무대는 이미 그의 손아귀에 장악되었다.

"50억. 플픽이 홀로그램 스마트폰으로 받은 첫 투자금입니다."

홀로그램 기술의 상용화를 열렬히 지지했던 사람들은 제품의 등장만으로도 흥분을 감추지 못했다. 그것의 시장성과 실

용성에 대한 예측엔 누구도 신경 쓰지 않았다. 플픽의 벼락 성공 신화는 카드 뉴스와 기사 따위에 의해 단 몇 초 만에 포장 되었으니까.

"성공했다면 여러분 휴대폰의 로고가 바뀌어 있었겠죠? 그런데 저희는 왜 망했을까요?"

예상치 못한 질문에 관객석이 고요해졌다. 손을 움찔거리는 몇몇 사람이 있었지만 끝내 들지는 못했다.

잠시 뜸을 들이던 도현의 손이 올라가면서 그의 깔끔한 손짓과 함께 명확한 답이 나왔다.

"기술만 좇았기 때문입니다. 선진 기술이 그에 걸맞는 문화와 복지를 가져오진 못했습니다. 이에 플픽은 시장에서 완벽하게 실패하게 되죠. 이후 저희는 시장 분석을 통해 교육용 제품을 출시했습니다. 이런 교육용 홀로그램 폴더블 패드는 플픽이 에듀테크 산업에서 일어설 수 있는 발판을 마련했습니다."

도현의 첫 번째 실패에 대한 이야기가 끝났다. 그는 또다시 슬라이드를 넘겼다.

"그다음으로 본인이 잘할 수 있는 일을 분별하는 능력의 중요성에 대해 말씀드리고 싶네요."

교육용 홀로그램 폴더블 패드는 기존 교육용 태블릿 시장의 판도를 뒤흔들며 업계 1위를 향해 승승장구했다. 당시 CEO였던 도현의 어깨엔 힘이 가득 실렸다. 대표라는 호칭이 원래부터 자신의 옷인 듯했다. 회사의 성장에 맞춰 직원 채용도 활발하게 이뤄졌다. 하지만 한창 성장 가도를 달려야 할 시기에 플픽은 둔화기에 들어섰다. 언론에 노출되는 이미지를 통해 업계 평판은 좋았지만, 제품의 실제 이용률의 증가는 미미했고, 명확한 수익 모델 또한 내놓지 못하고 있었다. 빛 좋은 개살구, 딱 그 격이었다.

"무엇이 문제였을까요? 일단 자기 능력을 객관화하지 못한 대표의 탓이 가장 컸습니다. 당시 대표였던 제가 궁극적으로 잘하는 것은 제품 개발이었습니다. 한시적으로 시장을 읽을 줄은 알았지만, 비즈니스를 다각화하고, 새로운 수익 모델을 발굴해 내지 못했습니다. 게다가 돈이 되는 일은 저보다 공동 창업자인 정연 님이 훨씬 잘했죠. 그런데 저는 그의 능력까지 제 것이라고 착각했습니다."

수진은 직감적으로 중요한 대목임을 느꼈다. 가방에서 급히 펜과 다이어리를 꺼내 들었다.

"삶이란 자신이 선망하는 것을 찾아 나가는 것이 아니라, 버거운 것을 소거해 나가는 것일지도 모른다는 생각이 들었습니다. 저는 그렇게 대표 자리에서 물러났어요."

실제로 플픽 창립 8년 만에 대표가 교체되었다.

포기를 언급한 도현의 표정은 가벼워 보였다. 그의 손이 한 번 더 움직였다. 슬라이드에는 '플픽의 비전'이라는 글씨가 떠올랐다.

"마지막으로, 제약을 극복하면 한계는 붕괴됩니다."

도현은 플픽의 비전과 함께 신사업인 '융합 인재 프로젝트와 장학생 선발'에 대한 이야기를 꺼냈다. 그는 내년 상반기부터 진행될 융합 인재 프로젝트는 학생들이 홀로그램 기반의 작품과 제품을 만드는 것을 목표로 운영된다고 했다.

"세상은 우리가 개인의 재능을 깨닫게 되는 걸 두려워합니다. 그래서 입시만을 위한 무익한 교재와 점수로 재능이 없음을 인정하게 만들고, 전공이라는 구조화된 시스템 안으로 울타리를 치게 만듭니다. 혹시 스스로 재능이 없다고 생각하나요? 해보지 않아서 모르는 건 아닐까요? 융합 인재 프로젝트는 학생들이 자각하지 못한 자신의 흥미와 재능을 발견하도록 돕는 교육 프로그램입니다. 핵심은 특정 영역을 나눠 선발하지 않는다는 점입니다. 한 명의 학생이 10개월 동안 자신이 기획한 내용을 직접 제작 및 실현까지 할 수 있도록 도울 예정입니다. 제약은 저희가 없애 드리겠습니다. 한계는 여러분이 붕괴해 내길 바랍니다."

도현의 입에서 여유 있는 웃음이 흘렀다.

"직업 카드가 길잡이를 해준 적도 있지만, 그렇지 않을 때도 있었습니다. 빨리 가는 방법보다 높이 가는 방법을 선택하셨으면 좋겠습니다."

도현의 말이 끝남과 동시에 박수갈채가 울려 퍼졌다.

주변이 소란스러워졌다. 어느새 시사회는 끝나 있었다. 무대 뒤편으로 사라지는 도현의 모습이 보였다. 수진도 따라 일어섰다. 상영관 밖으로 나가기 위해 입구에 몰려 있는 사람들 사이를 비집었다. 그러다 누군가의 팔꿈치에 부딪혀 왼손에 들려 있던 다이어리가 힘없이 떨어졌다. 줍고 싶었지만 떠밀려 오는 인파에 밀려 도저히 뒷걸음질 칠 수가 없었다. 겨우 1층 로비에 도착한 수진은 카운터로 향했다.

"혹시 지금 백도현 CTO님 뵐 수 있을까요?"

수진의 물음에 직원은 난감한 표정을 지었다.

"죄송합니다, 그건 어려울 것 같습니다."

결국 수진은 도현과 다이어리 모두를 놓쳐버렸다. 공허함이 붕 떠올랐다. 방황하던 발걸음은 버스정류장 앞에서 멈췄다. 처음 보는 정류장이었다. 고단했던 하루를 지탱해 줄 것이 필요했다. 수진은 정류장 벤치에 털썩 주저앉았다.

"잡 콘서트 보셨나 봐요?"

오른편에서 가지런한 목소리가 들려왔다.

"어떻게 아셨어요?"

무시할 성격은 되지 못한 수진이 무덤덤하게 대꾸했다. 여전히 고개는 푹 숙이고 있었다.

"거기 티켓……."

수진의 손엔 백도현 CTO의 티켓이 들려 있었다. 수진은 얼굴을 감싸고 있는 머리카락 틈으로 오른쪽 눈을 치켜들었다. 검은색 구두, 검은색 정장 바지, 그 위로 흰 셔츠. 낯이 익던 참에 상대의 얼굴을 확인한 수진은 화들짝 놀랐다.

"어…… 왜 여기 계세요? 그러니까 제 말은…… 버스를 기다리는 건가요?"

당황한 수진은 말이 헛나왔다.

도현의 입에서 작은 웃음이 샜다. 보통의 첫인사와 다른 말이 튀어나왔기 때문이다. 깍듯하지 않은 인사는 오랜만이었다.

"아, 이게 습관이 돼서요. 자가용을 이용할 때보다 대중교통을 탈 때 보이는 게 더 많거든요."

도현의 손엔 그의 영화에서 보았던 작은 아이디어 노트가 들려 있었다. 틈틈이 떠오르는 생각과 궁금증을 자유롭게 기록하는 공간이라 했다.

"음……, 어려 보이긴 한데 학생은 아닌 것 같기도 하고……."

도현은 수진의 목에 걸린 사원증을 보며 말했다.

"이제 막 졸업해서 인턴으로 일하고 있습니다."

도현은 또다시 웃음을 터뜨렸다. 깍듯하게 바뀐 수진의 어미 때문이었다.

도현의 반응에 수진은 울상을 지어냈다.

"아, 미안해요. 정말 신입 같네요. 일은 어때요?"

"음……"

회사에서의 일을 떠올리는 수진의 얼굴엔 그림자가 드리워졌다.

도현은 수진의 목에 걸린 사원증으로 지레짐작할 수 있었다. 수진은 자신의 이상에 도달하기 위해 안주해 본 적이 없는 사람이었을 것이다. 이상에 도달한 사람의 표정이 저럴 순 없다.

"책임 회피와 게으름에 대한 발화량이 늘어날 것 같은 제 미래가 달갑지 않아요."

수진이 말했다.

도현의 표정이 사뭇 진지해졌다.

"보통 미래에 제약을 거는 건 본인이에요. 자신을 둘러싼 이해관계와의 평화 유지를 위해 맺은 협정 같은 거라 하지만, 결국 자신의 평화에도 기여하지 못했으니 변명이지요."

도현의 단호함이 수진의 마음을 후벼 팠다.

수진은 목에 걸린 사원증을 바라보았다. 사원증에 박힌 이름은 한동안 평화의 상징이었다. 먼저 가정의 평화. 부모님의 얼굴엔 화색이 돌았다. 부부 동반 모임에서 자식 자랑할 기회를 충만하게 드릴 수 있었다. 척추측만증을 앓던 아버지의 기세등등해진 뒤태를 볼 수 있었다. 형제간의 우애도 마찬가지였다. 소개와 협상도 쉬워졌다. 사명이 박힌 명함 하나에 자신을 바라보는 낯선 타인의 시선은 제법 호의적이었다. 사내 복지도 빼놓을 수 없었다. 회사를 중심으로 삶의 균형이 맞춰지고 있었다. 그렇게 대외적으로 수진은 완벽해 보였다. 다만, 내면에서 바라본 자신의 모습은 허울에 불과했다.

'미래의 나는 오늘을 받아들인 나를 이렇게 기록하겠지. 최고의 순간이자 최악의 사건.'

수진은 안락한 삶에 대한 재정의가 절실했다.

잠자코 수진을 지켜보던 도현은 재킷 안주머니에서 지갑을 꺼냈다.

"수진 님의 가능성을 알아봐 주는 어른을 만나세요. 그중 한 명이 제가 될 수도 있겠네요."

명함 한 장이 수진에게 건네졌다. 예상치 못한 친절에 수진의 눈동자가 파르르 떨렸다.

"도움이 필요하면 언제든 연락하세요. 저도 몇 해 전에 이쯤에서 좋은 스승을 만났거든요."

도현의 머릿속에선 이 순간이 지난날과 오마주 되었다.

잡 콘서트 상영이 끝난 후 길가에 고꾸라져 있는 도현의 어깨에 누군가 노크를 건넸다. 반듯하게 흰 정장을 입고 있던 여자. 그녀는 도현이 본 잡 콘서트의 주인공으로 투자 회사 대표였다. 명함 한 장이 도현의 손에 쥐어졌다. 그 어른은 뒤돌아서기 전 이렇게 말했다.

"힘들었던 오늘에 운이 좋았다고 생각하세요."

"도현 님의 카드 색이 바뀌었네요."

직업 봉안실을 정리하던 세린이 말했다.

함께 있던 리나도 도현의 함 앞에 섰다. 'Dream of Brown'. 비옥한 갈색 대지를 딛고 자라나는 꿈나무들. 가장 개인적인 꿈이 대중적인 희망이 되었음을 암시하고 있었다. 기대 수명도 5년이 더 늘어 있었다.

"이런 경우엔 둘 중 하나예요. 이상적인 모습에 한 층 더 가까워졌거나, 조력자를 만났거나."

리나가 말했다. 그녀는 도현의 카드에서 눈을 떼지 못하고 있었다.

"세상에 도현 님 같은 어른이 또 있을까요?"

리나는 허공에 대고 물었다.

"세상이라는 오답 노트 속에서 당신의 인생은 어떤 순간에도 오답이 아니었으며, 그때 한 최선의 선택이 최고의 선택이었다는 걸 믿어주는 그런 어른 말이에요."

항상 판판했던 리나의 등짝이 오늘따라 위축되어 보였다.

세린은 망설여졌다. 둘 사이에는 암묵적 선이 명확하게 존재했기 때문이다. 그래도 이번엔 이성의 제어를 꺾고 세포의 움직임을 존중해 보기로 했다.

세린의 손끝이 리나의 어깨에 살포시 닿았다.

"저기…… 리나 님."

온기를 느낀 리나는 뒤를 돌았다. 다행히 평소의 날 선 눈빛은 아니었다.

"리나 님은 유일한 사람이에요. 아침에 가장 먼저 일어나 시네마의 창문을 여는 유일한 사람. 시네마 앞의 화단을 가꾸는 유일한 사람. 고객들의 직업 DNA를 소중하게 관리하는 유일한 사람. 그리고 어떤 순간에도 이성적인 판단력을 흐리지 않는 유일한 사람. 저는 자신의 하루를 이렇게까지 존중하는 사람이 또 있을까 싶었어요. 덕분에 저도 제 역할을 더 잘해내고 싶어졌고요."

세린은 그동안의 진심을 담담히 전했다.

리나는 기분이 이상했다. 그동안과는 다른 의미로 언짢았다. 낙하산처럼 나타나 아니꼬웠던 세린이 어른의 말을 건넨다는 사실을 받아들이기 힘들었다. 얼굴에선 열감이 느껴졌다. 제멋대로 울컥대는 감정을 세린에게 보이고 싶지 않았다. 리나는 고개를 푹 숙이고 황급히 직업 봉안실을 나갔다.

고궁을 촬영 중인 카메라 앵글에 지난번과 비슷한 장면이 잡혔다. 이번엔 검은색 옷이다. 빼곡한 시민들 사이에서 높은 하이힐을 신고 꼿꼿하게 묵념 중인 여자. 연속되는 우연한 장면에 남자는 숨죽이며 카메라를 들어 올렸다.

찰칵. 여자의 시선이 카메라에 닿았다. 남자의 시각만큼 여자의 청각도 또렷했나 보다. 모랫바닥에선 이미 땅 먼지가 일어났다. 남자는 허둥지둥 카메라를 내리며 변명을 떠올렸다. 심호흡을 내뱉고 하나, 둘, 셋.

"그……"

"예쁘게 나왔나요?"

낮게 깔린 여자의 목소리는 예상과 달리 살가웠다.

"아, 네. 그…… 풍경이 너무 예뻐서요."

틀린 말은 아니었다.

여자는 가볍게 눈웃음을 지었다.

"이해해요. 카메라를 들고 있는 동안 우린 작가잖아요."

여자의 손이 카메라 앞으로 불쑥 내어졌다.

"나 그쪽처럼 이상한 사람 아니니까 잠시만 카메라 좀 빌려 줄래요?"

"저도 뭐 그렇게 이상한 사람은 아닙니다만……."

남자는 말끝을 흐리며 카메라를 건넸다.

여자는 능숙하게 카메라를 조작하더니 고궁을 배경으로 펼쳐진 단란한 풍경을 담아냈다. 초점 안엔 샛노란 은행잎을 든 아이도 있었고, 곱게 한복을 차려입은 관광객도 있었다.

"저도 사람들을 은밀하게 담는 걸 좋아하거든요. 조작되지 않은 자연스러움! 너무 예쁘지 않나요?"

여자의 눈은 놀이동산에 처음 가본 아이처럼 반짝이고 있었다. 예뻤다. 남자는 그제야 굳은 광대 근육을 풀고 시원하게 웃을 수 있었다. 두 사람의 말은 통하고 있었다.

"근데 뭐 하는 중이었던 거예요?"

남자가 물었다.

"음……, 참회?"

다시 고궁을 바라본 여자의 눈빛은 먹먹해져 있었다.

"참회 중이었어요."

남자는 그녀로부터 한걸음 물러섰다. 알 수 없는 말이었다. 가냘프게 반쯤 감긴 눈과 아랫입술을 꽉 물어버린 윗입술. 참회보다 분투에 가까워 보였다.

"그나저나 학생이에요?"

잔잔하게 흐르는 바람 사이로 여자의 물음이 들려왔다.

"네, 대학원생이에요."

"오, 무슨 전공인지 맞혀 봐도 돼요?"

남자는 눈썹을 으쓱대며 고개를 끄덕였다.

"예술 할 것 같은데, 관상이."

여자가 한 걸음 다가섰다. 두 사람 사이의 공백이 좁혀졌다. 그녀는 남자의 머리부터 발끝까지 유심히 관찰했다. 길게 뻗은 팔과 다리, 흰 셔츠 목 자락에 닿아있는 머리카락, 살짝 웨이브 진 장발, 전체적으로 얇은 태. 유연한 리듬을 갖고 있을 것 같은 분위기. 그림체로 따지면 물과 물감을 6:4 비율로 섞은 수채화 같았다.

"음……, 무용과! 맞죠?"

"어떤 무용 할 것 같은데요?"

"가냘픈 천 자락처럼 생긴 게…… 한국 무용?"

"가냘픈 천 자락이요?"

남자는 자신의 두 귀를 의심하며 다시 한번 되물었다.

"네! 그 가게 개업식 때 풍선 인형 같은 거요. 바람 불면 날아갈 것 같고……."

짓궂은 말에 남자는 여자를 노려보며 볼에 바람을 가득 실어 심통한 기분을 표출했다.

"거참, 치욕스럽네요. 바람 불면 날아갈 것 같은 일을 하진 않는데 말이죠."

"그럼 뭐 하시는데요?"

여자는 들숨과 날숨이 뿜어져 나오는 웃음을 겨우 참으며 물었다.

"오히려 반대죠. 바람과 조율하며, 때론 돌풍과 맞서기도 하는 일을 하니까."

남자는 셔츠 주머니에서 꺼낸 무언가를 여자에게 건넸다. 흰 바탕에 검은 글씨. 명함이었다. 앞면엔 '헤드 큐레이터 신건우', 뒷장엔 'ATO'라는 로고가 박혀 있었다.

"아토?"

여자는 익숙한 듯 브랜드명을 읊었다. 급하게 휴대폰을 켜 한 SNS 페이지를 남자의 눈앞에 들이밀었다.

"맞죠?"

"그래서 우리가 동선이 몇 번 겹쳤군요!"

남자의 머릿속에서 드디어 조각난 의문의 퍼즐이 자연스레 맞춰졌다.

"재밌는 인연이네요."

건우가 말했다. 그는 건축대학원 학생인 동시에 SNS를 통해 다양한 공간을 소개하는 콘텐츠 큐레이팅 사업을 하고 있다. 이번 시즌의 컨셉은 '흙바닥 위의 공간들'이다.

"대학원생이면 학교 일만 해도 바쁠 텐데, 어떻게 공간 큐레이팅까지 하는 거예요?"

"그냥, 별 생각 없이 하는 거예요."

정제되지 않는 말 뭉텅이 하나가 툭 튀어나왔다.

"과거의 제가 한 결심을 현재의 제가 존중하는 거죠, 뭐."

여자의 동공이 거세게 흔들렸다. 그러다 갑자기 콧김을 내뿜더니 천천히 고개를 끄덕였다.

"아, 훔치고 싶다……."

그녀는 나지막이 중얼거렸다.

"네?"

"신건우 씨."

그녀의 부름에 서로의 눈동자가 닿았다.

"오늘 하늘색이 참 예쁘네요."

둘의 눈엔 어스름한 핑크빛 노을이 뭉게뭉게 부풀어 오른 하늘이 담겼다.

"그쪽은요?"

건우가 물었다.

"저는 그냥 평범한 직장인이에요."

군더더기 없는 담백한 소개였다.

"반린아 선배님, 축하드립니다!"

"넌 그 선배님 소리 좀 그만해! 나 돈 없으니까! 선배면 밥 사줘야 하잖아, 우리 후배님."

린아는 건우의 어깨를 툭 치며 핀잔을 주면서도, 그가 준비한 꽃다발은 받았다. 거기엔 '퍼스널 환경 진단 전문가, 반린아'라는 쪽지가 꽂혀 있었다.

오늘은 기대 수명 시네마에서 린아의 영화가 개봉하는 날이다.

"영화도 개봉했겠다, 이젠 돈방석 위에 앉을 일만 남은 거 아니야? 수익이 몇 대 몇인데?"

"7:3! 물론 내가 3이고."

"오! 힘내, 누나! 아무리 생각해도 인테리어에 너무 많이 썼는데. 뭐…… 사업하는 사람들 다 어쩔 수 없는 거니까. 아무튼 빚 갚으려면 열심히 벌어야지! 그나저나 벌써 7~8년 정도 됐나?"

건우는 손가락을 접어 수를 세며 지난날을 회상했다.

"그때 국내·외 건축사무소 잡 오퍼 받던 착실한 과 수석이 갑자기 실종되셔서 얼마나 놀랐던지. 1년 반 만에 온 연락엔, 뭐? 프랑스에서 가이드를 하고 있다고? 지금도 없는 사업 만들어 낸 누나가 참 별나지만, 그때의 누난 정말 외계에서 온 그댄 줄 알았어."

"그러게. 뒤늦은 사춘기 같은 거였나? 그때의 서울은 나한테 너무 벅찬 도시였거든. 그래서 때늦은 가출 청소년이 된 거지!"

린아는 싱긋 웃었다. 이젠 담담하게 말할 수 있는 옛 기억 정도다.

건우는 그런 그녀의 등을 토닥이며 수고에 대한 위로를 전하고, 로비 테이블에서 일어나 영화 소개 보드 쪽으로 걸어갔다. 그곳은 성실한 인생의 향연이었다. 그중 개봉 예정작에 걸려있던 한 포스터가 건우의 시선을 끌었다. 〈1분 1초를 다루는 마케터 고유담〉.

"뭐야……, 평범한 직장인 아니네."

지난번 고궁에서 마주쳤던 여자였다.

뾰로통한 말투와 달리 입꼬리는 실룩 올라갔다. 영화 포스터에는 각종 수상 경력과 대중에게 사랑받은 광고 캠페인 제목이 주르륵 나열되어 있었다. 화려한 이력이 유독 번잡해 보이는 건 그날 보았던 모습과는 상반되어서일까. 아무튼 이 상황이 반가운 건우다.

"근데 누나, 여기 상영작들은 선정 기준이 뭐야?"

"기준은 다양해요."

보라색 벨벳 유니폼을 입은 남자가 두 사람 사이에서 불쑥 튀어나왔다. 마호였다.

"매달 저희 직업 데이터 센터에서 몇 가지 키워드를 뽑아주면, 시네마에선 그 키워드에 적합한 직업인을 선정합니다. 아무튼 린아 님은 며칠 전에 뵀고, 건우 님은 정말 오랜만이네요."

"아, 네."

건우는 고개를 까딱했다.

"유담 님은 업계 인플루언서예요."

건우의 호기심 어린 눈빛을 포착한 마호가 태블릿을 꺼내 들었다. 그 속엔 지난 잡 콘서트 때의 사진이 있었다.

"유담 님은 작년에 잡 콘서트 시사를 진행했어요. 영화도 그때 개봉했어야 했는데, 사정상 유담 님이 요청해 주신 대로 여러 번의 재구성 끝에 드디어 개봉하게 되었답니다."

영화 제작 시 직업인들은 대개 한두 번의 미팅을 갖는다. 그렇게 제작하더라도 영화에 대한 직업인의 만족도는 높았다. 하지만 유담은 자신의 손을 거치지 않으면 절대 개봉하지 않겠다는 의사를 밝혀, 한동안 시네마와 지속적인 미팅을 진행한 케이스였다.

"조작되지 않은 자연스러움을 좋아한다고 해놓고, 자기 영화는 엄청 손댔나 보네."

유담의 포스터 앞에서 건우는 괜히 그녀에게 말을 걸어 보았다.

"그런데 두 분 11시 영화 아닌가요?"

마호는 건우의 손에 쥐여 있는 린아의 영화표를 가리켰다.

예상치 못한 장소에서 만나 유독 반가웠던 걸까. 건우는 유담의 포스터 앞에서 한참을 머뭇거렸다. 하지만 시간이 재촉하는 탓에 작은 포스터 한 장을 챙기는 것으로 아쉬움을 달랬다.

건우와 린아는 마호의 배웅을 받으며 상영관으로 입장했다.

페이드인. 어두웠던 화면이 다시 밝아졌다. 영화의 여운이 가시지 않은 가운데 퍼스널 환경 진단 전문가 반린아의 인터뷰가 쿠키 영상으로 나왔다.

"서울의 하늘은 티 없이 맑은 칼날과 같아서 적응하지 못한 제 세상엔 가뭄이 찾아왔어요. 하루에도 몇 번씩 쩍쩍 갈라진 땅 틈 사이로 추락하곤 했죠. 비단 서울만의 일은 아니에요. 저에겐 숨이 트였던 파리가 누군가에겐 고약한 곳일 수도 있어요. 자신에게 맞는 도시, 생활, 환경이 모두 다르다는 이야기죠."

화면이 검은색으로 물들었다. 그 위로 흰색으로 쓰인 문장이 올라왔다.

'스스로의 소리를 신뢰해 주세요. 여러분의 감정과 이따금 발현되는 대담함을 존중해 주세요. 건강한 선택을 했을지라도 결과는 심장을 부서지게 할 수도 있답니다. 그럼에도 불구하고 자신의 하늘을 향해 나아가세요.'

영화가 끝났다. H열 7번 좌석의 관객. 그는 몸을 움직일 수가 없었다. 마음이 움직였기 때문이다. 구조된 감정 하나가 수면 위로 떠 올라 뺨을 타고 흘러내렸다. 툭툭 떨어지는 감정은 꽉 쥐어진 주먹 위로 착지했다. 남자는 그렇게 모든 좌석이 비워질 때까지 순간의 감정을 직면하는 일을 거듭했다.

"혹시, 퍼스널 환경 진단 전문가 반린아 님 명함을 받을 수 있을까요?"

H열 7번 좌석의 관객이었다.

"네, 당연하죠. 여기 있습니다."

마호는 가나다순으로 정렬된 서랍에서 명함을 꺼내 관객에게 건넸다.

"감사합니다."

관객은 고개 숙여 인사하고는 시네마를 나섰다.

"어? 아까 그 고객님이네. 명함도 구비해 두는 거예요?"

광경을 지켜보던 세린이 슬며시 카운터로 들어왔다.

"그럼요, 이런 상황을 대비해서."

슬쩍슬쩍 명함 서랍을 열어보던 세린은 고개를 들어 시네 마를 나서는 남자의 뒷모습을 바라봤다. 걸음걸이에서 울적한 소리가 났다.

"우는 법은 모르는 줄 알았는데 도움이 되었으면 좋겠네요."

경헌은 근무 시간이 한참 지난 사무실에 앉아 사색에 잠겼다. 공허한 눈은 반년 전의 일을 되뇌고 있었다. 흐려질 만한 사소한 기억이 생생한 건 우연히 보게 된 인턴 수진의 업무 일지 때문이다.

약 3개월 전, 인턴의 실수로 아침부터 대행사와의 작은 소동이 있었다. 경헌은 신입 시절에 배운 대로 일을 처리했다. 소동 이후, 안색이 조금 어두워진 인턴의 표정 빼곤 모든 게 깔끔했다. 다만, 점심을 따로 먹겠다는 인턴의 말이 목구멍에서 걸려 점심시간 내내 그 무엇도 삼켜낼 수가 없었다.

그는 양해를 구하고 식사 자리에서 먼저 일어났다. 사무실로 돌아와 인턴 자리 앞에 섰다. 종잇장 아래의 포스트잇이 눈에 띄었다. 사과라도 해야 할 것 같았다. 포스트잇 한 장을 떼기 위해 종이를 들췄을 때, 인턴의 다이어리가 바닥으로 툭 떨어졌다.

'이 집단에서의 일이란 협동이 아니었고, 나는 나의 실수에 고개를 숙이기보다 목소리를 세우는 법을 배웠다. 이런 내 모습이 아이러니하다.'

경헌의 마음이 쿵 내려앉았다. 이마에선 식은땀이 송골송골 맺혔다. 떨려오는 손은 도저히 펜을 들 수가 없었다. 그의 사과는 식도를 넘어 꿀꺽 삼켜졌다. 그날 이후, 마음속에 쌓인 답답한 응어리 때문에 몇 날 며칠을 뜬눈으로 밤새웠다.

인턴 기간이 끝날 무렵, 경헌은 회사 게시판 앞을 서성이는 인턴의 뒷모습을 보게 되었다. 그곳엔 하반기 신입 공채 공고가 붙어 있었다. 그는 분명 자신의 도움이 필요한 순간일 것 같단 생각이 들었다.

그날 저녁, 오랜만에 인턴과 식사 자리를 가졌다.

"많이 먹어요. 아 참, 이번에 신입 공채 지원했죠?"

경헌이 인턴에게 물었다.

고기를 집던 인턴은 경헌의 눈을 한번 쓱 흘기더니 젓가락을 조심스레 놓았다. 그러곤 웃음을 한껏 머금은 눈동자를 내보이며 대답했다.

"아! 제가 졸업하고 꼭 졸업 여행을 가보고 싶었는데, 이번

공채 과정을 보니까 하반기에 바로 입사더라고요. 그래서 이번엔 여행 좀 다녀오고, 다음번에 지원하려고요."

"아, 그래요? 그럼 나중에라도 연락해요."

인생에 굳이 공백을 만든다는 인턴의 말을 이해하긴 어려웠지만, 한결 밝아진 얼굴을 보자 경헌은 마음이 놓였다.

"경헌 님, 인턴이랑 송별회는 잘했어요?"

마케팅 3팀의 지연 대리였다.

"네, 잘했어요."

"다행이다, 걱정했는데!"

지연 대리가 손뼉을 치며 안도의 한숨을 내쉬었다.

"뭘요?"

"아, 지난달에 화장실 앞에서 한번 마주쳤었는데, 눈가는 시뻘게져서 떨구지도 못하고, 눈물을 그렁그렁 달고 있더라고요. 달래줄 새도 없이 달려가 버려서……. 신입 때 제 생각이 나더라고요."

지연 대리의 말은 자신의 신입 시절까지 늘어졌다.

경헌은 쓰고 있던 안경을 벗어 책상 위에 탁 내려놨다.

"지연 씨, 제가 지금 업무가 급해서요."

"아, 네. 죄송해요, 일 보세요."

지연 대리는 두 손 모아 공손하게 자리를 비켰다.

그날 이후 휘몰아치는 업무에서 한숨을 돌릴 수 있는 저녁만 되면 지난날 인턴의 표정과 지연 대리의 말이 떠올랐다. 이 현상은 지난 주말, 시네마에서 영화를 보고 온 뒤로 더 심해졌다. 업무로부터 소외된 시간은 그를 더 괴롭게 만들었다. 사색의 연장선에서 경헌은 책상 앞에 놓아둔 명함을 집어 들었다. 직업에 대한 영화만을 다룬다는 그 시네마에서 받아 온 것이었다.

오랜만에 친구들을 만나러 간 대학로에서 만난 낯선 시네마. '기대 수명'이란 단어가 걸리긴 했지만, 그것이 더 눈길을 끈 것도 사실이다. 경헌은 홀린 듯 시네마의 문을 열었다. 영화 상영표를 천천히 둘러봤다. 그때 한 여자 직원이 다가왔다.

"영화 보러 오셨나요?"

불쑥 튀어나온 직원의 물음에 경헌은 약속이 있다는 사실도 까맣게 잊은 채 고개를 끄덕였다.

직원은 경헌의 표정을 살폈다. 낯선 공간에 대한 두려움과 설렘이 공존하고 있었다.

"저희 시네마는 처음이신가요? 간단히 설명해 드리면, 저희는 직업을 주제로 한 영화들을 다루고 있답니다. 지금 상영 중인 영화가……"

직원은 태블릿으로 상영 중인 영화를 하나하나 설명했다. 〈IT 공룡 기업 7합의 노하우_IT 기획자 심유나〉, 〈안녕, 나의 반려 새싹_반려 식물 테라피스트 김준희〉, 〈덕업일치 시리즈_최연소 버거 프랜차이즈 점장 원종화〉, 〈드리운 하루를 지켜 주는 그림자_개인 경호원 완수한〉 그리고 〈당신에게 맞는 환경을 진단해 드립니다_퍼스널 환경 진단 전문가 반린아〉까지 5개의 영화가 차례대로 소개되었다.

"일단 기획, 데이터 분석, 개발 직군에 종사하는 직장인 사이에서는 IT 기획자 심유나 님 영화가 인기 있어요."

경헌은 미세하게 고개만 끄덕일 뿐 별다른 반응 없이 태블릿 속 영화 순위 버튼을 눌렀다.

"영화 순위는 대개 사회의 트렌드를 반영하고 있답니다. 요즘 인테리어 쪽에선 그린테리어가 유행이다 보니 반려 식물 테라피스트 김준희 님의 영화가 연일 매진을 달리고 있어요."

"이건 뭐죠?"

경헌은 덕업일치라는 키워드를 짚었다.

"아, 덕업일치 시리즈는 늘 환영받는 콘텐츠 중 하나죠. 원래 종화 님은 60년 전통을 자랑하는 유명 갈비찜 전문점의 자제분이었어요. 그런 유서 깊은 식당의 도련님이 초등학생 때, 반장이 돌린 햄버거를 먹고 새로운 입맛에 눈을 뜬 거죠. 반짝!"

직원은 갈비찜 사진과 햄버거 사진을 교차해서 보여줬다.

"그렇게 시작된 종화 님의 햄버거 사랑은 그에게 최연소 프랜차이즈 점장이란 타이틀을 안겨줬어요. 어? 방금 입맛 다셨죠?"

직원은 침으로 반질해진 경헌의 입술을 가리켰다.

변명을 찾던 눈동자는 꺼져 있는 가습기를 발견했다.

"건…… 건조해서요."

"아닌데, 다셨는데? 혹시 최애 음식이 햄버거?"

"갈비찜이요."

"아! 이따 갈빗집 링크 공유해 드릴게요."

"네, 감사합니다. 아니……"

민망해진 경헌은 다음 영화의 설명을 재촉했다.

"아, 이건 요즘 데이트 폭력이랑 SNS상의 개인 정보 노출로 인한 스토킹 범죄가 증가하고 있어서 개인 경호원 완수한 님의 영화 예매율도 높아지고 있답니다."

"이 영화는요?"

경헌의 검지가 마지막 영화의 소개란을 살피고 있었다. 퍼스널 환경 진단 전문가 반린아의 영화였다.

"오, 안목이 높으세요! 바로 어제 개봉한 히트 예정작이에요."

얼떨결에 경헌의 손에는 영화표 한 장이 들려졌다.

자리에 앉은 경헌의 눈앞엔 쉼 없이 자신의 길을 개척해 나가는 한 사람의 이야기가 펼쳐졌다.

영화에는 이런 표현이 나왔다.

'상기 이미지와 다를 수 있습니다.'

흔히 음식점 메뉴판에서 볼 수 있는 글귀다. 군침을 돋우는 메뉴판 속 이미지와 달리, 실상은 다소 부실하거나 실망스러울 수도 있다는 의미다. 이는 린아가 대학에 입학하고 처음 느꼈던 감정이었다.

린아의 20대는 미디어커뮤니케이션학과에서 출발했다. 그중, 1학년 1학기 첫 수업 때의 일이다. 흰머리가 지긋한 한 교수가 교단 위에 올라섰다.

"다들 실습수업을 기대하고 왔을 거예요, 그렇죠?"

방송국 PD, 작가, 영화감독, 광고인 등의 꿈으로 부푼 1학년들은 교수의 말에 고개를 연신 끄덕였다.

"아쉽게도 그런 수업은 거의 없습니다. 이론과 기획서 작성 수업이 대부분일 거예요. 그래서 오늘은……"

기대를 한껏 품고 간 첫 수업에서 린아는 분개했다. 대학만 가면 꿈을 펼칠 수 있다 선전했던 지난날의 학교, 선생님, 입학처 그리고 정부의 어른들에게. 그때부터 린아의 분투가 시작되었다. 순응하는 법을 몰랐던 그녀는 끊임없이 자신에게 맞는 환경을 찾고자 노력했다.

'자신에게 맞는 환경 찾기라……'

영화를 곱씹던 경헌은 명함에 적힌 사명을 확인했다. '파인 딩 그라운드'. 경헌은 갑자기 결의에 찬 표정으로 노트북을 열어젖혔다. 키보드에서 자판 소리가 다급하게 울렸다. 파인딩 그라운드 상담 창에 도착한 경헌은 상담 예약 완료 버튼을 누르고, 다음 날 연차를 신청했다.

경헌은 파인딩 그라운드 앞에 도착했다. 각진 모서리가 없는 유려한 곡선의 형상을 띤 건물이었다. 외피는 투명하고 매끈한 질감으로 마감되어 있었다. 그는 감상을 멈추고 오후의 볕을 한껏 머금은 건물 안으로 들어섰다.

"어서 오세요."

베이지색의 새틴 정장을 입은 안내 데스크 직원이 경헌을 맞이했다. 예약 여부를 확인한 후, 직원은 그를 상담실로 안내했다. 태블릿 화면엔 총 6개의 코스가 있었다.

1. 주거 환경 진단 코스: 이사, 이주, 귀농 등의 계획이 있나요? 자신에게 맞는 주거 환경을 진단해 드립니다.
2. 워케이션 진단 코스: 원격 근무가 보편화된 시대! 효율적인 업무를 보장하고, 삶의 질을 향상시킬 수 있는 환경을 진단해 드립니다.

3. 캠퍼스 진단 코스: 대학 진학, 교환 학생을 앞두고 있나요? 당신에게 필요한 시설과 제도가 있는 캠퍼스 환경을 진단해 드립니다.

4. 업무 환경 진단 코스: 현재 근무 환경에서 느끼는 불편함이 있나요? 자신에게 맞는 근무 환경을 진단해 드립니다.

5. 여행지 진단 코스: 어떤 곳에서의 여행이 의미 있는 순간으로 기억될까요? 당신의 여행 취향을 분석하고, 알맞은 여행 환경을 진단해 드립니다.

6. 개인 상담 코스: 원하는 코스가 없다면 개인 상담 후 전문가와 함께 퍼스널 환경 진단을 진행합니다.

경헌은 '4. 업무 환경 진단 코스'를 선택했다. 영역은 사내 업무 환경, 대인 관계, 라이프 스타일, 커리어 계획 및 목표 등으로 나뉘어 있었고, 테스트는 한 시간에 걸쳐 진행되었다. 테스트가 끝나자 경헌은 진단실로 안내되었다.

"이곳은 파인 그린 룸입니다."

진단실의 이름이었다.

아치형의 문을 거쳐 방 안으로 들어서자 습윤한 풀 향이 코끝을 스쳤다. 진득하고 달콤한 향기에 뭉친 어깨가 풀리고, 마음이 토닥여지는 것 같았다. 경헌은 향의 출처를 찾고자 방 전체를 훑었다. 화이트 우드 톤의 벽 중앙엔 창이 있고, 그 밖으로 초록색 들판과 맑은 물이 흐르는 강이 펼쳐져 있었다. 강

주변엔 사람들이 모여 있었다. 그들의 표정을 보아하니 좋은 말이 흐르고 있는 것 같았다. 평온한 풍경에 경헌은 몸을 창가 쪽으로 기울였다.

"그거 진짜 들판 같죠?"

귀에 익은 음성이 경헌의 귀를 파고들었다. 고개를 뒤로 돌리자 흰 플랫 구두에 살구색 정장 셋업을 입은 장신의 여자가 서 있었다.

"경헌 님, 안녕하세요. 반린아입니다."

린아는 경헌에게 손을 내밀어 악수를 청했다.

대략 180cm에 가까운 리나와 눈을 맞추기 위해 경헌의 턱 끝이 살짝 들어 올려졌다. 갈색 생머리를 찰랑대는 그녀는 아침 공기처럼 상쾌한 웃음을 갖고 있었다. 얼마 전, 영화에서 봤던 그녀의 실물을 마주하게 되니 팬은 아니지만 성공한 덕후가 된 것 같은 기분이 들었다.

경헌도 목을 가다듬고 간단히 자신을 소개했다.

"이건 디스플레이 액자예요. 산뜻한 환기가 필요하실 것 같아서 파인 그린 룸으로 안내해 드린 건데, 어떠세요?"

경헌은 큰 숨을 들이켜고 내쉬었다. 신선한 공기의 자극은 경헌의 얼굴에 살굿빛 혈색을 돌게 했다.

"좋네요."

린아는 마우스를 움직여 그의 진단 결과 파일을 열었다. 파일엔 경헌의 이력과 테스트 결과가 담겨 있었다.

경헌은 올해로 5년 차에 접어든 KYR그룹 마케팅팀의 그로스 마케터였다. 그의 업무 유형은 '디테일한 프로세서'다. 정해진 체계에 대한 적응력과 흡수력이 뛰어나고, 꼼꼼하게 일을 처리해 높은 성과를 끌어내는 유형이다.

"경헌 님, 업무 성과가 되게 좋네요. 근무 시간 외에도 개인적으로 공부를 엄청 하나 봐요."

"네, 그런 편인 것 같아요."

예상치 못한 칭찬에 경헌의 입꼬리가 실룩댔다.

"근무 시간이 오전 10시부터 오후 7시까지인데 출근을 8시에 하고, 퇴근 후엔 매일 2시간씩 자기 계발을 하고 있네요?"

"네, 빈틈을 별로 안 좋아해요. 행동에서도, 시간에서도."

"팀원들하고 관계는 어떠세요?"

"음……, 능력 있는 사람이 많아요. 배우면 다들 곧잘 하고. 다만, 저는 모든 업무가 제 손을 거치지 않으면 불안해서 상부로 넘기기 전에 한 번 더 체크하는 편이에요. 아, 그리고 커뮤니케이션 비용을 줄이려고 항상 노력하고요. 가장 중요한 건 목표, 수치, 결과 같은 거니까. 그래서 팀원들과도 이런 대화를 주로 하죠."

경헌의 말을 빠르게 타이핑해 나가던 린아의 손이 멈췄다. 그러곤 종이 위에 반듯한 네모를 그렸다.

"경헌 님, 경헌 님은 이렇게 딱딱 나눠진 정사각형 같은 환경에서 자신만의 루틴을 형성하는 것에서 큰 안정감을 느끼는 것 같아요. 완벽주의적인 성향도 있고요."

린아의 분석을 듣던 경헌의 어깨에 살짝 힘이 실렸다. 왼 다리 위에 올려둔 오른 다리가 앞뒤로 미세하게 흔들렸다.

린아는 이런 상황이 익숙한 듯 그에게 따뜻한 차 한잔을 건넸다.

"긴장 안 하셔도 돼요. 이곳은 회사가 아니랍니다. 경헌 님의 말 토시 하나하나를 평가하는 곳이 아니라는 말이에요."

린아는 탁상 서랍을 열어 빈 A4 용지 한 장을 더 꺼내고는 다시 펜을 들어 올렸다. 유쾌했던 그녀의 눈빛이 사뭇 진지해졌다. 얇은 펜촉이 빈 용지 사이를 가로질렀다. 흔들림 없는 직선과 깔끔한 곡선이 펼쳐졌다. 왕년에 설계도 좀 그렸던 태가 고스란히 드러났다. 순식간에 옷 하나가 그려졌다. 경헌에게도 낯익은 복장이었다. 지난 2년간의 군 생활 동안 볼 만큼 봐왔던 것이었으니까.

"익숙하죠? 맞아요, 방탄복이에요. 깔깔이라고도 하던데. 요즘 직장인들의 필수품이죠. 다들 아침마다 점잖은 정장 안에 겨울의 히트텍처럼 꼭 챙겨 입잖아요. 안정적인 직장이란 이면에 숨겨진 매일의 육탄전! 오로지 말과 엑셀 창 위의 숫자로 공격하는 참 우아하고 고상한 전투. 어떤 상처는 훈장이 되지만, 어떤 상처는 부상이 되는 혈투."

경헌의 마음속에선 린아의 영화를 보며 구조되었던 감정이 다시 떠올랐다. 점점 울렁이는 뜨거움을 참아내기가 힘들었다. 이번엔 눈이 아닌 입에서 분출되었다.

"저도…… 지난 5년간 제가 한 일이 칼날을 가는 일인지 몰랐습니다……. 똑똑한 사원이자, 유능한 사수가 되고 싶었을 뿐인데, 다른 의미의 명사수가 되어 있었네요. 제가 그 인턴과 동료들에게 쏜 건 무엇이었을까요?"

경헌은 답답한지 목젖까지 조인 넥타이를 느슨하게 풀어냈다. 길 잃은 손의 검지는 엄지의 살을 긁어내며 불안한 육탄전을 벌였다.

고개를 툭 떨군 경헌은 단념한 듯한 눈빛으로 간절한 부탁을 내뱉었다.

"이미 이 환경에 너무 익숙해졌는데…… 제가 정말 바뀔 수 있을까요?"

"당연하죠. 다시 바꾸면 돼요, 환경은. 환경을 바꾸면 사람은 바뀔 수 있어요."

린아의 확언에 경헌은 천천히 고개를 들어 올렸다.

"경헌 님, 솔직한 마음을 들려주셔서 감사해요. 그거 아세요? 세상엔 완벽한 악역도, 선역도 없답니다. 사람은 환경에 정말 많은 영향을 받거든요. 결국 기존 환경에 적응하는 것을 선택하는 경우가 많은데, 그럼에도 경헌 님은 이곳에 오신 거죠. 지금부터 저와 12주 동안 상담과 성찰 테라피를 진행하면서 현재 근무 환경에 대한 근본적인 문제점을 찾고, 희망 시 이직도 도와드리겠습니다."

가장 듣고 싶은 말을 듣게 된 경헌은 결국 눈물을 터뜨렸다.

"좋아요, 그렇게 흘려보내면 돼요. 들어오면서 저희 건물 보셨나요?"

경헌은 고개를 끄덕였다.

"물결을 모티브로 만든 건물이에요. 올록볼록한 외피에 햇빛이 닿으면 마치 강물처럼 윤슬이 맺히게 되죠. 사실 마음 같아선 한강 뷰에 사무실을 두고 싶었는데, 아직 제가 빚만 있고 돈이 없어요, 돈이. 그래서 이 회색 도시 한 가운데에 물길을 터 본 거죠. 물길을 트면, 물결을 타고 비슷한 결의 사람들이 자연스럽게 모이니까요. 그러니까 경헌 님의 마음에도 물길을 터주세요. 일단 자신부터 흐를 수 있게."

파인딩 그라운드를 나오는 길에 경헌은 뒤를 돌아 건물을 바라봤다. 노을을 머금은 건물이 윤슬처럼 반짝이고 있었다.

넋을 놓고 발이 이끄는 대로 길을 따라 걷다 보니 다시 그 시네마 앞이었다. 건물의 은빛 표면에 노을이 닿아서인지 전보다 더 따스해 보였다. 정문으로 시선을 돌리자 익숙한 모습이 보였다. 수진이 나오고 있었다. 그녀의 손에는 그때 그 갈색 다이어리가 꼭 쥐어져 있었다.

"엥? 대리님?"

"수진 씨…… 왜 여기에?"

"아, 이 다이어리 찾으러요!"

수진은 불쑥 다이어리를 내밀었다.

"몇 달 전에 근처에서 잡 콘서트를 봤는데, 이걸 흘리고 왔지 뭐예요. 근데 제가 그사이에 취업을 해서 야근 때문에 못 오고 있다가…… 아……."

수진은 무심코 내뱉은 말에 놀라 오른손으로 자신의 입을 가렸다.

"아, 취업하셨어요?"

"아하하, 네. 그렇게 되었네요."

수진은 머쓱한지 머리를 긁적였다.

"오, 축하해요!"

"근데요, 대리님. 우셨어요? 여기 눈 밑에 허옇게 뜬 자국이……."

경헌을 보는 수진의 눈에 걱정이 가득해졌다. 그의 상태를 살피다가 핸드백에서 카페의 로고가 박힌 일회용 물티슈를 하나 꺼냈다.

"일단 이걸로라도 닦아……."

"수진 씨, 미안해요. 내가……."

경헌의 눈에서 눈물이 또르르 떨어졌다. 눈물은 점점 굵어졌다. 흐느끼는 소리에 맞춰 웅크린 어깨가 들썩거렸다. 난데없는 광경에 행인들의 이목도 집중되었다.

"아니, 진짜 울어요? 그만! 뚝!"

수진은 황급히 경헌의 팔을 붙잡고 근처 카페로 들어갔다. 아메리카노와 말차라테 그리고 스콘이 나오는 동안 경헌의 앞엔 눈물 젖은 휴지가 가득 쌓였다.

"이제 좀 진정됐어요?"

수진이 포크를 건네며 물었다.

"하…… 진짜 미안해요, 수진 씨."

경헌은 민망함에 고개를 푹 숙이고 사과했다.

"네, 전부 다 용서해 드릴게요."

"네?"

경헌은 당황스러웠다.

'무엇에 대한 사과인지는 알고 대답하는 걸까?'

한편, 경헌의 놀란 얼굴을 본 수진은 입에 머금은 말차라테를 뿜어냈다. 둘 사이에서 흐른 첫 웃음소리였다.

"그때, 제 업무 일지 보셨죠?"

수진은 눈을 가늘게 뜨며 그날의 일을 콕 집어냈다.

"그날 분명 종이로 대충 가리고 나갔는데, 양치하고 오니까 정렬이 바뀌어 있더라고요. 그리고 그날 오후부터 갑자기 지금처럼 엄청 뚝딱거리셨고."

"그…… 그게…… 보려고 본 게 아니라……"

경헌은 어쩔 줄을 몰라 버벅댔다.

"네, 그래도 괜찮아요."

수진은 턱을 괴고 앉아 지난날을 떠올렸다.

"솔직히 그때 저 정말 많이 아팠어요. 분명 제가 추구했던 바다에 도착했는데, 왜 강에 있을 때보다 답답하고, 숨이 막힐까. 인턴 생활이 끝난 뒤에도 수없이 많은 날을 그렇게 흘려보냈어요. 그러다 예상치 못한 물줄기 하나를 발견했고, 지금은 그곳에서 차근차근 커나가고 있어요."

수진은 핸드백을 뒤적이더니 명함 케이스를 꺼냈다. 수진이 건넨 명함엔 '플픽 인재 개발팀'이라고 적혀 있었다.

"여기서 일하고 있어요. 저는 융합 인재 프로젝트를 맡고 있는데, 별의별 걸 다해요. 프로그램도 짜고, 학생들 선발이랑 관리도 하고, 제휴 업체랑 전문가 섭외까지. 와! 제가 다 하고 있었네요? 그런데 참 신기한 게, 일은 분명 배로 많은데 배로 행복해요."

수진은 정말 행복해 보였다. 그녀를 이루고 있는 모든 세포가 긍정의 에너지를 내뿜고 있었다. 그 에너지는 경헌의 마음 속에서 유영하던 응어리도 녹여냈다.

"이제야 물 만난 고기 같네요."

경헌이 말했다.

화장실에 다녀온다며 카페에서 뒤늦게 나온 수진이 경헌에게 종이봉투 하나를 건넸다.

"대리님, 선물이에요. 당케!"

"네?"

"고맙다고요. 독일말로 '당케'잖아요! 오늘 감사했다고요. 대리님도 아프지 말고 건강하세요!"

수진은 자신의 유머가 통하지 않자 슬슬 뒷걸음질을 치다가 급히 작별을 고했다.

가뿐해 보이는 수진의 발걸음에 경헌의 입가에도 미소가 걸렸다. 수진이 시야에서 멀어지고 나서야 봉투 안을 보니 당근 케이크가 들어 있었다. 경헌은 무언가 솟구치듯 간지러운 기분이 들었다. 찰랑찰랑 물결이 일렁이는 듯했다. 단란한 말의 운율이 경헌에게 물줄기 하나를 트게 한 것이다.

8 장미꽃 99송이

교복을 입은 한 여자아이가 주황색 가로등 빛이 내려앉은 좁다란 골목길 사이를 서성인다. 아이는 7년째 매일 같은 시간에 나와 잃어버린 그림자를 찾고 있다. 가로등의 빛이 깜빡거린다. 점점 희미해지는 빛을 보며 아이는 생각한다.

'이젠 잊힐 것 같다.'

조금 더 자란 아이는 다른 이유로 그 골목길을 다시 서성인다. 등에는 빵빵한 책가방을 메고 있었다. 결심한 듯 집을 등지고 빠른 걸음으로 골목을 내려간다. 냉기 어린 집의 침묵보다 도시의 소음을 동경했기 때문이다.

세린은 눈을 떴다. 다행히 아픈 장면은 꿈이었고, 현실은 원하던 장면이었다. 웅크렸던 몸을 부스럭부스럭 펴내고 화장실로 향했다. 간밤의 낡고 때 묻은 기억을 씻어내기 위해 샤워기를 틀었다. 펄펄 끓던 열이 찬물에 씻겨 내려갔다. 수축했던 혈류의 팽창에 잔근육들이 깨어났다. 기지개를 활짝 켰다. 피곤이 한결 가시는 기분이 들었다. 출근 준비를 마친 세린은 방문을 활짝 열었다.

"아, 깜짝이야!"

화들짝 놀란 세린은 그대로 앉은 방아를 찧었다.

"어? 세린 님 괜찮아요?"

방문 앞엔 종잇장을 바리바리 들고 있는 마호가 서 있었다. 마호는 종이가 펄럭이지 않게 조심스레 바닥에 두고 세린에게 손을 내밀었다.

"하하, 괜찮아요."

세린은 입술을 꾹 깨물며 엉덩이로부터 아려오는 통증을 참아냈다.

"그나저나 이건 다 뭐예요?"

세린은 바닥에 쌓여 있는 종이 더미를 가리키며 물었다.

"잘됐다, 세린 님! 지금 시간 괜찮아요?"

세린의 물음에 마호는 눈을 희번덕이며 동글동글한 웃음을 지었다. 그런 표정에 세린은 한 걸음 뒷걸음질 쳤지만, 어느새 마호가 들고 있던 종이의 절반이 세린의 품에 가 있었다.

마호는 영문을 몰라 눈을 뻐끔거리기만 하는 세린을 끌고 직원 숙직실 복도를 지나 코너를 돌았다. 거기엔 체리나무색의 문이 있었고, 문패에는 'Dig's Library'라고 새겨져 있었다.

마호가 손잡이를 돌려 문을 열었다. 오래된 종이의 꼬순내와 바싹 마른 나무껍질의 쌉쌀한 향이 뒤섞이며 세린의 코를 자극했다. 초가을의 햇살은 통창을 뚫고 들어와 두꺼운 고서들을 노르스름하게 데우고 있었다. 세린은 세월에 닿아 보드랍게 바랜 이곳이 마치 안식처처럼 느껴졌다.

"딕의 서재예요."

마호는 기록을 중시하는 딕이 입사 이래로 시네마에서 벌어진 모든 사건을 책으로 만들어 이곳에 보관한다고 했다.

첫 번째 칸에는 직원들의 기록이, 두 번째 칸에는 직업인과 관련된 기록물이 가득했다. 세 번째 칸에는 직업 이론서와 리포트가 꽂혀 있었다.

"굉장하죠? 딕이 하는 일은 미래를 위한 일이기도 해요."

세린은 켜켜이 쌓인 과거의 기록을 훑어보았다. 과거의 기록이 미래를 위한 것이라는 말은 좀 어렵게 느껴졌다.

"저기엔 딕의 일기장이 보관되어 있어요."

마호는 책장의 가장 아래 칸 서랍을 가리켰다. 자물쇠로 단단히 잠겨 있었다.

"이곳만 주의하시면 돼요. 그럼, 이곳은 언제든 이용할 수 있는 곳이랍니다!"

다른 직원들도 지혜가 필요하거나 쉼이 필요할 때 이 공간을 자주 애용한다고 설명했다.

이윽고 업무가 시작되었다. 두 사람은 소파에 앉아 가져온 고객들의 기록물을 파일에 끼워 넣었다. 계속되는 단순 작업에 세린은 끔뻑끔뻑 눈을 감았다 떼기를 반복했다. 화창한 가을볕이 그녀의 수면을 거들었다. 점점 손에 힘이 풀려갔다. 쿵. 세린의 고개가 털썩 꺾이더니 이마와 나무 책상이 박치기를 했다.

"아……"

몰려오는 잠에 지고 만 세린이 두 손으로 이마를 움켜쥐며 통증을 호소했다.

마호는 그 광경에 배를 잡고 깔깔댔다. 세린은 발개진 얼굴로 마호를 노려봤다. 마호는 큼큼거리며 웃음을 멈추고 손뼉을 짝! 쳤다.

"자, 우리 게임 하나 할까요?"

마호가 제안했다.

어떤 질문이든 무조건 다섯 글자로 대답해야 하는 게임이었다. 세린은 예전에 극단 생활에서 종종 해봤던 터라 자신 있었다.

"콜! 저 먼저 질문할래요. 인생에서 가장 인상적인 기억은?"

"반품당한 거."

마호는 한 치의 망설임도 없이 대답했다. 음절을 세던 손가락도 딱 5개만 접혔다.

"반품이요?"

생각지도 못한 대답에 세린이 재차 물었다.

마호는 승리의 미소를 지으며 세린의 추가 질문은 가뿐히 무시했다.

"이제 제 차례죠? 연기 왜 시작했어요?"

이미 수없이 들어온 질문이었다. 세린에겐 충분한 대안이 있었다. 하지만 이번엔 왜인지 진실을 말해보고 싶었다. 마호의 카운트가 시작되었다. 망설이던 세린은 마지막 1초가 끝나기 직전에 대답했다.

"음, 아…… 아빠 때문에!"

"오, 또 눈물 없이 들을 수 없는 사연인가요?"

"궁금하세요?"

"뭐, 살짝?"

마호의 눈엔 이미 호기심이 충만했다.

"아빠의 부재는 절 열약하게 만들었지만, 강인하게 자라게도 했어요. 살짝. 끝!"

"에? 그게 다예요?"

"이제 반품 스토리 풀어 주세요."

연신 턱을 쓸어대던 마호는 책장 사이에서 금빛이 도는 초록색 양장 노트 한 권을 꺼냈다. 그러고는 목소리를 가다듬고 먼지가 가득 낀 오래된 이야기를 펼쳐냈다. 책 속 사진에는 옷을 잘 차려입은 열댓 살쯤의 남자아이가 있었다.

"이 친구가 아마 10살 때쯤 헤론보육원에 돌아왔을 거예요."

마호가 사진 속 아이를 가리키며 말했다.

아이는 부모의 손을 꼭 잡고 홍갈색 벽돌이 차곡차곡 쌓인 학교 같은 공간으로 들어갔다. 아이는 거북한 의사를 전하려는 듯 발걸음을 느릿느릿 옮겼지만, 표현의 자유는 허락되지 않았다.

부모는 원장이라는 작자를 찾았다. 검은색 시폰 원피스를 치렁하게 두른 여자가 눈꼬리가 휘어질 듯 웃으며 가족을 맞이했다. 대화가 길어질수록 부모의 얼굴엔 화색이 감돌았다. 반대로 원장의 낯빛은 어두워졌지만 여전히 입꼬리는 올라가 있었다. 아이는 미리 와 있던 한 사내와 균형을 맞추며 원장실 뒤쪽 소파 양옆에 나란히 앉아 있었다.

"너 반품 당했구나?"

흑여우 가면을 쓴 남자는 아이에게 대수롭지 않게 물었다.

아이는 처음 보는 어른의 무례함에 기분이 좋지 않았다. 그래서 대꾸하지 않았다. 하지만 그에게 아이의 반응은 중요치 않았다.

"괜찮아, 나중에 우리 시네마 와서 일하면 돼."

그는 재킷 안쪽 주머니에서 남색 지갑을 꺼냈다. 지갑 안에서 꺼낸 보라색 명함이 아이의 손에 얹혔다. 명함에는 흔하디흔한 이름과 번호 따위는 없었다. 그저 '기대 수명 시네마' 그 일곱 자만 괴상하게 새겨져 있었다.

잠시 후 남자는 일어나 건너편 상담실에 있는 원장에게 정갈한 눈인사를 건네고는 아이의 잘 정돈된 머리칼을 한번 휘젓고 나갔다.

몇 분 지나지 않아 아이의 부모가 상담실에서 일어났다. 원장은 마중 때와는 다른 표정으로 그들을 배웅했다. 원장이 뒤돌아 있어서 아이는 그 표정을 보지 못했다. 아이의 시야에 원장이 들어왔을 때 그녀의 감정을 추측하는 것은 어렵지 않았다. 아이에게 가장 쉬운 감정이었으니까. 감정의 이름은 '상실'이었다.

원장은 차분히 마음을 가라앉히고 아이를 바라봤다. 아이는 죄지은 것 마냥 고개를 푹 숙이고 있었다. 일종의 습관이다. 인생에서 첫 번째 배움이 고개를 숙이는 법이었기 때문이다. 그녀는 아이의 앞에 무릎을 꿇었다. 작은 손바닥 안에 놓인 명함. 원장은 그 위로 자신의 손을 얹었다.

"지금부터 고개 드는 법을 배우게 될 거야. 사람들이 너를 반짝이는 별로 볼 수 있게끔 할 거야. 긴장은 좀 풀고, 살짝 미소를 지어봐. 너는 우주에서 가장 빛나는 별이고, 너의 눈앞에 있는 모든 건 우주를 떠다니는 티끌일 뿐이니까. 쫄지 마."

아이는 오늘 처음으로 고개를 들었다. 그리고 조심스럽게 어른의 손에 깍지를 끼웠다.

"그러니까, 이 시네마가 저에겐 네 번째 집이에요. 제 첫 번째 입양은 반려 상품으로 끝났거든요."

마호는 8살에 한 부유한 가정집으로 입양되었다. 친구를 갖고 싶다던 딸의 어리광에 못 이겨 부모는 딸과 같은 나이인 마호를 입양했다. 그런데 학교와 집에서 벌어진 딸의 장난과 실수는 모두 마호에게 야단으로 돌아왔다. 그러다 어느 날 그 집 딸아이가 말했다.

"나 이제 쟤 재미없어. 다른 친구 불러줘."

다시 보육원으로 보내야 하는 절차가 복잡했기 때문에 부모는 딸을 설득하려 했지만 완강한 공주님을 이길 자는 없었다. 그렇게 마호는 2년 반 만에 반품되었다.

마호는 그때를 회상하며 말했다.

"손을 놓아주는 사람이 있으면, 잡아주는 사람도 있었어요."

보육원으로 돌아온 마호는 제대로 된 교육을 받기 시작했다. 또래 학생들과 같이 공부하고, 운동장과 독서실에서 시간을 보냈다. 마호가 가장 좋아하는 시간은 단연 직업학 수업이었다. 수업을 들은 날 밤이면 살아보고 싶은 무궁무진한 삶의 소리가 꿈에서 찬란하게 퍼져나갔다.

그렇게 시간이 흘러 마호가 14살이 되는 해였다. 누군가 마호를 찾아왔다. '재입양'이란 단어가 상담실에서 오가고 있었다. 원장은 단호하게 거절했지만, 부부는 마호를 한 번이라도 만나게 해달라고 간곡히 청했다.

마호는 궁금했다. 자신이 고개를 숙이지 않을 수 있을지. 원장은 말렸지만, 마호는 실험을 위해 상담실에 들어갔다. 어린 자신을 나무라고, 탓하고, 야단치던 그때의 모습이 겹쳐 보였다. 눈을 꾹 감고 과거의 그들을 삼켜낸 마호는 다시 차분하게 눈을 떴다. 부부를 마주 보고 앉았다. 간단히 말해 딸의 호출이었다. 그때가 제일 재밌었다나, 뭐라나.

마호는 가볍게 웃으며 말했다.

"재구매 의사는 감사하지만, 그런 불량 상품은 똑똑한 제가 거르는 걸로 할게요. 저는 걔 재미없거든요."

마호가 인생에서 처음으로 무언가를 극복해 낸 순간이었다.

"어때요? 저 불쌍하죠?"

마호가 손가락으로 양 눈꼬리를 휙 내렸다.

쭈글쭈글해진 안타까운 인상에 세린의 입은 웃음을 참느라 부들부들 떨렸다. 세린은 웃음을 꾹 참고 겨우 한마디를 내뱉어 위로를 전했다.

"네, 눈물 없이 들을 수 없는 이야기네요."

"연기는 사절입니다. 그래도 지금은 더 좋은 가족을 만났으니까."

세린은 가족이란 단어에 마음이 움찔했다.

"가족……이요?"

"네, 가족이요. 저에겐 귀중한 존재들이죠. 세린 님도요."

뭉클뭉클. 세린의 머릿속에 남아있던 간밤의 꿈의 잔여가 산뜻하게 증발하고 있었다.

"마호 님은 이 일을 하는 이유가 가족을 만들기 위해선가요?"

"일하는 이유는 또 다르죠. 그건 다섯 글자보다 길어서 다음에 알려줄게요."

"아……."

"근데 일을 잘하기 위해 좋은 조직을 만들고 싶은 욕심은 있어요."

마호의 대답을 들은 세린은 고개를 작게 끄덕였다. 마호의 파일을 정리하느라 다시 분주해진 세린의 손은 조금 들떠 보이는 듯 리듬을 타며 어깨를 들썩이고 있었다.

마호도 그제야 안심했다. 조금 전 방 앞에서 마주친 세린은 툭 치면 어디론가 푹 꺼져버릴 것같이 위태로워 보였기 때문이다. 정리된 파일을 책꽂이에 꽂고 있던 그때 서재의 문이 벌컥 열렸다.

"헉헉…… 마호 님! 큰일 났어요!"

리나가 문 앞에서 식은땀을 뻘뻘 흘리고 있었다. 리나의 손엔 카드 한 장이 들려 있었다. 카드의 색을 확인한 마호는 바로 뛰쳐나갔다. 세린도 덩달아 일어나 두 사람을 쫓았다.

리나는 낮에 있었던 일을 보고했다.

"진아 님 함은 잘 있긴 한데 명패의 색깔이 이상합니다. 그리고 카드가 보다시피 이렇습니다."

카드는 잿빛이었다. 직업명은 잘 쓰여 있었다.

"일단, 현진아 님 명함 있지? 회사로 연락해서 출근 여부 확인해 봐."

"네, 알겠습니다."

리나는 부리나케 달려갔다.

"세린 님, 오늘 컨디션 괜찮아요?"

"저도 제 역할 잘 해내는 가족이 되고 싶어요."

세린은 진심을 뱉어보았다.

"세린 님이 있어 든든하네요."

마호는 세린에게 〈디지털 전략 기획가 현진아〉 티켓을 건넸다.

"파이팅!"

그렇게 외치고 세린은 곧장 상영관으로 올라갔다.

🎬

사무실 풍경이 비췄다. 이른 아침, 디지털 전략팀의 현진아 자리엔 1층 로비에서 판매하는 스콘이 놓여 있다. 스콘 위로 포스트잇이 사뿐히 내려앉아 있다.

'대리님, 월요팅!'

아무도 출근하지 않은 사무실에서 진아는 해사한 미소를 지으며 휴대폰 키보드를 눌러댔다.

'고마워요, 이신욱 책임님.'

끝에 하트를 붙이는 것도 잊지 않았다.

'진아는 사내 연애 중인 건가?'

세린은 정황을 살피며 두 사람의 관계를 추측했다.

화면이 밝아지는 속도에 맞춰 눈을 떴다.

드릉쾅 드르르쾅. 마찰음은 지하철에서 나는 소리였다. 곧 이어 휴대폰 진동벨이 울렸다. 진아의 휴대폰엔 '신욱 님'이라는 꾸밈없는 호칭이 떴다. 휴대폰을 귓가에 가져다 대는데 안내 방송이 흘렀다.

S# 2. 4호선 지하철, 오후 8시 40분

'잠시 안내 방송 드리겠습니다. 얼마 전 누나가 데이트 폭력으로 사망했습니다. 국민 청원을 올렸으니 관심 부탁드립니다. 이런 내용이 불편하시겠지만 이렇게밖에 알릴 방법이 없었습니다. 양해를 구하며……'

"어, 오빠. 지금 퇴근하는데 갑자기 안내 방송이 나와서 잘 안 들려. 이제 곧 내리니까 다시 전화할게."

진아는 노원역에서 내리자마자 누군가에게 전화를 걸었다. 두 번째 신호음이 시작되기 전에 다정한 목소리가 들려왔다.

"이제 도착한 거야?"

"응. 그나저나 나 회사 근처로 집 한번 알아볼까 봐. 퇴근만 하면 진이 빠져서 정말 아무것도 못 하겠어. 그간 일해서 모아 둔 돈도 있으니까."

진아는 살짝 옹알이는 목소리로 그간의 푸념을 털어냈다.

"음…… 그럼, 진아야."

신욱이 갑자기 목소리를 내리깔았다.

"왜?"

"뒤 한번 돌아봐!"

뒤를 돌자 10번 출구 우동집 옆에 빨간 장미꽃을 든 신욱이 서 있었다.

"오빠……?"

그를 본 순간 진아는 문득 이 장면이 오랫동안 꿈꿔왔던 종착역이라는 생각이 들었다. 격렬한 발길질로 땅을 걷어차며 그에게 달려갔다. 푸욱 안긴 품에서 화려하게 일어난 붉은 불꽃이 꺼지기 전에 입을 뗐다.

"우리 같이 살까?"

진아의 말에 신욱의 흑갈색 동공이 확장되었다. 긴 곡선을 그리며 높게 뻗은 속눈썹이 파르르 진동을 일으켰다. 그는 진아를 있는 힘껏 꼭 안으며 사랑을 전했다.

얼마 지나지 않아 진아는 회사 근처 신욱의 오피스텔에 들어가 살게 되었다.

"진아 씨, 요즘 왜 이렇게 얼굴이 좋아 보일까? 연애라도 해?"

라운지 스낵바에서 커피를 내리고 있던 옆 팀의 수희 대리였다.

"네? 연애라뇨. 아니에요."

"그럼, 이번에 들어온 인턴들 영향인가? 역시 인턴이 들어오면 팀 분위기가 바뀐다니까."

수희는 커피를 들고 맞은편에 앉았다.

"맞아요. 다들 아주 생기가 가득한 거 있죠? 하지만 전 별로 돌아가고 싶진 않네요. 그땐 요령이 없어서 킥오프 자료

한 토시 한 토시에도 그렇게 열성이었는데. 지금 생각하면 어휴……"

진아는 소리를 낮춰 신입 때의 아찔함에 대해 속사포처럼 쏟아냈다.

"그치, 나도. 그러고 보니 인턴들하고 오늘 저녁 먹기로 했다며?"

"어떻게 아셨어요?"

"아, 아까 양치하러 갈 때 예원 씨한테 들었지. 곱창에 소주라며? 얼마나 자랑하던지. 신났던데?"

진아는 신난 인턴들의 모습을 상상하며 자그마한 웃음을 터뜨렸다.

"아, 맞다. 예원 씨랑 대리님이랑 같은 동아리였다면서요? 그러고 보면 대리님도 신기하다. 어떻게 약학과에서 이쪽으로 왔어요?"

"내가 말 안 했던가? 좋아하는 선배가 동아리 회장이어서 들어갔다가 여기까지 왔다고."

진아는 예상치 못한 풋풋한 이야기에 입가에 미소를 가득 머금었다.

"아무튼, 오늘 법인카드 한번 쫙 긁어보려고요. 그래서 점심도 샐러드 먹었어요."

"인턴보다 본격적인데? 그래, 잘 먹고, 애들이랑 좋은 시간

보내. 난 오늘 야근이라 먼저 올라갈게."

"네, 내일 뵐게요."

수희가 나가고 얼마 지나지 않아 인턴이 몰려왔다. 법인카드라는 말에 다들 신이 나서 어깨를 들썩였다. 진아는 그 모습이 마냥 귀여워 보였다. 자기도 이제 사회에서 선배가 되어가는 것 같았다.

세 사람은 예약해 둔 곱창집에 도착했다. 예약석이란 푯말이 올려진 맨 안쪽 자리 테이블로 안내되었다.

"여기, 생곱창 3인분이랑 막창 1인분 주시고요. 너희 염통도 먹니?"

"네, 완전요!"

서준은 눈을 반짝이며 말했다.

"염통 1인분하고, 계란찜에 소주 3병 주세요. 아, 토닉워터도요! 볶음밥은 마지막에 시키자, 얘들아."

"우와 대리님 짱! 방금 엄청 멋있었어요."

예원이 양손의 엄지를 척 치켜들었다.

"그러니까. 가격 신경 쓰지 않고 이렇게 무신경하고 쿨하게 주문하시다니! 정말 존경합니다, 대리님."

"정말 이서준 주접은 못 당하겠다니까."

"첫 잔은 동문 후배로서 먼저 인사드리겠습니다."

서준이 방금 온 소주를 돌려 야무지게 회오리를 만들더니

'촥' 소리를 내며 진아의 잔을 시원하게 채웠다. 술을 타고 올라오는 대화는 회사에서 일상 그리고 세상의 이야기를 자유롭게 변주하며 유영했다.

"대리님, 최근에 그 뉴스 보셨어요? 여대생 데이트 폭력 사망 사건?"

예원이 슬며시 다른 화젯거리를 꺼냈다.

"그 여대생 저희 과 후배예요."

서준이 격양된 어조로 말했다.

"진짜? 학교 커뮤니티엔 그냥 국문과 여대생이라고만 떠서 우리 학교일 거라고는 생각도 못 했어. 근데 너 국문과였어?"

"요즘 누가 본 전공 살립니까. 아무튼 그 형도 우리 학교거든. 그런 사람일 거라곤 상상도 못 했던 게 꽤 유명했어, 럽스타그램 커플로."

"대리님, 저는 정말 이해가 안 돼요. 이게 어떻게 데이트 폭력이라는 사건으로 명명될 수가 있어요? 이건 살인 사건이잖아요! 명백히 보면 피도 하나 안 섞인 남인데. '연인 간의 사랑싸움'? 뭐 그딴 어쭙잖은 이유로 데이트 폭력이라고 표현되는 게 정말 짜증 나요!"

예원은 테이블 위로 잔을 탕 내리치며 흥분했다.

"그렇게 말이다. 정말 사람 잘 봐야 해."

그때 진아의 휴대폰에서 진동이 또 울렸다. 부재중만 7통째.

"얘들아, 나 잠깐 통화 좀 하고 올게."

진아는 신경이 곤두선 예원과 잠자코 듣고 있는 서준을 뒤로한 채 밖으로 나왔다.

"어, 오빠 미안……."

"왜 이렇게 연락이 안 돼?"

신욱의 목소리는 평소와 달리 낮게 잠겨 있었다.

"아니, 내가 아까 문자 보냈잖아. 오늘 인턴들이랑 회식해서 늦을 것 같다고."

"벌써 8시 30분이야! 아직도 먹는다고?"

신욱의 언성에 발동이 걸리기 시작했다.

"먹다 보니 얘기가 길어져서……. 그리고 8시 30분이면 아직 그렇게 늦은 시간도 아니고……"

"진아야, 오빠가 걱정하잖아. 거기 남자 인턴도 있다며. 다 너 걱정해서 그런 거야. 9시 내로 정리하고 빨리 들어와."

신욱 쪽에서 전화가 먼저 끊겼다.

진아가 다시 통화 버튼을 눌렀지만 신욱은 받지 않았다. 진아는 발을 동동 구르며 다시 식당으로 들어갔다.

"얘들아 정말 미안한데, 내가 미리 계산하고 갈 테니까 너희끼리 천천히 먹고 내일 보자. 집에 급한 사정이 생겨서……."

진아는 인턴들과 인사를 나눈 후 급하게 집으로 향했다. 오늘따라 이상하리만큼 지하철이 연착되었고, 신호등의 신호는 모조리 빨간 불이었다. 예상보다 더 늦게 집에 도착한 진아는 현관문 앞에서 심호흡을 크게 한번 내뱉고 문을 열었다. 온 집 안이 캄캄했다. 주방 조명만 겨우 켜져 있는 것 같았다. 공기조차 심히 싸늘했다.

"오빠 나 왔어……."

"벌써 9시 40분이네? 진아야 한집에 같이 살면 최소한 서로가 싫어하는 건 하지 말아야지. 일도 아니고, 다른 이유로 네가 늦게 들어오면 오빠가 걱정하잖아."

진아의 심장이 따끔거렸다. 이렇게 서늘한 목소리는 처음이었기 때문이다.

"오빠 미안해, 내가 잘못했어. 다음부턴 저녁 식사하게 돼도 8시 전까지 마무리할게."

"인턴들이면 그 서준이란 친구도 있는 거지?"

"맞아. 내기 전에 얘기했지? 우리 학교에서 온 인턴 친구 있다고. 그 친구야!"

"으흠, 그래. 진아야 약속 꼭 지켜."

다시 다정해진 목소리. 신욱은 진아가 어디 도망이라도 갈까 싶었는지 다른 때보다도 팔을 더 교차시키며 끌어안았다. 진아는 숨이 막혀왔지만 더 이상 토를 달진 않았다. 그저 아끼는 마음이라 생각했다.

"오빠, 일어나서 밥 먹어요."

어제의 일을 만회하기 위해 진아는 아침부터 분주하게 상을 차렸다.

"뭐야? 진아야……, 완전 감동. 나 여자 친구가 해주는 아침밥 꼭 먹어보고 싶었거든."

신욱은 잽싸게 자리에 앉아 국을 들이켜며 엄지를 연신 들어 올렸다.

"아, 맞다. 오빠! 어제 인턴들이랑 얘기하는데 김 과장이 커피 마신다고 이번에 뽑은 여자 인턴들만 데리고 옥상에 올라갔던 거 알아?"

"응? 아니. 근데 김 과장님 원래 그러시잖아. 나도 같이 올라간 적 있는데?"

무미건조한 대답. 신욱은 멸치볶음이 잘 안 집히는지 멸치 하나를 집는 데 온 신경을 쏟아내고 있었다.

"근데 자기 혼자 커피 마시겠다고……. 게다가 요즘 환절기잖아. 애들 그 얇은 블라우스만 입고 15분이나 서 있었대."

"근데 진아야, 그건 어느 회사나 마찬가지일걸? 그게 다 사회생활이지."

신욱의 당연하다는 표정과 말투에 진아는 말문이 막혔다. 마치 다른 행성에서 각자의 언어로 독백을 하는 것 같았다. 지금 신욱의 세상은 저 알량한 멸치 하나가 전부다. 아침부터 다

투고 싶지 않아 진아는 목구멍까지 차오른 말을 모두 삼켰다. 그때 진아의 휴대폰에서 알람이 울렸다. 알람을 끄고 스케줄을 확인해 보니 오전에 회의가 있었다.

"오빠, 나 먼저 갈게. 오늘 오전 회의 때문에 일찍 가서 준비 좀 하려고."

진아는 현관으로 가 늘 신던 자주색 구두에 발을 구겨 넣었다.

"근데 진아야, 오늘따라 화장에 많이 신경 썼네? 치마는 또 왜 이렇게 짧아? 너는 롱스커트가 더 잘 어울려."

신욱의 눈썹이 바싹 치켜 올라가 있었다.

"어?"

"그리고 여자들 화장하는 거 그거 다 남자한테 잘 보이려고 하는 거잖아. 오늘은 누구한테 잘 보이려고? 아, 그 인턴?"

기이한 기분이 진아의 살갗을 스쳤다. 그녀는 물속에라도 들어간 듯 고막이 꽉 막히고 숨 쉬는 것이 답답해졌다.

'오빠가 원래 이런 사람이었나?'

그러나 여기서 맞받아쳐봤자 꼬투리만 늘어질 뿐이다. 진아는 정신을 다시 가다듬고 신욱의 말로 흉진 마음을 성실히 꿰맸다.

"오빠, 나 지금 실랑이할 시간 없어. 먼저 갈게."

애써 외면한 채 회사에 출근해 정신없이 오전을 보내고 나니 자료 요청이 쏟아졌다.

"서준아, 세대별 디지털 트렌드 자료는 다 정리됐니?"

"네. 근데 대리님, 이 부분은 이렇게 도표화해서 보내드리면 되나요?"

서준은 진아에게 파워포인트로 만든 도표를 보여줬다. 도표를 확인한 진아는 미세한 현기증을 느꼈다. 장표에는 현란한 도형과 엇나간 선이 가득했다.

"서준아, 잘했네! 근데 이건 나중에 다시 디자인해야 하니까 그냥 표로 수치만 입력해서 보내주면 돼."

"아……, 혹시 표를 어떻게 만들면 되죠? 파워포인트로 표를 안 만들어봐서……."

진아는 서준의 마우스를 붙잡고 열심히 표를 펼쳐댔다.

"어? 인사팀 신욱 책임님! 웬일이세요?"

신욱이라는 말에 진아는 셀의 입구로 시선을 돌렸다.

"아, 인턴분들께 따로 공지사항이 있어서 이렇게 찾아왔습니다."

"메신저로 전달해 주셨으면 저희가 가는 건데……."

예원은 볼을 발그레 붉히며 신욱이 건넨 서류를 받았다.

"그리고 딱 식곤증 오를 오후잖아요. 마카롱 드시면서 하세요."

신욱은 호쾌한 목소리로 예원에게 마카롱 하나를 쥐여주었다. 옆에 앉아 있던 서준과 진아에게도 마카롱을 건넸다.

"……감사합니다."

진아가 말했다.

신욱은 어떠한 대꾸와 끄덕임도 없이 진아를 지나쳤다.

"아, 서준 씨!"

신욱이 서준을 불렀다.

"네, 책임님!"

"다음 주 금요일에 인사팀 면담이 잡혔어요. 추가 안내는 메신저로 다시 보내줄게요."

"어? 원래는 인턴 기간 말쯤에 하는 거 아니었나요?"

"조직 개편 때문에 빨리하게 되었어요. 인사 평가 아니고 면담이니까 편한 마음으로 와요."

신욱이 다녀간 뒤, 전략기획 본부는 간식 시간을 가졌다.

"신욱 책임님 진짜 스윗한 것 같아요!"

예원은 신욱에게 받은 딸기 마카롱을 크게 한입 베어 물었다.

"누나! 어제는 사람 오래 봐야 한다면서요. 신욱 책임님이랑은 오늘이 두 번째 본 거면서……."

서준은 오레오 마카롱을 뜯지도 않은 채 손가락으로 퉁퉁 튕겨댔다.

"미안한데, 세 번째 만남이거든? 저번에 동문이라고 커피도 사주셨거든."

예원의 자랑에 서준은 입술을 비죽거리며 미간을 확 좁혔다.

"맞아, 신욱 책임님 좋으신 분이지. 항상 인사도 먼저 건네주시고, 일잘러로도 유명해. 인성은 말할 것도 없고."

옆에 있던 2팀 수희가 거들었다.

"근데 여자 친구도 없다고 하더라고. 그래서 회사에서 제법 눈독 들이고 있는 사람도 많을걸요?"

수희의 말에 모두가 고개를 끄덕이며 동조했다.

"저기, 진아 씨? 진아 대리는 아까부터 왜 이렇게 말이 없어? 안색이 많이 안 좋네?"

마주 보고 있던 지연 책임이 물었다.

"아, 아니에요. 책임님, 저 오늘 30분만 일찍 퇴근해도 될까요? 업무는 마무리 다 지었고, 최종 컨펌도 받아놨어요."

"그래, 오늘 일찍 출근하기도 했고. 최종 컨펌 자료만 나한테 넘기고 바로 가."

"네, 감사합니다."

진아는 마트에 들러 장을 보고 집에 도착했다. 신욱은 이미 집에 와 있었다.

"어? 오빠 벌써 왔네?"

"너 일찍 퇴근했다고 하길래. 근데 좀 늦었네?"

"누가 알려줬어?"

진아는 미심쩍은 눈초리로 물었다.

"늦게 온 이유는 뭔데?"

신욱은 진아를 쏘아보며 물었다.

진아는 울컥하는 감정을 억누르고 미소를 한껏 끌어올렸다.

"마트에서 장 좀 보느라. 요즘 내가 회사 일이 바빠져서 오빠한테 신경을 못 써줬지? 미안해. 오늘은 내가 솜씨 좀 발휘해 보려는데, 제육볶음에 된장찌개 어때?"

진아는 사 온 반찬거리를 식탁 위에 늘어뜨리며 말했다.

"그 애가 된장찌개라도 좋아해?"

"오빠, 그게 무슨 말이야?"

터무니없는 물음에 지금껏 쌓여온 예민함이 짜증으로 뿜어져 나오기 직전이었다.

"아까도 보니까 둘이 좋아 보이더라? 업무 시간에 딱 붙어서. 어리고 잘생긴 대학 후배, 호감이 안 갈래야 안 갈 수가 없겠던데?"

"오빠, 왜 계속 얘기가 거기서 돌아. 그냥 인턴이야. 걔한테 어떤 감정도 없다고!"

"감정이 없다고? 감정이 없는데 왜 자꾸 선을 넘어?"

신욱은 소리치며 진아가 사 온 반찬거리를 집히는 대로 내던지기 시작했다.

"오빠! 잠깐만. 좀 진정해. 우리 말로 하자!"

진아는 신욱의 두 손을 꽉 부여잡으며 외쳤다.

"내가 너 많이 사랑하는 거 알지? 사랑하는 사이끼리는 불안하게 하면 안 되는 거잖아. 요즘 네가 날 떠날까 봐 불안해. 그래서 그 자식이 자꾸 신경 쓰여. 나한테만 웃어주고, 나한테만 잘해줬으면 좋겠어. 너 원래 그랬잖아."

진정이 된 건지 신욱은 진아의 손을 꼭 부여잡고 무릎을 꿇으며 울먹였다.

진아는 마음이 아려왔다.

'이 남자의 세상엔 내가 전부인가 보다.'

밀려오는 측은지심에 앞으로도 자신의 앞에 축 늘어진 이 남자를 안아줘야겠다고 생각했다.

"내가 미안해, 오빠 불안하게 만들어서. 앞으로 주의할게."

진아도 무릎을 꿇으며 신욱을 감싸 안았다.

그렇게 감싸주면 그와 자신의 마음이 모두 괜찮아질 거라 생각했다. 하지만 그 이후 진아의 마음은 더 따가워져 갔다. 꽃으로 위장한 가시 돋친 말은 더 거대한 창살이 되어 진아의 마음을 후벼 파기 일쑤였다.

"오늘 면담하는데 그 새끼 입에서 네 이름이 몇 번 나왔는지 알아? 정확히 23번. 어떻게 그럴 수가 있지? 도대체 행실을 어떻게 하고 다니길래 그렇게나 각별해? 그래서 오늘은 널

벌주기로 했어. 사람은 맞아야 정신을 차리잖아?"

신욱의 손이 진아의 뺨을 스쳤다.

이후로 틈만 나면 사랑의 매라는 폭력이 가해졌다. 한때 진아를 소중히 어루만지던 신욱의 손은 무기가 되어 그녀의 몸 구석구석에 상처를 남겼다. 상처가 흉이 될 때쯤 신욱은 습관처럼 붉은 장미꽃 한 다발을 사 왔다. 흉터 연고를 발라주며, 행동의 모든 원인과 이유는 진아에 대한 사랑이라고 말했다.

그렇게 신욱이 선물한 장미꽃이 99송이가 되었다. 집 안엔 역겨운 비릿한 향이 진동했다. 진아는 장미의 잎을 다듬어 식탁 위 화병에 꽂았다. 풍성한 붉은 잎 사이로 핏기 없이 허옇게 뜬 자기 모습이 감춰지길 바랐다.

그날 저녁, 신욱과 진아는 나란히 마주 보며 식탁 위에 앉았다. 진아는 곧게 만연한 꽃 사이에 숨어 밥알을 깨작이는 데 온 신경을 쏟았다. 응어리진 밥알들이 식도에서 엉겨 붙어 그녀의 목을 조여오기 시작했다. 진아는 캑캑거리며 급하게 물을 찾았다. 물이 담긴 유리 컵이 신욱의 손에 잡혔다가 이내 던져졌다. 진아의 밥그릇을 향해 내동댕이쳐진 컵은 산산조각이 나며 진아 쪽으로 튕겼다. 물은 어느새 진아의 피부 위를 흐르고 있었다. 깨진 컵의 조각들은 진아의 살에 쿡쿡 박혔다. 그녀의 흰 셔츠가 선홍색으로 물들어갔다.

"오빠……?"

"너도 나 무시하냐? 왜 사람이 말하는데 집중을 안 해? 네가 김 과장이라도 돼? 나보다 직급이라도 높아? 세상 사람 다 무시해도 너는 나한테 그럼 안 되는 거잖아. 아, 진짜 골 때리네!"

슬쩍 그의 눈과 마주쳤을 때 살벌하게 짓눌린 미간이 보였다. 그릇이 하나둘씩 파편을 날리기 시작했다.

"오빠, 내가 잘못했어. 앞으로 오빠 말에 경청할게. 약속해……."

"하…… 지겹다. 네 입에서 나오는 그 가증스러운 소리. 솔직히 말해 봐. 너 식었지? 이번엔 어떤 놈인데? 아, 옆에 새로 이사 온 그 안경잡이? 아니면 아직도 그 서준이란 놈이랑 연락이라도 해?"

점점 고조되는 목소리. 신욱은 갑자기 화병에 있던 장미꽃 다발을 집어 들었다.

"나는 장미꽃씩이나 갖다 바치면서 너한테 이렇게 헌신하는데, 다 부질없었네?"

그가 준 장미의 가시들이 진아의 살점을 짓누르고 빠져나가는 행위가 반복됐다. 그녀의 살점에서 불꽃이 튀어 올랐다. 그것은 언젠가 진아가 꿈꿔왔던 붉은 빛과 비슷했다. 얼마나 찔렸을까. 100번째 가시는 훨씬 크고 날카로웠다. 크기만큼 더 큰 불꽃이 피어올랐다.

'여태껏 사랑의 색은 타오르는 붉은색인 줄 알았다. 하지만

나의 사랑은 흥건한 핏빛의 붉음이었다.'

[DNA 끊어내, 당장!]

점장의 다급한 목소리가 수화기 너머로 전해졌다.

마호는 곧바로 상영관에 달려가 세린의 손에 들린 티켓을 찢었다. 진아의 카드 색이 발현되었음에도 세린은 미동조차 하지 않았다. 마호는 일단 세린을 방으로 옮겼다.

시간이 얼마나 지났을까. 세린은 슬며시 눈을 떴다. 분명 침대인 것 같은데 아무런 감각이 느껴지지 않았다. 몸이 고장 난 것만 같았다. 힘도 들어가지 않아 혼자서 몸을 일으킬 수도 없었다.

"세린 님, 정신이 들어요?"

마호였다. 그는 밤새 세린의 침대 옆에서 그녀를 간호했다. 마호의 부축에 세린은 겨우 몸을 일으킬 수 있었다.

"저…… 어떻게 된 거죠?"

"한바탕 소동이 있었어요."

마호는 사건의 정황을 알려주며 한 가지 신신당부를 전했다.

"주인공의 감정에 지나치게 이입하면 본인을 상실할 수도 있어요. 기대 수명 시네마의 재연 배우는 맡은 역할에 충실하

되, 자아를 잃지 않게 각별히 조심해야 해요."

세린은 고개를 연신 끄덕였다. 그러다 불현듯 진아가 떠올랐다.

"그…… 진아 씨는?"

마호는 말없이 카드 한 장을 건넸다. 'Rose of Blood'. 검붉게 물든 카드. 피의 장미색이었다.

"세린 님. 괜찮아지면 저랑 봉안실 한번 가보실래요?"

"지금, 지금 갈게요."

세린은 마호의 부축을 받으며 직업 봉안실로 향했다.

디지털 전략기획자 임진아의 명패는 지난번 독립운동가 심덕희의 것과 같은 색이었다. 이미 이 세상 사람이 아니라는 뜻이었다.

마호는 진아의 함에서 바스러진 말린 꽃을 움켜쥐며 쓸어냈다.

"종종 잘 말려진 꽃을 가져오셨어요. 직장 동료가 선물해줬다면서."

본래의 색을 알아볼 수 없는 갈변한 잎들. 그 자잘한 잎 조각이 바닥으로 맥없이 떨어졌다. 깨끗해진 함 바닥에 마호는 국화꽃 한 송이를 얹었다.

"원래의 기대 수명은 23년이었어요. 근데 앞자리가 사라졌네요. 직업의 기대 수명을 풀이할 때 '인생에 별 탈이 없는 한'

이란 전제조건을 붙여요. 그 사람의 생애까진 관여를 못 한다는 뜻이죠. 진아 님은 커리어 계획이 확고한 사람 중 한 명이었어요. 내후년에 있을 해외 본사로의 파견 기회도 노리고 있었죠. 그만큼 일머리와 일 욕심 모두를 가진 유능한 사원으로 통했어요."

"그런데 왜⋯⋯?"

마호는 진아의 함에 있던 곰 인형을 꺼냈다. 곰 인형의 눈을 만지작거리더니 오른쪽 눈을 헤집었다. 그 속에서 곪아있던 진물이 뿜어져 나오듯 카메라가 연결된 전선 꾸러미가 튀어나왔다.

"감정에 눈이 멀었던 거죠. 재질이 다른 사람 둘이 만나면 보풀이 일기 마련이에요. 문제는 버리지 못하고, 어떻게든 보풀을 떼어낼 생각만 한다는 거예요. 처음의 모습을 바라며. 그게 본모습이라고 믿으며⋯⋯."

마호의 말에 세린은 다리의 힘이 풀렸다.

바닥엔 색을 잃은 장미 잎 조각들이 널브러져 있었다. 그 위로 한 방울 두 방울. 직업 봉안실엔 세찬 소나기가 내렸다.

며칠 후 뉴스에선 데이트 폭력 사망 사건에 대한 보도가 또 한 번 더 이어졌다.

'데이트 폭력으로 사망한 사건이 연이어 벌어졌습니다. 같은 회사 동료와 사내 비밀 연애를 하고 있던 임 모양은 그녀의 남자친구에게 데이트 폭력을 당한 뒤 사망했습니다. 시체는 동네 야산에서 발견되었습니다. 시체가 훼손된 지 시간이 꽤 지나 수사에 난항을 겪던 중 블로그에 게시된 임 모양의 일기가 발견되면서 용의자를 검거할 수 있었습니다.'

그거 이상한 거 맞아요.
부모에게도, 친구에게도 들어본 적 없는 단어가
그 사람 입에서 나오더라고요.
엄마는 자기 딸이 그런 단어를 듣도록 허락한 적이 없었는데…….
여러분은 당신에게 고약한 단어를 내뱉도록 절대 허락하지 마세요.

남들보다 늦는 것 같아 조급했어요.
사귀는 사이엔 당연한 거니까 괜찮을 거라 생각했죠.
저조차 손을 대지 않았던 몸의 일부가 낯선 촉감으로 흐트러지고
나서야 깨달았어요.
자신을 더 소중히 여기지 못한 제게 도리어 화가 났죠.

제가 잘못 살아온 줄 알았어요.
어느 날부터 저를 옥죄이기 시작한
그의 생활 습관에 괜한 불안감이 엄습해 왔고,

제가 하는 모든 건 잘못된 습관이 되어갔어요.

이해가 되지 않아서 무작정 받아들이고 연습했어요.

그렇게 붉은색 하트를 덧칠해 나갔죠.

결국 하트가 찢기고 나서야 제가 많이 아프다는 걸 알 수 있었어요.

찢어진 하트는 더 이상 숨 쉬지 못했죠.

여러분의 사랑은 타오르지도, 저물지도 않는

잔잔한 붉은 색이면 좋겠어요.

9 사라진 변호사

"변호사님, 전 무죄예요."

한 남자가 변호사 사무실에서 꼿꼿하게 허리를 편 채 차분하게 말하고 있었다.

"그리고 말도 안 돼요. 제가 진아를 죽였다뇨. 저 이제 가야해요. 진아가 저 기다려요. 근데, 진짜 진아 죽었어요? 끅끅끅."

남자는 갑자기 웃음을 터뜨린다. 그러다 운다. 시간은 그렇게 흘러간다.

"변호사님, 오늘은 더 이상 면담이 어려울 것 같습니다."

"네, 알겠습니다."

구치소 교도관은 눈물범벅이 된 표신욱을 데리고 나갔다.

범죄 사실은 명백했다. 이미 세간이 다 아는 사실이다. 각종 커뮤니티에선 무기징역 그 이상의 처벌을 받아야 한다고 말하고 있다.

면담을 마치고 다시 사무실로 돌아온 변호사는 한숨을 내쉬었다.

'왜 이렇게 의욕이 안 설까?'

생각의 흐름은 피고인의 사건을 받은 첫날로 거슬러 올라갔다.

"한 변, 지난번 승소 축하해. 신입이라 그런지 파이팅 넘치네?"

회식 자리에서 선임 변호사들의 칭찬이 오갔다.

'한유안 변호사'. 그녀는 처음으로 맡은 사건을 승소시켰다.

"이번에도 잘할 수 있지? 이미 세간의 이슈가 된 큰 건이야."

유안은 소주잔에 가득 채워진 술을 입에 탈탈 털며 대답했다.

"맡겨만 주십쇼!"

다소 오버스러운 신입의 패기지만, 승소했으니 오늘은 그래도 된다.

다음 날, 유안의 사무실로 사건 자료들이 도착했다. 최근 이슈가 된 데이트 폭력 사건으로 여자 친구를 폭력 및 살해 후, 야산에 시신을 묻은 일명 '장미꽃 99송이 사건'이다.

유안은 현재 무죄를 주장하는 이 사건의 피고인 표신욱의 변호를 하게 되었다. 그런데 유안은 그의 주장에 기가 찼다.

도저히 변호할 의지가 솟아나지 않았다. 결국, 유안은 변호 불능 상태가 되었다.

"제가 할게요."

세린이 말했다.

"안 돼. 지금 상태론 절대 안 돼."

점장은 단호하게 끊어냈다.

잿빛 카드 한 장을 두고 세린과 점장 간의 팽팽한 긴장감이 감돌았다. 카드는 변호사 한유안의 것이었다.

"왜 안 되는데요? 너무 명백하잖아요. 누가 봐도 표신욱이 살인범인데!"

세린은 격양된 어조로 외쳤다.

"그래서 안 된다는 거야. 한유안은 표신욱의 변호인이거든."

"변호인이 돼서 제가 증거를 모으면 되잖아요. 누가 봐도 무기징역인데."

"못 봐주겠네."

감정적인 세린의 모습에 점장은 혀를 끌끌 차며 문을 쾅 닫고 나갔다. 점장실에 세린만 덩그러니 놓였다. '자격 조건 미달 태그'가 다시 한번 낙인된 기분. 세린은 머리가 지끈거렸다.

'역할을 제멋대로 바꾸려는 배우. 내면 깊숙한 곳에서 배역의 선과 악을 따지고 있었던 것일까? 아니면 직업의 선과 악을 따지고 있었던 것일까?'

그날 저녁 사라가 세린의 방에 찾아왔다.

"세린 님, 있어요?"

"사라 님, 어쩐 일로……?"

"몸은 좀 괜찮아요? 리나가 이것 좀 부탁해서."

사라의 손엔 흰 봉지가 들려 있었다.

"오늘 낮에 리나가 꽃시장에서 라일락 차 좀 사와 달라고 부탁하더라고요. 시네마의 누군가가 심신 안정이 필요해 보인다면서."

사라는 살짝 웃어 보였다.

우려진 꽃차는 세린에게 전해졌다. 향긋한 향에 복잡다단했던 마음이 가라앉는 것 같았다.

"사라 님, 향이 너무 좋아요. 고마워요."

"그 고마움은 나중에 리나에게 전해주세요. 걔가 어릴 때부터 너무 모진 삶을 살아와서 마음을 여는 속도가 좀 더뎌요."

사라는 차 한잔을 더 들고 세린의 맞은편에 앉았다.

"저도 자세히는 모르지만 아주 오래전에 점장님이 꽤 소중히 여겼던 직원 한 명이 행방불명된 적이 있었다고 하더라고요. 지난번 경험으로 잘 알겠지만, 주인공의 감정에 지나치게 이입되면 정말 세린 님 자신을 잃게 될 수도 있어요."

사라는 자리에서 일어나 세린의 화장대 위에 놓인 노트를 들어 올렸다. 노트 표지에는 '직업인 정리 노트'라고 쓰여 있었다. 각 분야의 직업인에 대한 이해도를 높이기 위해 그간 마호와 딕을 통해 받은 정보가 빼곡하게 필기 되어 있었다. 영화를 보거나 연기를 한 후에 캐릭터들에 대한 분석도 게을리하지 않았다.

"점장님도 기대를 했던 것 같아요. 세린 님이 너무 잘 해내니까."

사라는 세린의 손을 살포시 잡았다.

세린은 처음으로 자신의 눈물을 흘려냈다.

"미안해요. 갑자기……"

세린은 눈물샘을 꽉 잠그고 싶었지만 제 뜻대로 되지 않았다. 그런 세린을 사라는 따스하게 안아주었다.

"고여 있을 수 없는 인생이라 흐르는 강물 같은 삶을 살아서 외로움도 따랐겠지만, 덕분에 우리가 만났잖아요? 시네마 사람들에게 세린 님은 보석이에요. 그리고 세린 님은 자기 삶에서 길 잃었던 이들이 비로소 자기 인생의 주인공이 될 수 있게 해줬어요. 정말 고맙고, 참 잘하고 있네요. 아무튼 내색 안 하는 점장과 배우 덕분에 오늘 시네마는 빙하기였답니다.

직업 데이터 센터도 시네마 쪽 눈치 보느라 혼났어요. 방금 건넨 말은 거기에 대한 사과로 받아들일게요."

사라의 토닥임에 세린의 마음은 서서히 잔잔해졌다.

"세린 님, 앞으로도 주어진 역할에 성실히 임하는 배우가 되어주세요."

이른 아침 세린은 매표소로 내려갔다.

"마호 님, 티켓 주세요."

마호는 세린의 상태를 확인했다. 한결 차분해 보였다.

〈변호사 한유안〉의 표가 세린에게 건네졌다. 상영관 입구에 다다른 세린은 아직 헷갈렸다.

'범죄자의 무죄를 입증하는 변호사라…….'

차라리 검사나 판사 역할이었으면 하는 마음도 함께 울렁였다. 세린이 좌석에 착석하자 스크린에 환한 빛이 퍼졌다.

S# 27. 타성 로펌, 오전 8시 40분

'하나, 둘, 셋'

유안은 유독 긴 심호흡을 끝내고 문고리를 돌렸다. 그녀의 머리 위로 종잇장들이 날아다닌다. 온갖 욕이 쏟아진다.

'이놈의 지구는 언제쯤 멸망할까.'

"한유안 변호사, 정신이 있어? 없어? 그렇게 갑자기 연차 문자 하나 남겨놓고 연락도 안 되더니, 이렇게 사직서 하나 딸랑 들고 오면 다야? 나도 이렇게 무책임한 사람이랑 일 못 해. 그러니까 이번 일까지만 하고 나가. 그사이에 처리해놓을게."

"죄송합니다."

유안은 조심스레 사무실 문을 닫고 나왔다. 조아린 목에서 뻐근함이 올라왔다.

"한 변호사님."

자신의 사무실로 돌아가는 유안을 누군가 붙잡았다. 김 변호사의 비서였다.

"오늘 오후 3시에 표신욱 씨 면담 있습니다."

"아, 네. 알겠습니다."

유안은 사무실로 돌아갔다. 책상 위로 수많은 자료가 사방팔방 나뒹굴고 있었다. 자료 재검을 위해 정리부터 시작했다.

[피고인 명부]

- 이름: 표신욱
- 나이: 34세
- 직업: 인사과 책임

• 기타 사항

- 임진아와의 교제 기간 약 1년 2개월(사내 연애)

- 전과 이력: 없음

- 정신과 상담 기록 3개월

- 실로시빈 과다 검출

표신욱의 무죄 주장은 터무니없지만, 무죄 입증이 아예 불가능한 것은 아니다. 유안은 지난 면담과 더불어 표신욱이 체포된 당일 영상을 떠올렸다.

그때의 그는 제정신이 아니었다. 특히 임진아의 이름만 들리면 화를 내다가도 사죄하고, 웃고, 울부짖는 행동을 반복했다. 검사 결과 체내에서 실로시빈이 과다 검출된 것으로 확인되었다.

실로시빈은 환각 증상, 정신 불안, 공격 행동 등을 일으킬 수 있는 일명 마약류로 분류되는 성분이다. 자택 수사 결과 비타민 통에 들어 있는 알약에서 실로시빈이 함유된 가루를 발견했다. 가루는 갈황색미치광이버섯으로 만든 것이었다. 언뜻 보면 식용버섯 같지만, 독버섯으로 분류된다.

'이게 왜 표신욱 집에 있었을까?'

그에겐 전과, 마약과 같은 기록도 없었다. 심지어 교제 기간 때 받은 정신과 상담 기록을 보면 임진아에 대한 지나친 불안과 소유욕이 보이긴 했지만, 실로시빈을 복용하고 있진 않았다.

"그렇다면 정신과 상담을 그만둔 후부터 섭취했다는 얘긴데······."

문제는 출처를 알 수 없다는 것이다. 표신욱의 주장에 따르면 임진아가 준 비타민 중 하나였다고 한다. 이 주장이 맞다면 표신욱은 감형에 무죄까지 가능하다. 허나, 거짓이라면 표신욱의 혐의는 살인죄와 마약 유통 및 복용죄로 가중된다.

유안은 자료를 정리하고 표신욱과의 면담을 위해 구치소로 향했다.

"한유안 변호사죠? 반가워요. 장미꽃 99송이 사건 담당 검사 길나린이에요."

유안은 구치소에서 그와 그의 담당 검사를 만났다.

"갈황색미치광이버섯. 그게 참 흥미롭더라고요. 일본 속담에 '만일 당신이 갈황색미치광이버섯을 먹는다면 웃음을 멈출 수 없을 것이다.'라는 말이 있대요. 적당히만 먹으면 우울증 완화 효과가 있는 양면성을 가진 독버섯인 거죠."

길나린 검사는 가늘게 뜬 눈으로 유안을 보며 싱긋 웃었다.

"한유안 씨는 표신욱 씨가 유죄라고 생각해요?"

"······."

"그렇게 생각하는 것 같네?"

유안은 길나린 검사의 눈빛과 말투가 묘하게 거슬렸다. 일종의 신경전에서 진 것 같은 기분을 느꼈다.

"……"

"그 비타민 진아가 준 거 맞는데, 아닌가? 하트 메모지. 반듯한 글씨. 사랑해요. 맞는데……"

표신욱은 억울하다는 말투로 똑같은 말만 반복했다.

"표신욱 씨, 지금부터 저에게 사실대로 답하지 않으면 혐의가 가중돼요. 살인죄에 마약류 관리법 위반 혐의까지 붙습니다."

"변호사님은 절 안 믿으시는 것 같아요. 아까 검사가 하는 말이랑 똑같네."

"아니요, 믿어요."

유안은 표신욱의 눈을 바로 보며 말했다.

"나를 무죄로 믿는 변호사가 '혐의가 가중된다.'라는 표현을 쓰진 않죠."

소득 없는 면담이 끝났다.

구치소를 나오자 맹렬한 태양 빛이 유안을 반기고 있었다. 뭔가 찜찜했다. 그녀는 다시 로펌으로 가는 버스에 올랐다. 오늘 면담에서의 주요 키워드를 정리하기 위해 다이어리를 폈다. 펼치자마자 보인 건 별표가 마구 표시된 문장 하나.

'냉소적인 것과 냉철한 것은 분명 다르다. 변호사는 항시 이 냉철함을 유지해야 한다. 만약 감성이 일을 그르친다면 그건 자만으로부터 비롯된 정신병이다.'

유안이 로스쿨 2학년 때 수강한 법조 윤리 시간에 들은 말이었다. 사회적 선량함에 취해 변호사의 업적 본질을 잊지 말라는 뜻이었다.

'지금 내가 가장 크게 놓치고 있었던 것. 그래, 나는 지금 표신욱의 변호인이다.'

유안은 결의에 찬 발걸음으로 방향을 돌려 표신욱의 자택으로 갔다.

"살인 증거품으로 제출된 것 외에 우리가 놓친 무언가를 찾아내야 하는데……."

그녀는 신욱이 혼자 쓰던 방으로 갔다. 서재처럼 꾸며져 있었다. 책장은 인사과 업무에 필요한 전문 서적으로 가득했고, 책상 한편엔 괴상한 모습의 샴쌍둥이 조각품이 있었다. 유안은 책을 한 권씩 끄집어내 한 장 한 장 넘겨보기 시작했다. 인사 관련 자기계발서를 넘기고 있을 때였다. 책 사이로 메모지 한 장이 펄럭이며 떨어졌다. 유안은 웅크려 앉아 메모지를 들어 올리니 다음과 같이 적혀 있었다.

'요즘 부쩍 피곤해 보이길래 비타민 하나 준비해 봤어요. 2주에 한 알씩 챙겨 먹어요.'

분홍색 하트 메모지에 반듯한 글씨. 그리고 '사랑해요.'까지. 표신욱의 주장이 증명되었다. 이로써 용의선상에 또 한 명의 인물이 추가되었다. '임진아'다. 메모지를 비롯한 임진아와 표신욱이 주고받은 편지들은 증거품으로 수사기관에 제출되었다.

임진아의 자택 수사도 진행되었다. 그 사이 세간은 '임진아의 자작극'이란 키워드와 더불어 사건은 젠더 갈등을 고조시키는 콘텐츠로 변질되어갔다. 그러나 임진아가 환각 버섯을 구매하거나 유통했다는 증거는 그 어디서도 찾을 수 없었다.

"한 변, 잘 돼 가?"

김 변호사였다.

"아, 김 변호사님……. 좀 어렵네요."

"자택 조사 다시 갔을 때, 편지 말고 뭐 이상한 건 없었고?"

유안은 눈동자를 구슬리며 골똘히 생각했지만 도통 감을 잡을 수 없었다. 아무 말도 못 하는 유안에게 김 변호사는 사진 한 장을 건넸다.

"나는 얘가 좀 거슬리던데."

사진 속엔 샴쌍둥이 조각상이 있었다.

"이게 왜……?"

그때 유안의 휴대폰이 울렸다. 저장되지 않은 번호였다. 전화를 받자 발신인은 유안에게 면담을 요청했다.

다음 날 오후, 유안은 면담 신청자를 만났다.

"안녕하세요. 박예원이라고 합니다."

임진아와 같은 팀에서 일했던 인턴이었다.

"편하게 앉으세요. 참고인 조사 다 한 걸로 아는데, 오늘 어떤 일로 오신 거죠?"

"아무리 생각해도 이상해서요. 일단 진아 대리님은 그러실 분이 아니에요. 물론 보이는 게 다는 아니겠지만……. 사실 걸리는 사람이 있어요."

예원은 한참 뜸을 들였다.

"디지털 전략본부 2팀의 김수희 대리님이요. 저는 신욱 책임님이랑 수희 대리님이 사귀는 줄 알았거든요."

"어떤 이유로 그렇게 생각하신 거죠?"

"표정, 행동, 말에서 다 보였어요. 신욱 책임님에 대한 수희 대리님의 애정이. 한번은 전날 업무를 다 마무리하지 못해서 정말 일찍 출근했던 적이 있어요. 그때 지나가다가 신욱 책임님 자리 앞에 서 있는 수희 대리님을 봤고요. 무슨 메모를 적고 있는 것 같았고요."

긴장을 했는지 예원은 잠시 말을 멈췄다. 그런 그녀에게 유안은 차 한잔을 건네며 편안한 분위기를 유도했다. 예원은 다시 기억을 천천히 더듬으며 진술을 이어갔다.

"그러고 며칠 뒤에 신욱 책임님이랑 우연히 점심 식사를 같이 했어요. 그때 다른 인턴, 진아 대리님, 수희 대리님, 지연 팀장님도 있었고요. 식사 중에 수희 대리님이 신욱 책임님에게 요즘 안색이 밝아 보인다고 하니, '최근에 선물 받은 비타민 덕분인가?'라며 활짝 웃었는데, 수희 대리님 표정에서 뿌듯함이 느껴지는 것 같았어요."

예원과의 면담이 끝난 후 김수희에 대한 추가 조사가 진행되었다.

[용의자 명단]

- 이름: 김수희

- 나이: 29세

- 직업: 디지털 전략본부 2팀 대리

- 기타 사항

- 재직 기간: 3년 2개월(이직)

- 임진아와 같은 부서

- 전과 이력: 없음

- 본 전공: 약학과

- 표신욱과 동문

- 표신욱 자리에 쪽지와 함께 비타민 통을 두고 감

- 표신욱과의 내연 관계 의심

표신욱과의 세 번째 면담을 진행했다.

"네? 수희랑 그런 관계는 절대 아니에요."

표신욱은 펄쩍 뛰며 극구 부인했다. 그의 말에 따르면 표신욱과 김수희의 첫 만남은 대학교 교내 동아리에서였다. 당시 이례적으로 약학과 학생이 경영학회에 들어왔고, 동아리 회장이자 멘토인 표신욱에게 김수희가 배정되었다. 대학 시절 김수희에 대한 기억은 딱 그 정도였고, 몇 년 전 김수희가 지금의 회사로 이직하면서 다시 만나게 되었다고 했다. 덧붙여 처음엔 어색했지만 동문이라는 공통점 덕에 고민거리를 나누게 된 선·후배이자, 사내에서 임진아와의 관계를 알고 있는 유일한 동료라고 진술했다.

그사이 수사기관을 통해 의뢰했던 필체 검사 결과가 나왔다. 육안으로는 임진아의 필체와 거의 흡사하지만, 하트 메모지를 비롯한 몇 장의 메모지는 임진아의 필체와 다른 것으로 밝혀졌다. 그리고 결과 자료를 설명하던 유 경위는 유안의 시선을 쪽지 아래쪽으로 끌었다. 그가 쪽지 위에 파란불을 비추자 감춰져 있던 글자가 드러났다. '수희가'

며칠 뒤, 김수희는 마약류 관리법 위반 혐의로 긴급 체포되었다. 김수희의 자택 조사에서는 표신욱의 것과 동일한 비타민 통과 환각 버섯에 대해 정리한 자료집 파일, 갈황색미치광이버섯 가루 등이 발견되었다. 검찰과의 진술 과정에서 김수희는 이렇게 울부짖었다.

"임진아보다 항상 내가 먼저였는데, 왜 다 임진아가 가져가는데? 표신욱도, 회사에서의 모든 기회도, 내가 뭐가 부족해서!"

그녀가 표신욱을 처음 만난 건 학교 도서관이었다. 첫눈에 반해 그가 있는 학회까지 들어갔다. 지금의 회사로 이직을 결심한 것도 구인 구직 사이트에서 우연히 보게 된 표신욱의 커리어 프로필이 발단이었다.

사내에서 데면데면하던 두 사람은 김수희의 옆 팀에 입사한 임진아로 인해 가까워졌다. 임진아를 향한 표신욱의 짝사랑 덕에 고민 상담 메이트가 되면서 두 사람은 더욱 친해졌다. 하지만 임진아와 표신욱이 연인 사이가 된 후부터 김수희는 본인이 감당할 수 없는 크기의 질투심이 생겼다. 특히 임진아가 표신욱이 아닌 다른 이성 동료와 가까이 지내는 모습을 보면 분노가 치밀어 올라 순간적인 감정을 주체할 수 없는 상황에까지 이르렀다고 진술했다.

"결국 나일 거라고, 불안한 표신욱이 기댈 수 있는 사람은 나뿐일 거라고, 임진아가 사라지길 바랐어요. 죽음은 유감이지만."

유감을 말하는 수희의 입가엔 알 수 없는 웃음이 맺혀 있었다. 그러다 울상을 지으며 미간을 좁혔다.

"근데 신욱 씨는 괜찮은 건가요? 살이 많이 빠진 것 같던데……."

김수희의 자백 이후 수사와 재판은 신속하게 진행되었다.

표신욱은 심신 미약이 인정되어 무기징역에서 20년 형으로 감형되었다. 김수희는 마약류 관리에 관한 법률 위반죄와 살인미수죄가 가중되어 징역 6년을 선고받았다.

재판이 끝나자마자 유안은 화장실로 달려갔다. 세면대를 물로 가득 채웠다. 눈을 질끈 감고 세면대에 코를 박았다. 그때 뒤에서 들려오는 말소리에 고개를 들었다.

"역시 실력은 뛰어나네요. 김수희가 표신욱에게 선물한 샴쌍둥이 여신 조각상에 담긴 심리 분석까지! 놀랐어요."

거울 속엔 길나린 검사가 서 있었다.

유안은 물이 뚝뚝 떨어지는 얼굴 표면을 손등으로 황급히 닦아냈다.

"아, 네. 검사님도 수고하셨습니다."

표신욱의 자택에 있던 괴상한 조각상은 임진아와의 연인 소식을 축하하며 김수희가 표신욱에게 선물해 준 것이었다. 표신욱은 '단란한 커플의 모습을 형상한 작품'으로만 이해하고 선물을 받았다고 했다. 하지만 조각품에는 전혀 다른 의미가 숨어 있었다.

샴쌍둥이 여신상의 주인공은 수메르의 하늘과 땅의 여신인 '인안나'와 저승의 여왕 '에레쉬키갈'로, 다음과 같은 스토리가 있다. 저승은 언니인 에레쉬키갈의 영역이었지만, 더 큰 힘을 갖고 싶었던 인안나가 저승으로 내려갔다. 저승에 온 인안나를 보고 에레쉬키갈이 놀라 자리에서 벌떡 일어난 사이 인안나는 언니의 왕좌를 빼앗았다. 즉, 김수희는 자신을 인안나에, 임진아를 에레쉬키갈에 투영해 자신의 욕망을 드러냈던 것이다.

"표정이 왜 그래요? 무기징역에서 20년 형으로 감형되었는데, 그 정도면 승소급 아닌가?"

길나린 검사는 물이 뚝뚝 떨어지고 있는 유안의 얼굴을 보고 싱거운 미소를 지었다.

"신입 변호사라 마음이 살짝 쓰여서 충고 하나만 할게요. 역할의 선을 넘지 않는 것도 우리가 가져야 할 직업윤리예요. 변호사는 변호사의 일을, 검사는 검사의 일을, 판사는 판사의 일을 하는 게 가장 기본적인 룰이죠. 명심해요, 오늘은 자축하고."

또각또각. 점점 멀어져가는 현대인의 똑 부러지는 충고는 유안의 귓가에서 온종일 이명처럼 울려댔다.

유안은 숨이 조여 오는 기분에 옥상으로 올라갔다. 길고 길었던 하루의 태양이 도심 속 빌딩 사이로 자취를 감추고 있었다.

끼익. 문이 열리고 익숙한 목소리가 들렸다. 김 변호사였다.

"한 변, 수고했어. 중요한 단서도 잘 캐치하고, 감형도 받아냈고. 비록 무죄 인정은 안 됐지만, 이만하면 충분하지. 사표 처리는 없던 일로 할게. 앞으로 잘해."

그는 아이스 아메리카노 한잔을 건네며 축하를 전했다.

유안은 간신히 입꼬리를 올리며 감사하다는 말을 전했다. 그녀는 다시 노을 쪽으로 고개를 돌렸다. 유안의 곁에서 노을을 바라보던 김 변호사는 유안의 표정을 읽기라도 한 것인지 운을 뗐다.

"좋은 일을 하고 싶으면 실력을 키워. 신입들이 간과하는 게 있어. 하나의 존재로 세상의 규칙이 바뀔 수 있다고 생각해. '주인공 서사', 바로 그거야. 정 그게 하고 싶으면, 톰 홀랜드가 되던가."

유안의 시선이 노을에서 김 변호사에게로 옮겨졌다. 찰나 동안 그의 눈엔 노을의 붉은 열정, 그런 것이 담겨 있는 듯했다.

"나는 아이언맨은 아니라서 너의 주인공 서사를 이해해도 받아들여 줄 순 없어. 일단 관성을 키워. 남다름은 관성에서 오는 거야. 네가 부여받는 어떤 일도 너의 입맛에 맞추지 마. 정직하게, 힘의 배분도 일정하게. 성실함으로 너만의 주관성을 만들어. 그게 모든 신입이 해야 할 마음가짐이야."

노을의 열기 때문일까. 커피의 얼음이 빠르게 녹고 있었다. 컵의 표면엔 물이 흥건히 흘러내리고 있었다. 그 모습은 마치 역설적으로 흘러넘치지 말라고 충고하는 것 같았다.

김 변호사는 유안의 어깨를 두어 번 토닥이고 자리를 떠났다. 그리고 옥상의 문이 닫히기 전 그의 말이 마치 유언처럼 빛났다.

"참, 관성에 익숙해져 타성에 빠지진 말고."

페이드아웃. 세린이 꼭 쥐고 있던 변호사 한유안의 카드에는 'Signal Orange'라고 적혀 있었다. 빨간불과 초록불 사이에서 어떤 지나친 열정을 잘 조율하라는 의미.

영화가 끝났음에도 몇 가지 괴리가 세린을 괴롭게 했다. 하나는 인간으로서 요구되었던 선량이 특정 업에선 불필요한 것으로 치부되는 것. 또 다른 하나는 신입의 열정. 그건 사회가 바라는 신입의 태도가 아닐 수도 있었다. 몸에 밴 열정이 자신을 베는 듯했다. 그렇다고 훌륭한 사람이 되고 싶었던 건 아니었다. 그저 좋은 사람, 도움 되는 이가 되고 싶을 뿐이었다.

'그래서 변호사를 꿈꿨던 건데…….'

"방금은 한유안의 생각인 거지?"

세린은 깜짝 놀라 뒤를 돌았다. 점장이었다.

"한유안 변호사 괜찮을까요? 한동안은 힘들 것 같은데……."

세린은 한유안이 진심으로 걱정되었다.

"걱정 마, 한유안이 그렇게 유약하진 않아. 깡다구가 있으니까 타성 로펌까지 들어간 거야. 자, 우리의 관여는 여기까지. 이젠 본인이 이겨내야지."

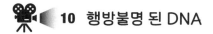 **10 행방불명 된 DNA**

'Raskin00' 오늘도 어김없이 똑같은 아이디로 메일 하나가 와 있다. 도착 시각은 오전 4시 37분을 넘기는 법이 없었다. 메일을 확인한 여자의 동공이 흔들린다. 탁상 위의 안정제를 집어 목구멍에 쑤셔 넣는다. 천천히 다시 호흡한다. 그러곤 화면 속 문장을 읊는다.

"이젠 제발 사라져. 네가 스스로 못하겠다면 내가 도와줄게."

이른 아침 엘리베이터가 숨 가쁘게 열린다. 달릴 준비를 마친 리나는 엘리베이터와 로비 사이의 경계를 뛰어넘어 부리나케 1층을 가로지른다. 항상 칼 단발을 유지하던 머리카락이 유난히 부슬거려 보였다. 고데기로 미처 다 못 펴고 나온 모양이다.

"어떻게 됐어요?"

마호는 자기 쪽으로 손짓했다.

'예매율 53.4%'. 모니터를 확인한 리나는 그제야 안도의 한숨을 내쉬었다. 이토록 긴장했던 이유는 입사 이래 처음으로 리나의 주도하에 진행된 직업 영화 프로젝트였기 때문이다.

"잘했어."

둘의 손바닥은 경쾌한 소리를 내며 부딪쳤다.

"정말 쉽지 않았어요, 이번 프로젝트."

리나는 고개를 절레절레 흔들며 지난날을 회상했다.

직업인과의 공식 영화 개봉을 체결하면 대개는 한두 번, 많아야 서너 번의 미팅을 통해 의견을 조율해 나간다. 하지만 이번엔 조금 달랐다. 주인공은 현시대를 대표하는 디지털 크리에이티브의 아이콘인 디렉터 고유담으로, 그녀는 잡 콘서트 진행에 앞서 시네마 측과 수십 번의 미팅을 이어가며 잡 콘서트 때 선보일 영상의 내용을 다듬었다. 그로 인해 유담과의 작업은 큰 피로감을 느끼게 했으나, 잡 콘서트 당일 관객석의 반응이 기대 이상으로 대단했기에 시네마의 전 직원은 크게 만족했다.

그런데 또 하나의 예외 상황이 발생했다. 절차대로라면 잡 콘서트를 기점으로 관객의 수요에 따라 몇 달간 영화가 상영되었지만, 그렇지 못했다. 잡 콘서트 이후 유담이 공식적인 영화 개봉은 하고 싶지 않다는 의사를 밝혔기 때문이다. 이미 큰 예산이 들어간 프로젝트인 만큼 시네마 측은 유담을 설득해야만 했다. 끊임없는 요청 끝에 유담은 몇 가지 조건을 내걸었다.

1. 영화의 주제를 변경할 수 있도록 할 것
2. 한리나 님이 프로젝트의 담당자일 것
3. 직함은 크리에이티브 디렉터(CD)가 아닌 마케터로 표기할 것
4. 개봉 시기는 내년 하반기로 할 것

"당시엔 정말 황당한 조건들이었는데, 지금 와서 보니 다 계획이 있었던 것 같아요."

작년 잡 콘서트에서 선보인 영화와 유담의 인터뷰는 모두 '미래의 것을 좇는 일'에 초점이 맞추어져 있었다. 그동안 유담이 만들어 간 세상은 디지털 네이티브라는 단어가 세기를 대표하는 키워드로 작용하게 했다. 그랬던 그녀가, 이번 영화에서는 '태어나면서 디지털 환경에 갇힌 아이들'에 대한 문제를 꼬집고, 마케터의 역할을 '다음 세대의 언행을 크리에이팅하는 라이프 스타일 전문가'로 정의했다. 그리고 유담은 영화

에서 이렇게 말했다.

"이미 많은 아이가 우리가 만들어 낸 콘텐츠에 의해 그들의 삶에서 행방불명되고 있습니다. 쉽진 않겠지만 앞으로 마케터들이 만들어 갈 콘텐츠가 아이들의 사고를 통제하는 방향으로 가지 않길 희망합니다. 여전히 우리는 1분 1초를 다뤄야 합니다. 다만, 휘발되지 않는 1분 1초가 되었으면 좋겠습니다."

특히 개봉 직전 '백 투 페이퍼(Back to Paper)' 캠페인을 진행한 덕에 영화의 메시지는 더욱 진정성 있는 효과를 낳았다. 백 투 페이퍼 캠페인은 종이 기반 콘텐츠의 수요를 증진하는 목적으로 신문을 통한 광고에서 출발했다.

발단은 이랬다. 올해 상반기 극장가는 추억의 만화 열풍이 불었다. 과거에 종이책으로 보던 만화가 영화로 개봉되면서 어른들에게는 추억을, 아이들에게는 신선함을 선사한 것이다. 신문사 마케팅을 담당하고 있던 유담은 이 기회를 놓치지 않고, 어린 시절에 봤던 만화책 속 주인공의 모습을 연필 스케치로 표현해 신문 전면에 실었다. 더불어 이 신문을 오프라인 가판대에서 판매되도록 했다. 결과는 대성공이었다. 아날로그 감성의 매력을 일깨우고, 캐릭터별 수집욕을 자극함으로써 아침 풍경을 바꾸었다. 사람들은 신문을 구매하기 위해 기상했고, 그 긴 행렬이 새벽을 밝혔다. 이는 신문이란 문물을 처음 접했을 때 대중이 보인 반응과 비슷했다. 그에 따라 종이 신문을 폐간했던 몇몇 신문사도 특정 기간 가판대 신문 판매를 진행했다. 3개월간 약 2,500만 부라는 이례적인 판매량을 기록하면서 종이 신문 완판 행진이 계속되었다. 이 기세를 몰아 유담은 10~20대를 타깃으로 한 신문 읽기 챌린지를 진행하며, 문자 읽기의 중요성을 강조해 나갔다. 이로써 기특한 사회적 문화를 이끌었다는 평을 받으며, 국내·외 광고 어워드를 휩쓸었다.

"아무튼 유담 님 정말 멋지지 않아요? 특히 직함을 크리에이티브 디렉터가 아닌 마케터로 변경해달라고 한 점도요. 그때의 안정된 톤과 세련된 억양은 아직도 생생해요. '마케터라고 표기해야 더 잘 팔릴 거예요.' 크! 이런 게 멋이죠."

리나는 미팅 때의 유담을 재현하며 너스레를 떨었다.

"그리고 제가 지금까지 만난 직업인 중에 가장 이상적인 형태랄까. 자신의 분야에서 정점을 찍고, 이젠 본인의 영향력을 활용해 직업윤리에 대한 재고를 끌어낸 게 정말 대단해요. 저도 유담 님 같은 커리어 우먼이 될 거예요."

리나는 다시 한번 의지를 불태웠다.

"충분히 잘하고 있어. 특히 이번 영화는 각 기관에서 2차 가공 콘텐츠에 대한 제안도 들어올 것 같아. '트렌드를 만들어서 자신의 영화를 흥행시킨다.' 과연, 마케터다운 발상이야. 이 기세면 역대 최단기간 흥행도 기대해 볼 수 있겠는걸?"

"당연하죠. 이 프로젝트 제가 담당했으니까요."

리나는 기세등등한 입꼬리를 감출 수 없었다.

"그래, 잘했어."

마호는 리나의 성취에 충분한 찬사를 보냈다.

🎬

영화 상영이 시작되었다. 모두 주인공의 대담함과 기막힌 창의력에 감탄하며 완전히 몰입했다. 드디어 클라이맥스. 마케터로서의 직업윤리와 클라이언트가 제시한 미션 사이에서 또 한번의 난관을 겪게 된 주인공이 어떤 해결책을 제안할지 관객들은 숨 쉬는 것도 잊은 듯 스크린을 응시했다. 그 순간 '지직' 전자음을 내며 화면이 꺼졌다.

한참이 지나도 다음 장면이 나오지 않자 관객이 웅성거리기 시작했다. 영사실 직원으로부터 소식을 전달받은 마호는 세린에게 로비를 부탁하고 급히 자리를 떴다. 마호가 상영관으로 올라간 지 얼마 되지 않아 관객이 하나둘 1층으로 내려왔다. 로비는 결말을 보지 못한 관객들의 불만으로 가득 채워졌다.

"환불해 주세요."

세린 앞으로 고객들의 긴 줄이 나열되었다. 고객들이 들고 있는 티켓은 하나같이 〈1분 1초를 다루는 마케터 고유담〉이었다. 뒤이어 카운터에 세워둔 무전기에서 마호의 목소리가 들렸다. 세린은 그의 지시대로 고객들의 티켓을 모두 회수해 신속히 환불 처리를 진행했다.

"세린 씨, 마호는요?"

소식을 듣고 온 로하였다.

"2층 직업 봉안실 쪽으로 가는 것 같았어요."

직업 봉안실 곳곳을 서성이는 마호. 때마침 점장이 들어왔다.

"함은?"

"흔적조차 찾을 수 없습니다."

마호는 고개를 툭 떨궜다.

"마호."

점장의 음성이 낮게 깔렸다.

"너에게 시네마의 모든 관리 권한을 쥐여줬지, 내가. 믿을 만했으니까."

점장은 식은땀으로 흠뻑 젖은 마호의 어깨 위로 손을 올렸다.

"이번에도 그럴 거고. 그럼에도 너의 실력이 의심될 땐 너의 능력 말고, 너를 이곳에 데려온 내 안목을 믿어."

점장의 말을 듣던 마호는 유약함 하나를 삼켜냈다.

"네, 점장님."

"일단, 고유담 씨 상태부터 확인해."

마호는 고개를 끄덕이고 재빨리 직업 봉안실을 나섰다.

"어떻게 된 거야?"

소식을 듣고 온 로하가 1층으로 내려온 마호에게 물었다. 마호는 로하에게 대답할 새 없이 세린부터 찾았다.

"유담 님 연락되나요?"

세린은 고개를 저었다.

'마케터 고유담'의 직함이 흐릿하게 남아있는 명함 한 장. 그마저도 얼마 지나지 않아 사라질 것만 같았다.

그때 카운터의 전화벨이 울렸다. 황급히 수화기를 든 마호의 표정이 점점 굳어갔다. 마호는 들고 있던 수화기를 내팽개치고 카운터를 벗어났다. 그의 발걸음은 카운터의 반대편에 있는 문으로 향했다. 그곳은 지하로 이어지는 통로였다. 리나의 구역이었다. 머뭇거리던 세린도 로하의 부추김을 받고 따라나섰다.

내려가는 통로는 좁고 어두웠다. 두 사람 이상이 서 있기 어려운 폭이었다. 경사도 가팔랐다. 발걸음이 닿을 때마다 계단 사이에 있던 연한 노란빛의 등이 켜지긴 했지만, 이곳이 처음인 세린은 능숙하게 걸어 내려가기 어려웠다. 세린은 엉거주춤하며 게걸음으로 벽을 짚고 한 걸음 한 걸음 조심스럽게 내려갔다.

"세린 씨, 여기 잡아요."

로하가 자신의 팔짱을 들이밀었다.

갑작스러운 제안에 세린은 꿈쩍도 하지 않고 눈만 뻐끔할 뿐이었다. 세린의 무반응에 답답해진 로하는 그녀의 손을 들어 자신의 팔짱을 잡게 했다.

"괜히 발 헛디뎌서 뇌진탕 걸리지 말고, 우리 안전하게 내려가 봅시다? 땀은 덜 흘려줬으면 좋겠고."

로하는 세린의 손을 가리키며 말했다.

지하 1층에 다다르자 단단해 보이는 철제문 하나가 나왔다. 마호는 이미 들어간 건지 보이지 않았다.

로하는 바지 주머니에서 사원증을 꺼냈다. 오른쪽에 있던 보안키 센서 기기로 가서 사원증을 댔다. '띠릭' 소리와 함께 철컹하고 철문의 잠금이 풀렸다. 문을 열자 둥근 아치형 천장 아래로 양옆으로 길게 나열된 목제 진열장이 보였다. 진열장에는 원석이 담긴 유리병들이 놓여 있었다. 원석들은 물을 머금은 듯 투명하게 빛났다. 선반 아래에 설치된 조명이 원석을 더 신비롭게 보이게 했다.

세린이 홀린 듯 손을 가까이 대려는 찰나, 로하가 그녀의 손을 잡았다.

"조심히 다뤄야 해요. 직업 DNA거든요."

이곳은 직업 DNA 저장소였다. 직업 DNA의 추출 형태는 투명 실로 된 고체지만, 추출된 순간 신경계 뿌리와의 연결이 단절되어 신속하게 처리해 주지 않으면 기체가 된다. 기체가 되지 않고 결정화시키려면, 약물에 넣고 빛이 차단된 곳에서 일주일간 보관해야 한다. 그래야 본체의 직업 신경계와 계속 연결되어 추가되는 데이터를 저장할 수 있다.

저마다의 직업과 경험이 모두 다르듯 결정의 형태와 색깔도 제각각이었다. 세린의 눈에는 이곳이 우주처럼 보였다. 별들의 웅성거림을 엿보고 있는 것만 같았다. 세린은 생각했다.

'어쩌면 사람은 수억 개의 별의 잔해로 이루어진 하나의 결정체일까?'

"우리의 시작이 우주라면 충분히 가능성 있는 추측이죠."

생각을 간파당한 세린은 화들짝 놀라 발을 헛디뎠다. 로하는 그런 세린을 가볍게 받치며 한쪽 눈을 찡긋했다. 그때 떨림 가득한 목소리가 온 공간을 메웠다.

"죄송합니다."

마호 앞으로 고개를 푹 숙인 리나가 보였다.

세린은 조심스럽게 두 사람 사이에 섰다. 그 앞으로 옅은 분홍빛의 유리병 하나가 놓여 있었다. 고유담의 이름과 직함, 생년월일이 쓰인 병이었다. 그 속에도 원석이 있었다. 의아한 눈빛으로 로하를 바라보자 그는 한숨을 내쉬며 원석을 꺼내 들었다. 세린의 손에 올려진 감각은 그것이 플라스틱이라 말하고 있었다.

"어떤 대담한 이가 이런 짓을 해냈을까?"

로하의 입꼬리가 씰룩 올라간다. 그는 시네마 근무 이래로 처음 있는 상황에 묘한 스릴을 느끼고 있었다.

"골든타임은 대략 얼마나 남았어?"

마호가 리나에게 물었다.

리나는 메이는 목을 간신히 가다듬고 대답했다.

"조조 타임 영화까진 문제없었던 것 보면, 경과 시간은 최대 4시간인 것 같습니다. 대략 8시간 정도 남았습니다."

골든타임. 파괴된 직업 메모리 DNA가 다시 복구될 수 있는 시간을 의미한다. 12시간 안에 깨진 조각을 모두 병 안에 넣지 않으면 재생이 불가능하다. 현재 직업 봉안실의 함이 사라졌다는 것은 직업 메모리 DNA에 이상이 생긴 것을 의미하기도 했다.

"남은 시간 안에 유담 님의 직업 메모리 DNA를 찾아내야 해."

마호는 가장 먼저 리나에게 사인을 보냈다. 로하도 리나를 따라나섰다.

"세린 님은 일단 관객들 명단 정리해서 리나에게 전달해 주세요."

개봉 후 일주일도 안 된 시점이라 명단 정리 작업은 오래 걸리지 않았다. 세린은 잡 콘서트와 개봉작을 모두 관람했던 관객의 이름엔 형광펜 처리를 해뒀다. 정리된 파일은 메일에 첨부되어 리나에게 보내졌다.

"리나야, 파일 왔다."

직업 DNA 보관소의 깊숙한 곳엔 작은 홀이 있다. 평소 같으면 직업 DNA를 결정화하는 데 쓰였을 테지만, 지금은 용도가 다르다.

로하의 노트북 화면 위쪽의 메일 아이콘이 깜빡거렸다. 유담의 영화 자료를 정리하고 있던 로하는 세린이 보낸 명단을 다운받았다. 다행히 시네마에 등재된 직업인이 꽤 있었다.

리나는 세린이 따로 체크해 둔 인물을 중심으로 직업 DNA를 수집했다.

"로하 님, 막 좀 쳐주세요."

로하는 스프레이를 들어 거대한 정육면체를 그려갔다. 보일 듯 말 듯 한 투명한 막 하나가 만들어졌다. 리나는 그 막으로 들어가 38개의 원형 선반을 설치했다. 그리고 마른 수건으로 그 위에 쌓인 먼지를 쓸어냈다. 깨끗이 닦인 선반 위로 DNA 원석이 하나씩 올려졌다. 각각의 원석에서 순백의 실이 피어났다. 제약된 공간에서 실은 신경계처럼 얽히고설켜 기이한 형상을 만들어 냈다. 실과 실이 맞닿은 부분 중 붉게 물든 것들이 있었다. 공통된 인연이 존재한다는 뜻이다.

리나는 잘게 엮인 흰색 실 사이를 파고들어 조심스럽게 붉은 실 가닥을 뽑아냈다. 한 올 한 올 휘청이는 붉은 실을 로하가 잽싸게 암막 처리된 상자에 넣었다. 결정에서 다시 실의 형태로 변형된 직업 DNA는 신속하게 약품 처리를 해주지 않으면 승화된다. 기체가 되어 공기 중으로 사라지기 전에 약품 처리를 해둔 암막 상자에 넣어주는 것이다.

리나는 숨 쉬는 것도 잊은 채 온몸으로 다급한 땀방울을 흘려냈다. 떨리는 오른손을 왼손이 받쳐 최선의 노력을 해내고 있다. 마지막 한 가닥은 천장에 걸려 있었다. 로하의 신장을 기준으로 막을 설치한 터라 리나에게는 꽤 높았다.

"저건 내가 뽑아줄까?"

"아니요, 제가 할게요. 제 일이니까."

리나는 간이 의자 3개를 쌓아 어설픈 탑을 만들었다. 로하는 이해한다는 듯 뒤로 물러섰다. 유독 높게 걸린 마지막 붉은 가닥은 리나가 까치발을 들었음에도 닿을 듯 말 듯했다.

"로하 님, 시간 얼마나 남았어?"

"2시간?"

"네?"

화들짝 놀란 리나는 균형을 잃었다. 어긋난 몸의 진동은 어설픈 의자 탑의 균열을 낳았다. 손을 위아래로 퍼덕이며 중력의 힘을 거부하려 했지만 리나의 몸은 순순히 받아들인다. 이제 부스러진 의자 더미 사이로 아린 통증을 흡수할 일만 남았다.

"정도 지났다고, 네가 작업한 지. 그러니까 이제 골든타임은

6시간 정도 남았네."

로하는 씨익 웃으며 공주님을 안듯 리나를 가볍게 받아냈다.

"예전에 등록금 모은다고 패밀리 레스토랑에서 아르바이트를 한 적이 있어. 그때 터득한 힘과 순발력이랄까? 눈 그렇게 뜨지 말고, 네 손이나 확인해."

잔뜩 예민해져 있던 리나의 눈꼬리는 손을 확인한 후 온순해졌다. 핀셋의 날 사이엔 붉은 실이 팔랑거리고 있었다.

마지막 실까지 암막 상자에 모두 들어갔다. 리나는 수술을 앞둔 의사처럼 흰색 리트릴 장갑으로 손을 촥 감았다. 한 손에는 핀셋이, 다른 손에는 바늘 한 개가 들려졌다. 약품 처리가 충분히 된 붉은 실들은 선반 위에 놓였다. 그 광경은 마치 대학병원의 수술실 같았다. 리나는 붉은 실 하나를 바늘에 꿰어 다른 실과 엮었고, 그렇게 단단한 꼬임이 만들어졌다. 혈관 조직을 꿰매는 것 같은 장면에 로하는 속눈썹을 동원해 자체 흐림 효과를 적용했다.

얼마나 지났을까. 리나는 손가락 사이를 둘러싼 사륵한 촉감을 느꼈다. 부드러운 천의 감촉이었다. 손 위엔 작은 천 조각이 놓여 있었다.

"지금 유담 님 명함은 어때요?"

세린의 손에 들린 명함은 오전보다 더 흐릿해져 있었다.

마호는 탁상 위에 있던 포스트잇 한 장을 뜯어냈다. 무언가 열심히 적더니 세린에게 건넸다. 주소가 적혀 있었다.

방으로 돌아온 세린은 나갈 채비를 했다. 창밖을 보니 낙엽의 바스락한 운율이 느껴졌다. 세린은 오트밀 색상의 얇은 모직 코트를 꺼냈다. 화장대 위에 두었던 포스트잇을 반듯하게 접어 코트 주머니 속에 넣었다. 심호흡을 한번 한 후 세린은 문을 향해 걸음을 옮겼다. 시네마를 나서는 길에 낙엽의 습습한 찬기가 불어왔다. 얼마 되지 않아 뒤에서 강단진 목소리가 울렸다.

"세린 님!"

리나는 가쁜 숨을 내쉬며 세린에게 달려왔다.

"이것도 챙겨 가세요."

굳은살이 밴 리나의 손에는 다홍색 천 조각이 있었다.

"잘 부탁드립니다."

리나는 두 손을 공손히 모아 고개를 숙였다.

마호가 적어준 주소를 따라 도착한 곳은 반듯반듯한 건물 앞이었다. 오차 범위 없는 깔끔함에 정문을 여는 세린의 어깨에도 힘이 실렸다.

"저, 고유담 팀장님 만나 뵈러 왔는데요."

이름을 들은 접수처 직원은 곧바로 수화기를 들었다. 전화는 꽤 길어졌다.

"팀장님 성함이 '고유담' 맞으실까요?"

직원은 잠시 수화기를 내려 질문했다.

"네, 맞아요. 그 이번에 백 투 페이퍼 캠페인 진행하신 분이요!"

"백 투 페이퍼 캠페인이요?"

"네, 신문 지면 광고 캠페인으로 시작해서 10~20대를 타깃으로 문자 기반 콘텐츠 읽기 챌린지로 확장해 나간 거요."

"신문이요? 지금이 어느 때인데 10~20대를 대상으로 신문 마케팅을 해요……?"

난감한 표정을 짓던 직원은 세린이 잘못 찾아온 것으로 생각한 듯 보였다.

"고유담이란 사람은 저희 대행사 모든 부서를 통틀어서 계시지 않는 분이고요. 올해 상반기에 10~20대를 타깃으로 한 신문 마케팅을 한 대행사는 없었습니다. 뭐, 중소 대행사에서 진행했을 수도 있죠. 그런데 업계에선 딱히 소문난 게 없네요. 아무래도 잘못 찾아오신 것 같습니다."

오랜 실랑이 끝에 세린은 쫓겨났다. 하지만 이대로 돌아갈 순 없었다. 건물 앞에 주저앉아 휴대폰을 뒤적이기 시작했다.

몇 가지 키워드들을 검색했지만 모두 '검색 결과 없음'이라는 같은 답만 나왔다.

고개를 들어 곧게 뻗은 건물을 올려다봤다. 해가 저물어 가는 중인지 큰 그림자 하나가 세린의 시야를 가렸다.

"이 건물 정말 재미없게 생기지 않았어요?"

춘추복 위로 연분홍색 목도리를 칭칭 두른 학생 한 명이 말을 걸었다.

"모눈종이 공책에 세로 방향으로 두 줄 쫙쫙 그으면 완성! 아마 설계도도 엄청 단순했을 거야. 그죠?"

세린은 먼지를 털고 일어나 학생과 눈높이를 맞췄다.

"그런데 이런 요란한 빌딩 숲 사이에 이 건물마저 휘황찬란했으면, 이 도시는 정말 멋없었을 거예요."

학생의 말을 듣고 나니 건물의 차분한 존재감이 도시의 균형을 잡아주고 있는 것처럼 보였다.

"혹시 이거 보러 오신 거예요?"

학생이 세린에게 물었다.

"네?"

"여기서 광고 전시회하고 있거든요."

학생은 건물 벽면에 걸려 있는 포스터를 가리켰다. 그녀는 싱긋 웃으며 세린의 손목을 끌었다.

"저 지금 몇 번째 오는데, 제가 설명해 드릴게요. 같이 가

봐요."

세린은 얼떨결에 학생을 따라 건물 안으로 들어갔다. 다시 만난 안내 데스크 직원의 눈초리가 따갑게 느껴졌다.

"광고 전람회실 티켓 두 장 주세요."

티켓 한 장은 세린의 손에 쥐어졌다.

학생을 따라 2층에 올라가자 전시실이 펼쳐졌다. 대중에게 인상을 남겼던 광고들이 전시되어 있었다. 작품은 시대별, 가나다순, 산업군별처럼 별다른 기준 없이 걸려 있었다.

"저는 이 공간을 정말 좋아해요. 이곳의 전시 작품들은 대중과 함께 성장을 거듭해 나가고 있거든요. 그리고 감상의 순로도 방문자가 직접 만들어 갈 수 있어요. 하나하나 공부하듯 처음부터 볼 필요 없이 내 마음을 사로잡는 것부터. 하나만 발견해도 이 티켓 한 장은 충분한 값어치를 한 거죠."

세린은 학생의 말에 설득당했다.

세린은 두 발을 디딘 바닥이 자유로운 평면처럼 느껴졌다. 벽면은 등고선과 같은 곡선의 형상을 하고 있었다. 원형의 고분 안을 들어간다면 이런 광경일지도 모르겠다. 덕분에 작품을 보는 시선에 융통성이 생겼다.

'디스플레이 로드'. 우연히 다다른 길목 바닥에 다음의 글씨가 새겨져 있었다. 길을 중심으로 양옆은 디지털 사이니지 광고판이 길게 나열돼 있었다. 디스플레이에서 화려하게 샘솟는 아이디어들의 향연. 그 끝엔 다소 심심해 보이는 작품 하나가 걸려 있었다. 목도리 소녀는 지금 그 앞을 지키고 있다.

"왔어요? 이거 봐봐요."

가리킨 손가락 끝엔 움직임도 없고, 화려한 색감도 없는 문장 하나가 떡하니 자리 잡고 있었다.

"'Change the word, Change the world.' 단어 하나를 바꾸면, 세상이 바뀐다. 이 카피 정말 멋지지 않아요? 이 카피 한 줄이 몇 세대를 건너와 제게도 힘이 된다는 사실에 정말 벅차요. 이런 걸 만들고 싶네요, 저도."

"혹시 꿈이 뭐예요?"

세린이 물었다.

"크리에이티브 디렉터라고 말하면 단번에 못 알아듣더라고요. 뭐, 쉽게 말하면 광고인? 마케터? 그런 거예요. 사실 저한텐 직업명이 그렇게 중요하진 않아요. 그냥 제가 만들어 갈 카피, 이미지, 영상은 오래 곱씹게 되는 것들이면 좋겠어요. 1분 1초 만에 사라지는 것이 아닌."

세린은 느낄 수 있었다.

훔치고 싶은 설렘. 그것은 소녀의 표정에 묻어나 있었다. 단순 흥미, 재미 같은 데서 오는 감정과는 차원이 달랐다. 자신이 유의미한 일을 하게 될 것이라는 믿음과 그 일은 분명 가치가 있을 것이라는 확신, 그리고 이 결심을 절대 잊지 않겠다는 결의로부터 비롯된 설렘이었다.

주머니 속에 넣어둔 세린의 왼손이 움찔거렸다. 마치 핫팩을 넣어둔 듯 열기가 차오르고 있었다. 데이기 전에 따끔한 열기를 이겨내고 밖으로 꺼냈다. 리나가 준 작은 천 조각이었다. 다시 학생 쪽으로 고개를 돌렸을 땐, 소녀는 사라지고 없었다. 소녀가 서 있던 자리 바닥엔 교복과 목도리가 쌓여 있었다.

"앗, 뜨거."

찬 공기를 만났음에도 천 조각은 식지 않았다. 뜨거움을 이기지 못해 세린은 그만 그것을 놓쳐버렸다. 추락하는 천 조각을 따라 시선도 떨궈졌다. 그것은 교복 위로 착지했다. 세린의 눈 위로 빛 한 가닥이 투과하면서 천 조각을 관통했다. 천을 슬며시 거둬내자 핑크빛 원석 두 개가 나란히 포개져 있었다. 직업 DNA였다. 그 옆으로 목도리에 가려진 명찰이 보였다. 고유담이란 이름이 자기 존재를 당당히 드러내고 있었다.

유담은 오랜 잠에서 깨어났다. 산뜻한 기운이 아직 남은 걸 보니 이번 꿈은 잔향이 꽤 오래갈 것 같았다.

"아니라고 해주세요."

시선을 돌리자 보라색 벨벳 유니폼을 정갈하게 차려입은

리나가 있었다. 리나는 노트북을 들이밀었다.

"데이터 다 복구했고, 휴지통에 쌓여 있던 메일도 확인했어요."

받는 이의 칸은 모두 고유담의 이름으로 가득했다. 상단 프로필 닉네임은 'Raskin00'이었다.

새벽마다 유담에게 협박 메일을 보내고 있었던 사람은 고유담, 바로 자신이었다. 유담은 과로와 지나친 음주 습관 등으로 수면 장애를 앓고 있었다. 어느 날부터 새벽에 눈만 뜨면 발걸음은 모니터를 찾아 헤맸다. 이성을 잃은 눈으로 자판 위에서 손을 분주히 움직이며 칼을 갈았다. 그렇게 다른 계정으로 쓴 경고 메일은 매일 아침 마케터 고유담에게 도착해 있었다.

"이제 전 실격인가요?"

유담의 질문에 리나는 기가 찼다. 적당했던 원망의 정도가 목구멍을 넘쳐 입 밖으로 흘러버렸다.

"네! 실격이에요, 유담 님! 직업 DNA는 대체…… 도대체 왜 그러셨던 거예요?"

리나의 눈동자엔 눈물이 고였다.

그 모습을 본 유담은 천천히 몸을 일으켰다. 감싸고 있던 핑크 베이지 톤의 이불을 살며시 거두고 마른침을 삼켰다.

"미안해요. 건우 씨의 설렘을 훔치고 싶었다고 하면 변명이 될까요?"

유담의 콧속이 시큰하게 아려왔다. 부끄러움에 시선을 창밖으로 돌렸다. 그러곤 잠자고 있던 마음들을 하나씩 꺼내기 시작했다.

"변하지 않는 것을 담고, 만들어 가는 청년을 만났어요. 분명 우린 같은 손을 갖고 있는데, 쓰임이 달랐죠. 한 명은 1분 1초를 다루고, 한 명은 한 세기, 그 이상을 다뤄내고 있었으니까. 그리웠어요. 지난 14년간 도난당한 그 표정, 말투, 눈빛. 아마 저도 비슷한 것을 가졌던 때가 있었던 것 같은데……."

여자는 숨을 크게 한번 내뱉었다.

"그 설렘을 잃어버린 시간 동안 제가 만든 건 콘텐츠 공해였더라고요."

"유담 님 처벌은 어떻게 되었나요?"

세린은 마호에게 조심스럽게 물었다.

지난 일주일간 시네마는 문을 닫고 모든 것이 다시 제자리를 찾을 수 있도록 재정비를 감행했다.

"그게 말이죠……."

마호는 지난 일주일간 점장과 유담 사이에 오갔던 대화를 세린에게 들려주었다.

유담은 리나와의 미팅을 통해 직업 DNA 원석의 존재를 알게 되었다. 의도적으로 이번 개봉작의 담당자를 리나로 요청하고, 직업 DNA에 대한 정보를 은연중에 흘리게끔 유도했다. 그러다 '자신의 조각을 부수고, 다른 사람의 것을 삼켜내면 24시간 동안 타인의 직업 메모리가 투영된 모습으로 살아볼 수 있다.'는 사실을 알게 되었다. 그러던 어느 날, 미팅 중 리나가 잠시 자리를 비운 틈을 타, 그녀의 보안 카드를 들고 직업 메모리 보관소에 침입해 자신의 직업 DNA와 우연히 발견한 신건우의 것을 함께 가지고 나왔다. 그러다 업에 대한 죄책감을 견딜 수 없었던 그날, 유담은 가장 되돌아가고 싶던 시절을 떠올리며 자신의 직업 DNA 원석을 쪼개고 건우의 것을 삼켰다. 결국 유담은 자기 원석을 파괴하고 신건우의 것을 훔친 죄로 '마케터 고유담'으로서의 직함을 완전히 잃게 되었다. 기대 수명 시네마에서 잡 예측을 봤던 기억도 잊게 되었다. 이는 잡 예측 신청자 조건의 맨 마지막 줄에 적힌 내용에 따른 것이었다.

'해당 계약서는 영구 보관되며, 필요에 따라 신청자 본인에게 기억 지우개가 발동하여 직업의 기대 수명을 봤던 사실을 잊게 할 수 있습니다.'

더불어 헤론보육원에서 사회봉사를 수행하는 것으로 처벌은 마무리되었다.

"유담 님이 정말 큰 잘못을 하신 건 맞아요. 저도 이번 처벌은 정당했다고 생각해요. 다만 바른 방법을 찾고 싶었으나, 빠른 대안을 선택한 사실에 마음이 조금 불편하네요. 연차가 쌓이면, 생각보다 올곧은 방향으로 바꾸기가 쉽지 않거든요."

"저 이거 들어본 적 있는 것 같은데, 지난번 한유안 변호사 사건 때요. 관성에 익숙해져 타성에 젖지 말라고."

"맞아요, 그 개념이죠."

생각이 많아진 하루가 또 끝이 났다. 일을 마친 세린은 방으로 올라왔다.

"어……?"

세린의 방문 앞엔 누군가 서 있었다.

"세린 님……."

리나였다. 가까이 다가서자 퉁퉁 부은 눈을 볼 수 있었다.

리나는 몸을 쭈뼛대다가 눈을 질끈 감고 한 마디를 내뱉었다.

"이번에…… 정말 고마웠어요!"

우렁찬 소리는 복도를 타고 메아리쳤다.

"아…… 아니에요. 리나 님이 고생 많으셨죠."

세린은 어찌할 바를 몰랐다.

"그리고 그동안 미안했어요. 사실…… 세린 님께 자격지심을 느꼈던 것 같아요."

세린은 리나를 데리고 방으로 들어갔다. 지난번 사라가 준 라일락 꽃차를 우려 리나에게 건넸다.

"너무 억세 보인다고…… 그래서 저는 단 한 번도 입양되지 못했어요."

리나는 자신이 겪었던 삶에 대한 이야기를 흘려내기 시작했다.

혜론보육원에서 입양되지 않는 아이들은 시네마의 실습생이 된다. 다양한 직업인을 만나며 꿈을 펼치는 일은 리나에게 그저 허영이었다. 숙식과 월급이 보장되는 시네마의 정규직이 되는 것이 앞으로의 삶을 위한 가장 질 좋은 선택이라 여겼다. 그래서 이상적인 꿈을 논하는 실습생들과는 어울리지 않았다. 그 시간에 시네마에 대한 서적을 읽고, 누구보다 독하게 일했다. 그런 수고스러움 덕분에 리나는 정직원이 될 수 있었다. 그에 반해 세린은 하루아침에 시네마의 일원이 되었다. 리나의 입장에선 충분히 불합리한 존재로 여겨질 수밖에 없었다.

리나의 이야기를 듣던 세린은 지난날 극단에서 있었던 일이 떠올랐다. 자신을 앞질러 캐스팅되었던 희연. 그때 희연에

게 건넸던 어색한 축하와 억지스러운 미소. 그리고 이어진 무
책임했던 간밤의 도주.

"리나 님이 저보다 훨씬 나은 사람이네요, 고마워요."

🎥 11 꼬마 손님의 의뢰

찬바람이 옷깃을 여밀 무렵이 되면, 시네마를 정기적으로 찾는 고객이 한 명 있다. 올해도 그는 두둑해진 명함 케이스 대여섯 개를 들고 시네마를 찾았다.

"그동안 잘 지내셨어요?"

마호가 환한 미소로 그를 맞이했다.

"아무렴요. 마호 님도 잘 지내셨죠?"

화기애애한 분위기 속에서 남자는 5층 점장실로 안내되었다.

"방금 그분은 누구예요?"

막 점심 식사를 마치고 내려온 세린이 그의 뒷모습을 보며 물었다.

"우리 시네마의 VIP라고 할 수 있죠."

마호는 잡 예측 신청서 한 장을 꺼내 세린에게 들이밀었다. 그러곤 검지를 2번 조항에 툭 착지시켰다.

'2. 신청자 본인이 직접 신청하는 것을 원칙으로 하지만, 일부 특수 상황에선 제3자가 대신 신청할 수 있습니다.'

알쏭달쏭한 힌트만 늘어뜨리는 마호. 세린은 궁금증이 터질 것 같은 눈으로 마호를 쳐다봤다. 그런 세린을 놀리는 데 재미가 들린 것인지 마호는 책장에서 마지막 힌트를 꺼냈다. 두꺼운 클리어 파일 네 권이 둔탁한 소리를 울리며 카운터 위에 얹혔다. 표지엔 '홍수범 사회복지사 신청서'라고 쓰여 있다. 파일을 꽉꽉 채운 건 모두 신청서였다. 신청자란의 사인은 모두 같은 필체였지만, 등록자의 이름은 모두 달랐다. 직업명도, 기대 수명도 제각각이었다.

"저분은 행정복지센터 사회복지사예요. 노인 일자리 창출 사업을 담당하고 있죠."

홍수범 사회복지사가 기대 수명 시네마를 찾은 이래로 노인 일자리 창출률은 꾸준히 증가했다. 처음 이곳에 방문했을 때 얇은 지갑에서 꺼낸 명함은 여섯 장에 불과했지만, 5년이 지난 지금은 몇백 장이 훌쩍 넘는다.

"그럼 이 모든 일자리를 수범 님이 매칭해 주신 거예요?"

“네, 맞아요. 명함을 자세히 보면 역할이 다양하죠? 비슷비슷한 업종에 한번에 몰아넣는 게 아니라, 어르신 개개인의 특성을 고려해서 일자리를 추천해 주세요. 거의 시니어 시장의 헤드헌터인 셈이죠. 그 마인드로 이 일을 하고 있기도 하고요.”

“그런데 수범 님은 왜 이곳에서 잡 예측 신청까지 하는 거예요? 기대 수명이 짧으면 그것에 대비해 또 다른 일자리를 매칭해 드려야 해서 그런 건가요?”

“수범 님과 여기 등록된 어르신들은 기대 수명에 크게 연연하지 않아요.”

“그럼요?”

“어르신들이 일할 때 어떤 표정을 짓고 있는지 보여드리면 이해하실 거예요.”

로하가 찬바람을 몰고 세차게 들어왔다.

“형, 왔어? 타이밍 딱 좋게 왔네.”

마호의 눈빛은 마치 사슴을 발견한 하이에나 같았다.

“세린 씨, 방금 봤어요? 마호 눈의 광기? 으……. 이래서 난 찬 바람 불기 시작하면 싫어. 연말 정산도 해야 해, 크리스마스 특선 영화도 만들어야 해, 신년은 왜 이렇게 또 가까운 건지……. 일이 너무 많아. 인력 좀 충원해줘. 이러다가 내 진짜 수명이 깎이겠어.”

괴로움을 호소하던 로하는 로비 소파에 축 늘어졌다.

"이번엔 몇 장?"

로하의 물음에 모니터를 엿본 마호는 손가락을 모두 펴냈다.

"50?"

"500!"

이번에 홍수범 사회복지사가 가져온 명함은 총 500여 장이었다.

"나 안구건조증 생길 것 같아. 아니, 이미 생겼어."

로하는 투정을 부리며 인공 눈물을 꺼내 눈동자 위로 연신 뿌려댔다. 촉촉하다 못해 벌게진 로하의 눈시울을 보고 있자니 세린의 마음이 괜스레 불편했다. 그때 큰 손으로 시야가 가려지더니 마호의 목소리가 들려왔다.

"저거 계속 봐주면 버릇돼요. 오후엔 저랑 형이랑 미팅해야 해서 세린 님이 카운터 좀 맡아주시겠어요?"

"네, 물론이죠."

세린은 카운터 테이블에 앉아 마호가 하던 연말 정산 작업을 도왔다.

이 기간에는 지난 1년간 신규 등록 요청이 있었던 직업 중 기준에 부합하는 것들을 분류해서 승인 신청을 올린다. 소멸 직업 리스트도 분류 과정을 거치지만, 신규 등록 직업만큼 빠르게 처리되진 않는다. 재고 시점부터 최소 5년, 평균 20년간 은 종사자 수의 추이를 보며 소멸의 유무를 결정하기 때문이다.

한참 분류 작업에 열중하던 참에 경쾌한 종소리가 울려왔다. 익숙한 콧노래 소리가 정문에서 흘러나왔다.

"딕?"

딕은 평소와 달리 정장을 입고 있었다.

"오늘 새벽부터 나가시더니! 어디 다녀오신 거예요?"

딕의 손에는 책 한 권이 들려 있었다.

"드디어 올해의 직업 리포트 초판이 나왔단다."

매년 연말이면 직업 데이터 센터를 필두로 《직업 리포트》가 출간된다. 첫 페이지를 넘기자 재밌는 질문 하나가 적혀 있었다.

'올해 초등학생들에게 가장 인기 있었던 직업은 무엇일까요?'

딕의 뭉툭한 손가락 세 개가 펼쳐졌다. 지금부터 퀴즈 타임이다. 정답을 맞힐 수 있는 세 번의 기회가 주어졌다.

"과학자나 연구원? 아무래도 생명, 바이오산업 쪽이 활발하게 움직이고 있으니까요."

"오, 그건 아쉽게도 고등학생 통계에서 3위란다. 그래, 힌트를 주지. 올해 화제를 모았던 이벤트와 관련 있는 직업이란다."

"아, 올림픽! 수영선수, 맞죠?"

올해 올림픽은 과히 굉장한 기록을 낳았다. 금빛 물살을 가르며 3연패에 성공한 선수가 등장한 것이다. 세린은 그때의 기억이 상기되면서 흥분을 멈출 수가 없었다.

"워워, 진정해. 아쉽지만 땡이란다. 하지만 근접했어."

이후 세린은 검색을 통해 알아낸 모든 올림픽 종목을 얘기하며 답을 외쳐댔지만 모두 오답이었다. 미간을 깊게 좁히던 세린은 무언가 떠오른 듯 눈을 반짝이며 입을 열었다.

"운동선수요!"

딕의 입에선 헛헛한 웃음이 터져 나오며 또다시 오답 처리했다.

"정답은 국가대표란다. 아쉽구나, 4년 전이었다면 정답이었을 것을."

딕은 테이블 모서리에 걸터앉아 설명을 시작했다.

"예전에는 올림픽이나 월드컵 같은 이슈가 있어도 그냥 '운동선수'라고 대답한 아이들이 대다수였지. 하지만 최근엔 많이 바뀌었어. 요즘 애들은 '국가대표'라고 하더구나. 장래 희망에 있어 자아실현의 욕구가 더 강해진 사례라고 볼 수 있지."

일리 있는 말이었다.

세린은 책을 넘기다가 또 흥미로운 지점을 발견했다.

"이건 뭐예요? 직업 선택의 자유권 보장 운동?"

"제법 구미가 당기는 주제지?"

사진 속엔 교복을 입고 항의하는 학생 시위대의 모습이 있었다. 고등학생들이 벌였던 사건이었다.

"세상은 꽤 불합리할 때가 있어. 어떤 제도가 만들어질 때, 관련인보다 비관련의 참견이 지나치게 작용하거든."

몇 해 전, 문·이과 대통합이 발발했다. 경기에 참여하기 위해 펜과 샤프를 든 선수들의 의견은 중요하지 않았다. 오로지 관중석만 열광할 뿐이었다. '애매하면 이과, 애매하지 않아도 이과'라는 말이 생겼고, 그 결과 인문이 기반이 되는 많은 직업은 소멸 직업 구간에 놓이게 되었다.

"세상이 짜놓은 판에 아이들을 억지로 밀어 넣는 것 같아 걱정이구나."

책장을 넘기던 딕의 안색이 조금 어두워 보였다. 환기가 필요했다.

때마침 시네마 문에 달린 종이 희미하게 울리다 말기를 반복했다. 세린은 문틈으로 들어오는 바람 탓인가 하며 대수롭지 않게 여겼다. 하지만 점점 그 세기가 강해지더니 시네마의 문이 '끼이익' 소리를 내며 힘겹게 열렸다. 그 앞엔 어린아이가 덩그러니 서 있었다. 문을 열기 위해 얼마나 실랑이를 벌였던 건지, 오동통한 코와 볼은 찬바람으로 붉게 익어 있었다. 올망졸망한 눈으로 세린을 직시하던 아이는 다시 문을 닫았다.

"오호, 특별한 손님이 찾아온 것 같은데?"

딕은 문 쪽으로 다가가 문을 조심스럽게 열었다. 고사리같이 작은 손은 명함 한 장을 소중하게 품고 있었다.

"꼬마 손님 안녕? 혹시 부모님이랑 같이 왔니?"

아이는 코를 훌쩍거리며 고개를 세차게 저었다.

"이거……"

아이가 내민 명함엔 'HBS 아나운서 최은효'라고 쓰여 있었다.

딕은 아이를 시네마로 들였다. 세린은 따듯한 차와 핫초코를 준비했다. 핫초코 속 몽글몽글 피어오른 마시멜로를 본 아이는 두 눈을 반짝였다. 마시멜로가 둥둥 떠 있는 쪽으로 한 모금을 호로록 들이켰다. 생각 이상으로 뜨거웠는지 화들짝 놀라 이후엔 혀만 날름거렸다.

"저는 권은율이에요."

아이는 유치원복에 달린 명찰을 가리켰다.

"여기에 어떻게 오게 된 거니?"

딕의 질문에 아이는 온갖 한숨을 쉬며 자신의 험난했던 여정을 토로했다.

"작년 크리스마스 때 엄마랑 왔었어요."

세린과 딕은 귀를 쫑긋 세우며 작년으로 거슬러 올라갔다.

고대하던 크리스마스 아침이 왔다. 올해는 산타를 꼭 잡겠노라 다짐했지만, 이번에도 역시 새벽잠을 이겨내지 못한 은율이었다. 이 정도면 산타가 어제 저녁에 먹은 케이크에 졸음약을 몰래 숨겨 놓은 게 분명하다고 생각했다. 상상의 나래를 펼치던 은율은 벌떡 일어나 화장실로 달려갔다. 혼자 눈곱을 떼어 세수하고, 양치질을 거뜬히 해낸다. 이렇게 하게 된 건 얼마 되지 않았다. 내년이면 유치원에서 제일 높은 반이 되니 동생들에게 모범을 보이고 싶어 일명 '스스로 연습'을 시작했다.

"엄마! 나 준비 다 했어. 이제 나가자!"

은율은 아침 식사를 차리는 은효에게로 달려가 자랑스럽게 말했다.

은효의 눈엔 은율의 삐뚤빼뚤한 부분만 보인다.

"다 하긴. 옷도 반대로 입고, 바지 지퍼는 열려 있고, 양말도 뒤집어서 신었는데?"

당황함에 허둥지둥해진 은율에게 은효의 손이 다가간다.

"우리 아들 이리 와, 엄마가 해줄게."

엄마는 은율을 앉혀 옷을 제대로 입을 수 있게 도와줬다.

아침 식사를 마친 모자는 집을 나섰다. 거리는 포근한 분위기로 장식되어 있었다. 그 거리 한가운데에는 웅장하고 요란하게 솟아 있는 건물이 있었다. 입구엔 '기대 수명 시네마'라고 적혀 있었다. 은율은 외벽의 트위스트 형상을 보며 외쳤다.

"엄마, 이 건물 레고로 만들면 진짜 멋지겠다."

"영화 보고 집에 가서 엄마랑 같이 만들어 볼까?"

단란한 모자는 두 손을 꼭 붙잡고 시네마로 입장했다.

한 달 전, 은효는 검색을 하다가 어떤 시네마에서 크리스마스를 맞아 직업과 관련한 특별 영화를 상영한다는 것을 알게 되었다. 아들이 아직 유치원생이라 진로 교육에 대한 고민이 있던 참에 딱이다 싶었는지 망설임 없이 예매했다.

"〈스마트 팜 연구원 배진현〉 티켓 두 장 주세요."

직원에게 예매 바코드를 건넸다. 식물 재배에 푹 빠진 아들 은율을 위한 선택이었다.

북적이는 시네마의 홍보 전광판에선 직업인들의 삶이 나오고 있었다. 그것은 살아보지 못한 삶에 대한 환상을 갖게 해주기에 충분해 보였다. 하지만 은효는 전광판 속의 삶이 시시하게 느껴졌다. 아나운서 시절, 환상 뒤의 힘겨운 이면에 대한 이야기를 너무 많이 봐왔기 때문이다.

발걸음을 떼려는 찰나, 이번엔 한 여성 대표의 인터뷰 영상이 나왔다. 주인공은 경단녀에서 네일숍 대표가 된 네일리 CEO 김민경이었다. 그녀는 대담한 표정과 손짓으로 시원시원하게 자신의 직업적 철학을 얘기했다.

"우리의 피부는 위치에 따라 색이 다 달라요. 특히 손은 색의 스펙트럼이 넓은 곳 중 하나죠. 저희 네일리의 네일 아티스트는 이런 각양각색의 손에 가장 잘 어울리는 옷을 찾아 주는 일을 합니다. 저는 우리가 무엇을 하는 조직이고, 우리의 이 반복적인 행위로 누군가의 삶이 어떻게 변화하는지를 명확하게 전달하는 대표가 되고 싶었습니다. 우리가 우리의 업을 인정하면, 그때부턴 사회적인 시선이 바뀐다고 생각해요. 세상에서 가장 섬세한 디자인을 하는 아티스트라는 자격. 저는 저희 직원들이 이 자격을 느낄 수 있게끔 노력하고 있습니다."

은효의 몸이 기울어졌다. 일면식도 없는 여자로 인해 완전히 침몰되었다.

"그날 이후 엄마의 눈에서 별사탕 하나가 사라졌어요."

은율은 바닥에 두었던 작은 유치원 가방의 지퍼를 열었다. 가방에서 꺼낸 것은 태블릿이었다. 갤러리 아이콘을 눌러 세린과 딕에게 건넸다.

"엄마한테 별사탕을 다시 찾아주고 싶어요."

그 안엔 1,000여 개에 달하는 영상이 있었다. 은효의 아나운서 준비생 시절부터 아나운서 활동 때의 모습이었다.

은율은 두 손을 꼭 모아 부탁했다. 딕은 한쪽 눈을 찡긋하며 은율의 부탁을 수락했다.

"저 이제 가봐야 해요. 유치원 끝나고 원래 태권도장에 가야 하거든요! 태권도 관장님이 엄마한테 전화하기 전에 얼른 가야겠어요."

은율은 세린과 딕에게 꾸벅 인사를 하고 총총총 시네마 밖으로 뛰쳐나갔다.

"참 기특한 아들을 두셨구나."

딕의 광대는 한껏 올라가 내려올 생각을 하지 않았다.

"그나저나, 로하가 또 바빠지겠군."

호랑이도 제 말 하면 온다더니 회의를 마친 로하와 마호가 1층으로 내려왔다.

"바빠지다뇨?"

로하는 오랜 회의로 기력이 쭉 빠진 상태였다.

딕과 세린은 차분하게 시네마를 방문한 꼬마 손님의 사연을 들려줬다. 다만, 이 따뜻한 가족 이야기가 로하에겐 서늘한 스릴러로 들렸다.

"마호야, 나 혹시 전생에 역적이었나? 역사에 길이길이 남을 악행의 업적을 달성했던 걸 거야, 그치?"

"아마도? 그래서 이번 생에 이렇게 회개 할 좋은 기회를 주시는 걸 거야, 형."

"전생에는 필히 호의호식했겠지? 아니면 나 진짜 억울할 것 같은데……."

투덜거리는 말투와 다르게 금세 집중력을 보이며 로하는 태블릿의 영상을 확인했다. 은효의 20대부터 30대 초반까지의 모습이 담겨 있었다.

"HBS 최은효 아나운서였어요?"

마호는 반가움을 숨기지 못했다.

그녀는 10년 전 HBS의 간판 아나운서였다.

"따뜻한 목소리와 군더더기 없는 진행으로 시청자들의 마음을 어루만져 줬던 아나운서였죠. 그나저나 방송에서 못 본 지도 거의 7~8년이 다 되어 가네요."

결혼 이후에도 종종 방송에서 얼굴을 비추다가, 출산 무렵 그녀는 세상에서 완전히 사라졌다.

"자, 그래서 이건 데드라인이 언제까지죠?"

로하는 다이어리를 꺼내 이미 꽉 찬 일정 사이를 비집고 틈을 만들어 영상 작업 시간을 확보했다.

"이 사람은 틀렸어, 못 살려."

점장은 세린에게 최은효의 기대 수명 카드를 내밀었다. 색의 이름은 'White Cloud'. 뿌연 백색이었다. 그리고 기대 수명의 숫자는 0이었다.

"그동안 0년이 뜬 적은 없었잖아요. 왜 이렇게 나오는 건데요?"

"이 명함은 유효기간이 지났으니까. 게다가 스스로가 본인의 과거는 동경하고, 현재는 동정하고."

탁상 위에 있는 램프에서 흰 연기가 피어올라 뿌연 구름을 만들어 냈다. 그 속에선 희미한 말소리들이 터져 나왔다. 박수 소리, 환호성, 콧노래 따위였다.

"과거의 영광에 사로잡혀, 그저 뜬구름 속에 살고 있는 거야."

점장은 구름을 향해 입김을 불었다. 구름은 흔적도 없이 사라졌다.

기특한 꼬마 손님의 부탁을 들어줄 생각에 신났던 세린의 마음은 답답함으로 부대꼈다. 낯빛은 체기가 오른 것 같이 창백했다. 지금 세린이 선택할 방법은 단 하나뿐이다. 직업 DNA에서 기억을 추출할 수 없으니 은율이 준 태블릿 속 영상물을 활용하는 것.

세린은 다시 카운터 앞으로 돌아왔다. 진행 중이었던 연말 정산 작업이 손에 잡히지 않았다. 손톱을 잘근잘근 씹다가 수화기를 집어 올렸다. 전화선을 타고 피곤이 뭉친 음성이 흘러나왔다. 초반의 투정은 통화가 길어짐에 따라 사뭇 진지해졌다.

[기존 영상을 기반으로 단순 짜깁기 하는 거면 나야 편하지. 그런데 그건 우리의 취지도 아니고, 그 꼬맹이에 대한 예의도 아닌 것 같단 말이지.]

결국 로하의 한숨만 짙어진 채 통화는 끝났다.

통화를 마친 세린이 고개를 들자 계단을 타고 내려오는 반가운 얼굴이 보였다.

"사라 님, 어쩐 일이세요?"

"아, 세린 님!"

사라의 눈웃음이 포근하게 휘어졌다.

"연말이니까 이래저래 왕래할 일이 꽤 있네요. 아까 들어올 때 전화하는 표정이 너무 심각해 보여서 인사를 못 했어요. 무슨 일 있어요?"

세린은 거두절미하고 본론만 간단하게 오늘 있었던 일을 늘어놓았다.

묵묵히 듣던 사라는 넌지시 질문했다.

"은효 님께 진정으로 필요한 것이 본인의 과거를 상기시키는 영화일까요?"

"음……, 과거의 본인 모습을 통해 동력을 얻는 경우도 많으니까요. 우리 시네마 고객 중에도 그런 것을 기대하며 본인의 영화를 보는 분도 많고요."

사라는 폭신한 패딩 코트 주머니에서 핑크 베이지색 지갑을 꺼냈다. 브랜드 로고 하나 없는 평범한 것이었다. 표면은 조금 헐거워 보였다.

"3년 전에 시네마 첫 출근을 앞두고 아들이 제게 선물해 준

지갑이에요."

지갑을 열자 단란하게 웃고 있는 가족사진이 보였다. 인화된 사진은 삐뚤빼뚤한 하트 모양새를 하고 있었다. 인상이 서글서글한 남자와 지금처럼 밝은 웃음을 가진 여자. 그 사이로 초등학생쯤으로 보이는 아이와 곰 인형을 꼭 안고 있는 어린 여자아이가 있었다.

"저는 어릴 때부터 유난히 빨랐어요. 사회생활도 일찍 시작하고, 또래보다 출산도 빨랐고⋯⋯."

사라는 사진 속에서 활짝 웃고 있는 아들의 모습을 쓰다듬었다.

"그때 아들이 해준 말이 아니었다면 무언가를 다시 배우고, 시작하긴 어려웠을 것 같아요. 그래서 그런데, 이건 어떨까요?"

사라의 제안에 희망이 보이기 시작했다.

"다만, 이걸 가능하게 하려면 리나 님이 있어야 하는데⋯⋯."

지난 직업 DNA 도난 사건 이후 의기소침해진 리나는 장기 휴가를 냈다. 마호의 제안이었다. 리나의 공백은 꽤 컸지만 불평하는 이는 아무도 없었다.

사라의 제안은 마호에게 보고되었다. 골똘히 생각하던 마호는 휴대폰을 들어 올려 어느 때보다 신중하게 한 자, 한 자타이핑했다.

'리나 님, 당신이 필요한 일이 생겼어요.'

이른 아침부터 직원들은 회의실로 모였다. 사라도 오늘은
직업 데이터 센터가 아닌 시네마로 출근했다. 마호는 장비 세
팅을 확인했고, 세린은 리나로부터 조금 떨어져 앉아 그녀의
상태를 조심스레 살폈다. 사라는 잠이 덜 깬 딕에게 모닝커피
를 건네며 향긋한 시작을 알렸다. 로하는 일정상 불참했지만,
밤새 대략적인 시나리오를 마무리해 보내왔다.

"시나리오가 이렇다면, 방법이 없진 않죠."

리나는 문서를 넘기며 차분하게 코멘트했다. 옅어진 화장
과 반듯하게 올려 묶은 머리 때문인지 전보다 한결 부드러워
진 분위기였다.

리나는 다시 맨 앞장 콘텐츠 계획표를 확인했다.

[최은효 님의 콘텐츠 계획표]
• 목표
- ~~말랑 콩떡 꼬맹어의 성공적인 효도 이벤트~~
- 최은효의 새로운 시작 북돋기

- 미션
- 꼬맹이의 DNA 추출하기
- 최은효의 마음을 뒤흔들 죽여주는 영상 제작
- 눈물 콧물 빼는 영화 제작

- 기대효과
- 꼬맹이의 웃음
- 최은효의 재개
- 가족의 평화(?)
- 강로하의 인센티브(중요도: 상)

로하체가 분명하게 묻어 있는 계획서였다.

리나는 가방에서 책 몇 권과 USB 하나를 꺼내 들었다. 책은 《직업 DNA의 생애주기》, 《직업 DNA 진화론》 같은 것이었다. 다들 궁금증이 산더미였지만 리나의 말이 시작될 때까지 숨을 죽였다. 흰색 USB가 노트북에 꽂혔다. 연결된 빔프로젝터를 통해 자료 화면이 눈앞에 띄워졌다.

"잘 보이시죠?"

리나의 물음에 일체 고개를 끄덕였다.

"일단 권은율의 직업 DNA를 추출할 방법은 없습니다."

단호한 리나의 결론에 세린은 실망스러움을 느꼈다.

"하지만……"

"네, 하지만 앞서 말씀드렸듯이 방법이 없진 않아요."

리나는 말을 끊고 다음 슬라이드로 넘어갔다. 거기에는 '직업 DNA 저장소의 미션: 권은율의 성장 DNA 추출'이라는 글씨가 뚜렷하게 쓰여 있었다. 다음 화면에서 직업 DNA 생애주기는 5단계로 구분되어 있었다. '발현기-성장기-발달기-성숙기-원숙 혹은 소멸기'.

"추출될 수 있는 직업 DNA가 형성되는 시기는 사람마다 달라요. 보편적으로 장래 희망을 묻기 시작하는 초등학생 때부터 생기죠. 그 전 단계인 유아기 때는 형성되기 힘들어요. 대신 성장 DNA라는 게 있어요. 우린 이걸 추출할 겁니다."

자료화면 속 성장 DNA는 미세한 입자에 불과했다.

"성장 DNA를 추출하는 과정에서 은율이가 위험할 수도 있지 않을까요? 생각보다 추출이 쉽지 않아 보이는데……."

사라에겐 프로젝트의 완수보다 은율의 안전이 우선이었다.

"이례적인 방법이죠. 성장 DNA는 연해서 다른 작업에 비해 위험성이 높은 건 맞아요. 그래서 제가 필요한 거잖아요? 제가 책임지고 무사히 끝내겠습니다."

점심시간이 지나서야 회의는 끝이 났다.

세린은 은율에게 연락하기 위해 먼저 나갔다. 사라도 오후 업무를 위해 직업 데이터 센터로 넘어갔다. 회의실엔 마호와 리나 둘만 남겨졌다.

"자료는 언제 다 준비했어?"

"쉬는 동안 할 일이 없어서 딕에게 빌린 책 읽으면서 지냈었어요. 마침 운 좋게 유용한 자료가 있었던 거고……."

"할 수 있다고 말해줘서 고마워."

"감사 인사는 됐고, 필요하다고 해주셔서 감사해요. 처음이었거든요, 그런 말은."

마음은 함께한 시간에 비례해 열리지 않는다는 것을 누구보다 잘 알고 있는 마호는 리나의 군더더기 없는 고백에 마음이 움찔했다.

"리나야, 너처럼 유능한 동료를 만나 난 정말 좋다? 이번에도 우리 잘해보자!"

마호는 헤죽 웃으며 리나에게 눈을 맞추고 하이파이브를 건넸다. 리나는 겸연쩍은 표정으로 팔을 살짝 들어 올려 화답했다.

"안녕하세요, 혹시 권은율 어린이 어머님이실까요?"

"네, 누구시죠?"

"아이가 길을 잃은 것 같아서 저희 시네마에서 데리고 있습니다.”

차분했던 목소리는 초조하게 변해갔다.

얼마 지나지 않아 시네마로 한 여자가 부리나케 달려왔다.

“권은율!”

은효는 한걸음에 달려와 은율을 왈칵 안았다. 아나운서 때의 반듯하고 정갈했던 모습은 전혀 보이지 않았다. 얼굴에 허옇게 떠 있는 눈물 자국과 채워지지 못한 외투 지퍼. 영락없는 아이 엄마의 모습이었다.

“너, 왜 길을 잃어버리고 그래! 엄마가 낯선 길은 함부로 다니지 말라고 했어, 안 했어?”

예상치 못한 호통에 은율은 아무 말도 할 수가 없었다.

“최은효 씨 되시죠?”

옆에 있던 마호가 나섰다.

그는 은효를 진정시키고 시네마의 출입증을 건넸다. 은율의 목에도 걸려 있었다. 명함이 없는 일반인의 입장을 위한 것이었다.

“여기는……”

은효는 작년의 기억이 스멀스멀 떠올랐다.

“아드님께서 준비한 선물이랍니다.”

준비된 티켓이 은효에게 건네졌다. 티켓에는 〈넝쿨덩쿨 정원관리사 권은율〉이라고 또렷이 적혀 있었다. 은효는 예상치 못한 상황에 혼란스러웠다. 손을 꼭 맞잡은 아들 은율을 바라봤다. 하지만 은율은 은효의 눈을 피하기 바빠 보였다.

"저만 들어가나요?"

은효의 손에 쥐어진 티켓은 한 장뿐이었다.

"네, 은효 님 먼저 입장해 주세요."

은율이 먼저 은효의 손을 놓고 멀찍이 서 인사를 했다. 아들이 계속 눈에 밟혔지만 몽롱한 기분이 은효를 자꾸 상영관으로 이끌었다.

은효의 착석을 확인한 마호가 로하에게 사인을 보냈다. 로하는 영화 시연을 위해 이른 아침부터 시네마로 출근한 상태였다. 두리번거리다 벤치 소파 구석에서 웅크리고 있는 은율을 발견했다.

"꼬맹이, 갑자기 왜 이렇게 쳐졌어?"

"아까 엄마의 표정이 너무 울긋불긋했어요. 화가 난 것 같기도 하고 슬픈 것 같기도 한 게…… 용기가 사라졌어요. 혹시 제가 태권도를 빼먹어서 화가 나신 걸까요? 엄마가 절 싫어하게 되면 어쩌죠?"

처음 본 은효의 모습에 적잖이 놀란 모양이었다.

"너를 아껴서 그래. 부럽네, 짜식!"

로하는 주머니에서 요구르트 두 개를 꺼냈다. 흰색 빨대를 투욱 꽂더니 하나는 은율의 옆에 놓았다.

"아끼면 얼굴이 화로 울긋불긋해져요?"

"화가 난 게 아니라 걱정한 거야. 안타깝게도 인간은 감정을 제대로 표출하는 법을 배우지 못 했거든. 그래서 분출에 있어 오작동이 나는 거고. 뭐, 제대로 가르쳐 줄 위인도 없지만."

로하는 요구르트를 한숨에 들이켰다.

"우와! 기분 좋게 하는 재능 있어요."

은율은 빈 요구르트 통에서 시선을 떼지 못했다.

뜻밖의 칭찬에 로하의 들숨 날숨이 불규칙해졌다. 그는 이내 은율의 머리에 손을 올려 마구 헝클어뜨렸다.

"나도 몰랐던 재능을 알려주다니! 꼬맹이 너 참 좋은 시선을 가졌구나? 그럼 나도 네게 무언가를 알려 줘야겠네. 젠틀맨은 기브 앤 테이크 정신을 갖고 있거든."

로하는 은율의 귀를 살짝 당겼다. 비밀스러운 음성이 은율의 귓가를 사로잡았다.

"인생이란 말이지 기회비용의 연속이란다."

"기회…… 그게 뭐예요? 비용…… 알았는데? 돈! 기회 돈이 뭐예요?"

로하의 속삭임에 은율의 목소리도 덩달아 작아졌다.

"너 엄마가 정말 다시 일했으면 좋겠어? 그럼 너랑 놀 시간도 사라질 텐데?"

은율은 선뜻 대답을 망설였다.

"오늘 너의 선택으로 너희 엄마가 권은율 엄마로 사느냐 혹은 최은효로 사느냐가 판가름 날 수 있어. 그게 기회비용이야."

"어떤 선택이 엄마를 더 행복하게 할 수 있어요?"

"행복이라……. 그건 가변성이 너무 커서 확답은 어려워. 다만 이 세상에 내가 내 모습을 찾을 수 있게 시간을 주는 사람이 있다면 정말 기쁠 것 같아."

곰곰이 생각하던 은율은 결단을 내린 듯 들고 있던 요구르트를 둔탁하게 내려놓았다.

"엄마에게 그런 존재가 되고 싶어요. 저도 엄마를 많이많이 아끼거든요."

"존재라……. 유치원생이 그런 단어도 알아? 너, 굉장한 아이였구나?"

"아나운서 아들인데, 이 정도는 기본이죠!"

은율은 으쓱대며 폼을 잡았다. 발그스름한 두 볼이 빙긋 올라갔다.

"그래, 그럼 어서 가자! 젠틀맨은 레이디를 기다리게 하지 않거든."

개구진 표정으로 돌변한 두 남자는 손을 꼭 붙잡고 방송실로 향했다.

"아아, 안내 말씀드리겠습니다."

낭랑한 울림이 상영관을 감쌌다.

"지금부터 최은효 님을 위해 권은율 군이 준비한 영화 상영이 시작되오니, 아름다운 우리 엄마는 자리에 꼭 착석해 주시길 바랍니다. 참고로 일기장의 기록은 저의 내레이션으로 제공되니 귀를 쫑긋 세워주세요."

아들 걱정에 좌불안석이던 은효는 귀에 익은 목소리에 걱정을 한시름 놨다. 이내 상영관은 어두워지고 영화가 시작되었다. 스크린에는 그림 일기장이 비쳤다. 알록달록한 그림 아래로 또박또박한 흔적이 가득했다.

4월 4일 수요일

오늘은 엄마랑 같이 꽃시장에 갔다. 왜냐하면 내일이 식목일이기 때문이다. 나는 싱싱한 모종이나 예쁜 꽃을 사고 싶었는데, 엄마는 나한테 씨앗 한 봉지를 사줬다. 무슨 씨앗인지도 안 알려 줬다. 가끔 아빠가 퇴근하면 "오늘 정말 난감했어."라고 하는데, 이럴 때 쓰는 말인가 싶었다.

은율의 눈이 떠졌다. 밤새 심장이 벌렁벌렁하는 바람에 잠을 제대로 이루지 못했다. 작은 발걸음은 베란다로 향했다. 해는 아직 동산을 오르는 중이었다. 은율은 널찍한 화분 앞에 섰다. 작은 텃밭에는 초록빛이 맺혀 있었다. 심장이 쿵쾅쿵쾅. 새끼손톱만 한 작은 싹 앞에서 은율의 발은 어찌할 바를 모르며 동동거린다.

"엄마! 엄마!"

은율의 보챔으로 은효는 평화의 시간을 반납했다. 반쯤 감긴 눈으로 화분을 멍하니 확인한다. 7개의 씨앗 중 4개가 싹을 틔워냈다.

"엄마, 분명 똑같이 물을 주고, 돌봐줬는데, 여기 씨앗들은 새싹이 되지 못했어."

은율은 입을 삐죽 내밀며 실망스러움을 표했다.

은효는 시무룩해진 은율의 옆에 주저앉아 어깨를 토닥였다.

"같은 씨앗이라도 결과는 다를 수 있어. 사실 완전히 같은 건 존재하지 않거든. 마치 은율이와 세은이처럼."

세은은 은율의 유치원 친구다.

"은율이랑 세은이는 같은 유치원에 다니는 친구인데도 키도 다르고, 손 크기도 다르고, 무엇보다 생일도 다르지?"

은율은 손을 펴냈다. 며칠 전 맞잡은 세은의 손이 자신의 손안에 쏙 들어왔던 것을 기억해 낸다. 은율은 수긍하며 고개를 끄덕였다.

"각자의 성장점이 다르기 때문이야. 어떤 씨앗은 더 많은 햇빛이 필요할 수도, 어떤 씨앗은 물이 덜 필요할 수도 있어. 모두 같은 방법으로 성장할 순 없거든."

"그럼 얘네는 어떻게 해야 해?"

은율은 씨앗이 잠들어 있는 땅을 가리켰다.

"믿고 기다려 줘."

4월 23일 월요일

새싹이 무럭무럭 자라고 있다. 그런데 하나는 결국 새싹이 되지 못했다. 화분을 새로 사서 다시 심었는데도 자라지 않는다. 슬프다.

은율의 그림일기 밑에는 작은 코멘트가 있었다.

'노력한 만큼 결과가 나오지 않을 수도 있어. 하지만 7개 중 6개는 싹을 틔웠잖니. 엄만 그런 은율이가 대견하기만 한 걸?'

5월 말이 되자 봄볕은 따뜻함으로 무르익었다. 새싹을 벗어난 줄기들은 화분 위로 길게 솟아났다. 단단하고 굵직한 줄기 사이로 2개는 길게 키만 커 있었다. 줄기는 연하고 잎은 비실비실했다.

은율은 반나절이 지나도록 화분 앞을 떠나지 못했다. 사랑을 준 만큼 건강하게 자라지 못한 새싹들이 미웠다. 사실 미안한 것일지도 모르겠다.

은율의 뒷모습을 바라보던 은효는 고봉밥이 든 밥그릇을 들고 베란다로 나갔다.

"은율이 이거 다 먹을 수 있어?"

은율은 심란한 표정을 지어냈다. 양손을 포개도 밥이 가려지지 않았기 때문이다.

"아니, 이걸 다 삼키면 배가 터져버릴지도 몰라."

"맞아, 은율이는 이거 다 못 먹어. 엄마가 밥 많이 준다고 해서 은율이의 키가 하루아침에 불쑥 자라는 것도 아니고. 그러니까 이 새싹들도 똑같은 거야. 과한 사랑은 때론 독이 되기도 하거든."

은율은 마음이 아팠다. 독이라는 단어는 은율에게 너무 모진 말이었다. 자신의 사랑을 부정하는 엄마가 미워졌다.

"아니야! 은율이는 잘 키우고 싶었을 뿐이라고!"

은율의 입에선 울분이 뱉어졌다. 눈엔 눈물이 방울방울 맺혔다. 은효는 그런 은율을 품에 폭 안아주었다.

"음……, 키워내는 게 아니라 같이 성장한다고 생각해 보면 어떨까? 어쩌면 식물의 성장을 다루는 일은 좋은 열매 맺기라는 공동의 목표를 갖고 함께 협동하는 것일지도 모르거든."

그날로 은율은 각각의 줄기에 이름을 붙였다. 달이 바뀌고 꽃봉오리에서 노란색 꽃이 피어났다.

"엄마, 쑥쑥이가 꽃을 피워 냈어!"

"우리 은율이와 쑥쑥이의 첫 개화를 축하해."

은효가 산뜻한 축하를 건넸다.

개화의 뜻은 몰랐지만 은율의 얼굴엔 웃음꽃이 피어났다. 얼마 후 꽃이 떨어진 자리엔 푸르스름한 열매가 맺혔다. 여름날의 햇살을 듬뿍 받아낸 열매는 빨갛게 익어갔다. 알이 커질수록 줄기는 점점 고개를 숙여갔다.

장마가 개인 8월의 아침, 은율은 환호성을 터뜨렸다.

"엄마, 쑥쑥이가 해냈어!"

붉은 토마토 하나가 대롱대롱 은율을 반긴다. 작은 손 위에 방울토마토가 얹어졌다. 은율이의 손은 비로소 생명을 다루는 법을 익히게 되었다.

"땀 흘려 이뤄낸 첫 번째 수확이 어때?"

은효가 물었다.

"엄청 뿌듯해."

"이게 바로 삶이야, 은율아."

"삶이 뭔데?"

은율이 물었다.

"정원을 가꾸는 것."

"요즘 엄마의 정원은 어때?"

또랑또랑한 목소리가 상영관의 스피커를 통해 흘러나왔다. 잠시 후, 화면이 꺼진 스크린 아래로 은율이 마이크를 들고 나타났다. 은율은 다시 마이크를 들었다.

"엄마, 날 키워낸다고 생각하지 마. 우리 같이 성장한다고 생각하자. 선생님이 그랬어. 사람은 끊임없이 성장하는 존재라고. 가족은 가장 사랑하는 사람이 잘 성장할 수 있게 협동하는 거래. 엄마도 나랑 협동하자. 나도 이제 집안일 잘해! 친구도 많아서 안 심심해."

은효는 좌석에서 일어나 은율이 서 있는 앞으로 달려 나갔다.

은율은 마이크를 내려놓고 주머니에서 명찰 목걸이 하나를 꺼냈다. 노란색 꽃 모양 안에는 '최은효'가 적혀 있었다. 은율은 은효의 목에 명찰을 걸었다.

"엄마 목소리는 백만 불짜리니까, 다시 사람들에게 이야기를 들려주는 사람이 되었으면 좋겠어. 나는 엄마가 은율이 엄마 말고, 최은효로 불리는 게 더 좋아. 앞으로 엄마 이름은 내가 꼭 지켜 줄게!"

바닥까지 꾹 내려왔던 눈물이 마음의 끓는점에 도착했다.

김이 된 수증기는 펄펄 떠올라 구름이 되고, 뭉게뭉게 새로운 꿈이 피어오른다.

"아들, 이렇게 예쁜 말은 누구한테 배웠어?"

은율은 옷소매를 끄집어내 은효의 눈물을 닦아줬다.

"엄마! 엄마가 알려줬어."

말이란 것은 돌고 돌아 결국 보내는 이의 주소를 다시 찾게 된다. 과거 은효의 말이 다시 은효에게 도착한 순간이다.

은효의 손 위엔 작은 상자가 놓였다. 상자 속엔 식물 구근이 들어 있었다.

"엄마, 그러니까 우린 이제 동업자야!"

"동업자라는 단어는 어디서 배운 거야?"

은효는 고급 어휘를 구사하는 아들에 놀라 물었다.

"비밀!"

은율은 손가락을 들어 입가에 갖다 대며 쉿 소리를 흉내 내며 엄마에게 안겼다. 그러곤 상영관 앞문을 향해 윙크했다.

문 앞을 지키던 로하는 검지와 중지를 붙인 손가락을 들어 올리며 작전의 성공을 축하했다.

오후 6시. 해가 짧아진 덕에 은은한 조명이 켜진 온실 정원의 분위기는 더 아늑했다. 그 속에서 삐거덕거리며 흔들리고 있는 낡은 나무 그네 하나. 누군가 자신의 손을 쥐었다 폈다를 반복하고 있었다.

"내가 훔쳐보고 싶은 얼굴인 건 알겠는데, 그러다 그 손에 든 맥주가 식는 건 아닌지 몰라. 그건 딱 질색인 편이라서."

흠칫 놀란 그림자 하나가 쭈뼛쭈뼛 다가오더니 자잘한 아몬드가 담긴 접시 하나가 로하의 앞에 놓였다.

"오, 세린 씨! 이런 독대는 우리 처음인 것 같은데?"

세린은 무안하게 웃으며 맥주 한잔을 건넸다.

"수고하셨습니다."

"뭐야, 새삼스럽게. 수고보단 이번엔 고생 좀 했죠."

로하는 아몬드 두 조각을 집어 한입에 털어냈다. 오독오독한 식감이 적막한 분위기를 메웠다.

"그냥 고맙다고 해요. 그동안은 좀 버거워 보였거든."

직선적인 화법에 세린의 몸은 딱딱하게 굳었다. 로하는 아랑곳하지 않고 말을 이었다.

"맞잖아. 이때까진 재연 배우로서 잘 해내고 싶은 모습이 먼저였는데, 이번엔 조금 다른 욕심이 보였거든. 방법을 찾아내기 위해 물어보고, 또 물어보고. 원래 그런 거 못 했잖아."

정곡을 찔린 세린은 옆구리가 퍽 따끔했다.

"아……, 그렇긴 했죠."

"그게 다 한 팀이 되어간다는 거예요. 지금까진 혼자 극복……"

로하는 말을 잇다 말고 고개를 저었다.

"아니지, 세린 씨 같은 경우엔 이겨내는 거였지. 그런 삶만 살아봐서 당연히 힘들겠죠. 누군가에게 기댄다는 거. 삶이란 게 스스로 온전한 게 베스트이긴 하지만, 도와준답시고 오는 사람 막진 마요. 생각보다 순수한 의도인 사람도 꽤 많거든."

로하는 잔을 들어 올렸다. 건배를 제안하는 신호였다. 두 잔은 산뜻한 물결을 출렁였다.

"저 궁금한 게 있어요……. 로하 님은 꿈이 뭐예요?"

이번엔 세린의 질문이 이어졌다.

"꿈? 지금 꿈을 물어본 거예요?"

로하는 허파에 바람이라도 들었는지 실없이 웃어댔다. 눈물까지 찔끔 흘리는 모습에 세린은 조금 무안했다.

"그만 웃어요! 뭔가…… 시네마 사람들은 명확한 꿈 하나씩은 있지 않을까 해서요……."

"미안해요, 40대 코앞에서 이런 질문을 듣게 될 줄은 몰라서. 흠, 꿈이라……. 있긴 하죠. 자산 많은 백수요."

"자산? 부동산 같은 거요?"

부동산이란 말에 로하는 삼키던 맥주를 뿜어냈다.

세린이 재빨리 휴지를 건넸지만, 타액이 섞여버린 맥주 방울은 이미 흰 셔츠에 흔적을 남겼다. 로하는 개의치 않고 길게 자란 앞머리를 뒤로 말끔하게 넘겨냈다. 아직 입은 불시에 터져버린 웃음을 머금고 있었다.

"뭐, 그것도 좋죠. 보통 꿈을 물어보면 돈 많은 백수라고 하잖아요. 그런데 그건 너무 옹졸한 바람이고. 이왕 바랄 거, 크게 바라야죠. 돈과 시간과 산전수전 다 겪어본 인생 10회 차 살아 본 사람 같아지고 싶어요."

"종종 3회 차 정도는 산 것 같은 바이브가 있긴 해요."

"아, 맥주 못 삼키겠다. 원래 이렇게 웃겼나?"

"또라이 앞에선 좀 강해지는 편이에요."

로하는 자신을 가리키며 이목구비를 단단히 구겼다. 우스꽝스러운 표정에 세린도 덩달아 작은 웃음이 터졌다.

"그러니까…… 제가 또라이라는 거죠?"

"그런 이미지 밀고 있는 거 아니었어요?"

말문이 막힌 로하는 남은 아몬드 조각을 입안으로 털어냈다. 목에 걸린 아몬드 껍질 따위는 마지막 맥주 한 모금으로 시원하게 게워 냈다.

세린도 로하를 따라 맥주를 크게 꿀꺽 삼켰다. 알딸딸한 기분에 세린의 눈이 살짝 풀렸다.

"로하 님은 아파 본 적 없죠?"

"왜 없겠어."

로하는 담담하게 대꾸했다.

세린은 몸을 돌려 그의 얼굴 앞으로 눈을 들이밀었다. 계속되는 따가운 의심에 로하는 주머니에서 손수건을 꺼냈다. 환영회 때 봤던 것이었다.

"그날 이후로 계속 들고 다녔어요. 정말 찰나였는데, 사라져 버렸거든. 엄마가."

뜻밖의 이야기에 놀란 세린은 두 눈을 희번덕이며 뒤로 살짝 물러섰다.

로하는 허공을 응시한 채 말을 이었다.

"다한증. 엄마가 날 놓친 이유는 다한증 때문이다, 다한증 때문이다……. 그러니까 내가 이 손수건을 들고 다니면, 다시는 놓치지 않겠지. 그렇게 생각했던 게 지금의 습관."

"미안해요."

"아니! 왜 세린 씨가 사과를 해요."

한순간에 추욱 쪼그라든 세린의 모습에 로하는 배를 부여잡으며 와하하 웃어댔다.

"그냥……."

"됐어요, 나 이제 안 아파. 내가 왜 여기서 꾸역꾸역 일하는 줄 알아요?"

"네? 음……, 보람? 성취? 자부심?"

로하의 손가락 하나가 불쑥 일어나더니 양옆으로 고개를

저었다.

"그런 건 너무 한시적인 것들이고. 여긴 내가 좀 절실하게 필요한 것 같은 느낌을 줘서. 송마호가 바짓가랑이 안 잡아줬으면 진즉에 나갔지."

로하는 뻐근한 어깨를 한 바퀴 돌려내고 휴대폰을 켰다. 싱긋거리던 입꼬리가 한순간에 굳었다. 심각한 표정으로 휴대폰을 껐다 켜기를 반복했다. 그러다 깊은 탄식을 내쉬며 가방에서 청록색 자동 우산 하나를 꺼냈다. 로하는 우산 손잡이의 버튼을 꾹 눌러 우산을 폈다.

"밖에 비 온대요?"

"아니요. 지금, 여기, 가랑비."

로하의 검지는 세린을 가리키고 있었다.

"가랑비에 옷 젖을 것 같아서. 내 옷은 방수가 안 되거든. 나는 여전히 물에 취약한데."

로하는 검은색 코트를 걸친 후, 묵직해 보이는 백팩을 동여맸다.

"더 마실 거예요?"

반 이상 남은 세린의 맥주잔을 향해 물었다. 아무런 대답이 없었다. 세린은 어쩐지 혼이 빠져 보였다. 로하는 쓰고 있던 우산을 접고, 세린의 얼굴 앞으로 바짝 다가갔다.

타닥타닥. 세린의 마음에서 자그마한 불씨가 일었다. 불씨는 광대까지 피어올라 양 볼을 붉게 달아 올렸다. 이건 취기 때문이 아니었다. 미묘한 감정이 일렁이는 눈싸움에서 결국 세린이 먼저 눈을 질끈 감았다.

"내가 이긴 거죠?"

로하는 짓궂게 웃더니 세린의 잔까지 챙겼다. 그는 먼저 가겠다는 인사를 남기고 발걸음을 재촉했다. 어깨는 무거워 보였지만 걸음걸이는 꽤 경쾌했다. 그러다 가속 페달을 밟던 발길질에 급브레이크가 걸렸다. 들썩이던 가방의 움직임도 멈췄다.

"아, 맞다! 이 얘기를 안 했네. 아무튼 여기 있는 사람들도, 여기 오는 사람들도 다 서툴러요. 그런 존재들의 집합이 이곳이니까, 마음껏 서툴러도 된다고."

마지막 말을 끝으로 로하는 검정 코트의 끝자락을 펄럭이며 자취를 감췄다.

그네에 앉아 있던 세린은 그가 놓고 간 초록색 우산을 들어 올렸다. 손잡이의 버튼을 누르자 우산살이 활짝 휘어지며 세린의 시야를 가렸다.

"그러게요, 가랑비에 다 젖겠네."

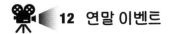 **12 연말 이벤트**

[기대 수명 시네마 연말 이벤트]

당신의 사연을 접수해 주세요.

직업과 관련된 사연이라면 무엇이든 환영입니다.

선정된 사연은 영화화되어 크리스마스이브 저녁,

사연자 님만을 위한 상영회가 개최됩니다!

• 접수 기간: 12월 둘째 주 금요일 17:00까지

연말의 찬바람을 포근하게 물들이는 캐럴의 계절이 왔다. 모두 각자의 설렘으로 입꼬리를 살랑이고 있다. 여기 지금 한 사람만 빼고.

"아영 씨, 무슨 생각해?"

어지럽게 펼쳐진 종이 사이를 비집고 커피 한잔과 스콘이 놓였다. 스토리 기획팀의 이소민 대리였다.

"아, 감사해요."

커피를 벌컥 들이켜던 아영은 눈을 찡그리며 커피를 뱉어냈다. 아이스가 아니었다. 소민이 한숨을 쉬며 휴지를 챙겨주자, 아영은 데인 입술을 불쑥 내밀어 아픈 티를 냈다.

"뭔 일인데? 스토리보드가 잘 안 그려져?"

"그게 아니라…… 지난주에 미팅하러 갔잖아요."

"지난주면…… 대학로 쪽 미팅? 왜?"

"그날…… 아빠를 봤어요."

아영의 심란한 표정 위로 소민이 눈을 희번덕이며 낮은 음성으로 속삭였다.

"근데 모른 척하고 지나가셨지?"

깜짝 놀란 아영은 입을 막으며 소민으로부터 한걸음 물러섰다.

지난 금요일, 미팅을 마친 아영은 극장으로 가득한 거리를 지나고 있었다. 때마침 낯익은 실루엣에 손이 먼저 올라갔다. 하지만 그 인사는 가뿐히 무시되었다.

"못 본 척인 건지, 아님 정말 절 못 보셨던 건지……. 완전

낯선 사람 마냥 지나가셨어요. 사실 어릴 때도 비슷한 경험이 있긴 했거든요. 종종 제 이름을 헷갈린다거나……. 아무튼 근무하고 있을 시간인데, 난데없이 대학로에 계신 것도 이상했고요."

"아영 씨 아버님도 연기 좀 하시나 보네. 우리 아버지는 무려 1년을 속이셨거든. 아마 은퇴하셨을 수도 있을 것 같은데?"

"은퇴요?"

"응. 우리 아빠는 은퇴 후에도 1년 동안 매일 같은 시간에 출근하셨어."

소민은 커피를 휘젓는 속도에 맞춰 고개를 절레절레 저었다.

"어떻게 알게 된 거예요?"

아영은 상체를 앞으로 숙이며 소민의 말에 집중했다.

"내가 작업 파일을 놓고 출근한 날이었어. 점심에 집에 들렀다가 근처 김밥집에 갔는데, 거기에 정장을 쫙 빼입은 아빠가 있는 거야. 아빠 회사는 여의도인데."

아영은 소민 곁으로 의자를 밀착시켜 이야기를 재촉했다.

"'아……'까진 나오는데 '빠'가 도저히 육성으로 안 나오는 거야. 일단 포장된 김밥 대충 가방에 쑤셔 넣고, 급하게 나왔어. 근데 뭔가 엄청 찝찝해. 지금 아영 씨처럼. 그래서 기자회견을 요청했지. 아빠의 해명이 필요한 일이니까. 처음으로 같이 술 한잔하자고 연락했어. 그 이후에도 시간이 좀 걸리긴 했는데, 다행히 지금은 잘 지내고 계셔. 요즘 낮에는 카페에서 아르바이트하시고, 저녁엔 목공 배우시거든.”

“목공까지요? 오, 뭐야. 이제 장래 희망이 카페 사장님이라도 되신 거예요?”

아영의 추측에 소민은 피식한 웃음소리를 냈다. 일전에 아빠가 꺼낸 조심스런 다짐과 일치해서다.

“그 스콘도 우리 아빠가 만든 거야.”

그제야 스콘은 골똘한 고민에 잡혀있던 아영의 눈길을 받을 수 있었다.

아영은 먹기 좋게 잘린 스콘 한 조각을 입에 넣었다. 부드러운 식감이 혀를 진정시키고, 버터의 풍미가 코끝을 따스하게 데웠다. 버거웠던 감정이 한결 가벼워졌다. 아영은 작은 한 조각에 충만한 위로를 받을 수 있다는 것이 새삼 신기하기도 했다.

“선배, 너무 맛있어요.”

“배움이 빠르시더라. 은퇴하고 뭐 하고 싶으냐고 물어보니까 일하고 싶다고 하셨어. 그때부터 아빠랑 때늦은 진로 탐색을 했지. 아영 씨, 원래 가족이 가장 어렵다? 먼저 해명 요청 어려우면 여기에 사연 한번 보내볼래?”

소민은 아영에게 링크 하나를 보냈다. 링크를 누르자 아영의 눈앞에 난잡한 디자인의 이벤트 창 하나가 열렸다. '기대 수명 시네마 연말 이벤트'라는 제목이 보였다. 이름도 기이했지만 초록색 배경에 빨간색 글씨가 섬뜩함을 더했다.

"선배, 이거……"

"절대 아니야. 사이비 뭐 이런 거 전혀 아니고, 되게 실속 있는 곳이야."

여전히 아영의 의심의 눈초리는 사라지지 않았다.

"뭐, 믿거나 말거나. 아무튼 그곳이라면 아영 씨가 아버지와 대화를 시작해 볼 수도 있을 것 같아서."

아영의 어깨에 가벼운 응원이 닿았다. 소민은 잘해보라는 말을 남겼다.

아영은 링크를 닫고 다시 작업 파일을 열었다. 바쁘게 움직여야 할 마우스는 아트보드 위에서 빙빙 원만 그릴 뿐이다. 잡념을 없애야 다음 작업을 해낼 수 있다. 결국 썩은 동아줄도 동아줄이라는 결론에 다다른 아영은 조심스레 링크를 열었다. 평생을 그리는 일만 해 와서 글에는 재주가 없지만, 평범하기 그지없는 부녀의 이야기를 더듬더듬 채워 나갔다. 몇 분 뒤, 접수 버튼을 누르니 완료를 알리는 팝업 창이 떴다.

'행운을 빌어요.'

마호는 이벤트 접수 창을 닫았다. 올해도 수많은 사연이 게시판을 가득 메웠다. 연말인 만큼 절반이 사내 연애에 대한 내용이었다. 스크롤을 주욱 내리니 산타할아버지의 직업 기대 수명에 대한 물음부터 나이를 먹지 않는 방법과 같은 엉뚱한 질문도 있었다.

마호는 주제에서 어긋난 사연들부터 소거해 나갔다. 아침에 시작한 작업은 초저녁이 돼서야 30여 개로 추려졌다.

"마호 님, 뭐 하세요?"

세린이었다.

"세린 님이 있었지! 올해는 세린 님이 한번 뽑아 볼래요?"

마호는 사연 리스트를 세린에게 보여줬다.

재미난 사연들이 돋보였다. '뀨뀨의 하루'라는 사내 반려견에 대한 사연, '당신이 잠든 사이에'라는 환경미화원의 사연, 한국무용수와 클래식 작곡가의 썸을 다룬 간질간질한 사연까지. 하지만 아직 세린의 마음에 콕 와 닿는 사연은 발견하지 못했다. 그러던 중 미사여구로 꾸며진 제목 사이에서 단출한 제목 하나를 찾아냈다. '아빠를 찾아서'라는 제목이었다. 아빠의 사생활이 궁금해진 딸의 사연이었다. 혹여나 은퇴하셨다면 그의 다음 장래를 함께 준비해 보고 싶다는 바람이 적혀 있었다.

"그 사연은 로하 형이 좀 시시해 할 것 같긴 한데, 제 취향이 긴 해요."

"로하 님은 이런 거 안 좋아해요?"

세린은 괜스레 신경 쓰였다.

"아니요, 좋아할걸요?"

뒤에서 로하가 불쑥 튀어나왔다. 베레모를 움푹 눌러 쓴 말 끔한 신사 한 명이 서 있었다. 환영회 이후 처음 보는 근사한 모습에 세린은 눈을 뗄 수가 없었다.

"아니, 이런 귀한 곳에 누추한 분이……"

"야, 송마호! 후…… 오늘만 봐준다, 내가."

마호의 장난에 로하는 눈을 버럭 뜨며 부들부들 떨다가 별 안간 오른손을 들어 왼쪽 가슴을 다독이는 시늉을 했다. 그런 로하의 모습에 마호는 호쾌하게 웃었다.

"오늘이었구나?"

마호가 물었다.

"응. 티키타카가 나쁘지 않았어. 아주 만족스러워. 마호야, 고맙다. 충성을 다할게."

로하는 대형견 마냥 마호에게 안겨 뽀뽀 세례를 했다. 과한 애정 표현이 버거운 마호는 온갖 인상을 쓰며 그를 절실히 밀 어냈다.

"어우, 형! 장난 그만 쳐. 세린 님도 있는데……."

세린은 둘만의 비밀에 조금 질투가 날 참이었다.

"뭔데요?"

세린이 슬쩍 물었다.

"소개팅 같은 거요."

세린의 눈에 비친 로하는 세상을 다 가진 듯 행복해 보였다. 처음 보는 좋은 표정인데 축하하고 싶지가 않았다. 따끔따끔. 세린의 심장 박동 소리가 평소와 다르게 울렸다. 세린은 다시 모니터 쪽으로 돌아앉았다.

"근데 두 사람 뭐 하는데?"

마호는 이벤트 신청자 명단을 보여줬다.

"아, 나는 로맨스가 좋은데, 세린 씨는 싱거운 가족 다큐가 좋다는 거지?"

"아니, 뭐 그냥 제 의견은 그렇다고요."

조금 신경질적인 어조가 튀어나왔다. 세린은 여전히 로하에게 눈길 한번 주지 않았다. 사연을 읽는 척 모니터만 응시할 뿐이다. 왜인지 모를 서운함에서 비롯된 눈물이 눈물 언덕을 비집고 찔끔거렸다.

똑똑. 카운터 책상을 두드리는 소리가 났다. 세린의 시선은 소리에 자연스럽게 반응해 버렸다.

"내가 말했죠? 나 물에 취약하다고."

로하는 손수건을 꺼내 세린의 눈가에 살짝 고인 물기를 닦아주었다.

"내가 가족 다큐 좋다고 하면, 지금처럼 내 얼굴 봐줄 거예요?"

세린의 입꼬리가 속절없이 먼저 반응했다. 두근두근. 심장 박동의 울림도 부드럽게 풀려갔다.

"싱거운 게 가장 보편적인 감동이긴 하지. 모든 세대의 공감을 이끌 수 있으니까. 세린 씨, 보는 눈이 아주 탁월해?"

로하는 세린을 향해 왼손을 불쑥 내밀었다. 그의 하이파이브 요청에 세린은 새초롬한 표정을 지으며 고개를 비스듬히 돌렸다. 그러다 살포시 손만 들어 올려 그의 손바닥에 짝! 하고 마주쳤다.

"다들 그럼 합의된 거죠? 오케이, 좋아! 올해는 아주 감동적인 가족 다큐로 준비해 봅시다!"

마호의 파이팅 넘치는 진두지휘로 시네마 직원들의 의욕적인 연말 이벤트 준비가 시작되었다.

"어떤 영화로 준비해 드릴까요?"

"엄마, 나 통근 빠스 볼래!"

인형을 껴안은 여자아이가 세 번째 영화를 가리키며 자기 의사를 강력하게 어필했다.

크리스마스가 코앞으로 다가왔다. 시네마는 아직 뜯지 않은 선물상자를 기대하는 사람으로 가득했다. 아이들에겐 〈울퉁불퉁 도로 위의 그림책〉 영화가 가장 인기 있었다. 최근 유명세를 치르고 있는 삽화가 '통근 빠스'의 스토리다.

작가로 활동하기 전, 그는 매일 왕복 4시간의 출·퇴근 통근 버스에서 그림을 그렸다. 흔들리는 차체에서 포스카 마카로 그린 울퉁불퉁하지만 따스한 그림체는 디지털 드로잉이 대부분인 세상에 신선함을 불러일으켰다. 몇 년간은 개인 작업실에 출·퇴근하며 작품 활동을 했다. 꾸준히 활동한 결과가 지금의 명성이다.

영화를 보고 나오는 아이들의 손에는 통근 빠스 작가의 동화책이 쥐어졌다. 시네마에서 준비한 크리스마스 선물이다.

함께 개봉한 〈달콩한 연우의 제주 신혼일기〉도 예매율이 높았다.

복작복작했던 시네마는 저녁 6시에 문을 달았다. 다른 날보다 이른 마감. 진짜 연말 이벤트는 지금부터가 시작이다. 시네마의 문이 열리고 보라색 카펫 위로 점잖은 남자와 그의 딸로 보이는 여자가 발을 디뎠다. 멋진 턱시도와 예쁜 미니 드레스를 차려입은 부녀는 티켓 부스로 갔다.

"김아영 님, 안녕하세요. 기다리고 있었습니다."

마호는 두 사람을 환영했다.

"안녕하세요, 〈김명인의 40년을 찾아서〉 두 장 주세요."

아영은 처음 겪어보는 분위기에 민망해하며 말했다.

〈김명인의 40년을 찾아서〉 편으로 오후 6시 40분, D관 G열 8번과 9번 자리입니다. 해당 이벤트는 식사도 함께 포함된 패키지입니다. 영화 관람 후, 맨 위층에 있는 온실 정원에서 만찬도 충분히 즐기다 가시길 바랍니다."

명인의 손에는 샴페인 두 잔과 팝콘이 들려졌다. 부녀는 2층 상영관으로 올라갔다.

상영관 문을 열자 두 사람은 감탄을 자아낼 수밖에 없었다. 그곳은 '김명인 박물관'이라고 해도 과언이 아니었다. 걸려 있는 사진에는 김명인의 직장 생활부터 경비원까지의 모습이 고스란히 담겨 있었다. 당시 사용하던 물건들도 전시되어 있었다.

아영은 처음 보는 아빠의 흔적 속에서 올라오는 어떤 열기를 참아내기가 힘들다는 걸 느꼈다. 그럴수록 명인의 주름진 손을 더 세게 잡으며 감정을 추슬러 냈다. 전시관 부스를 지나 작은 문을 통과하자 둘만을 위한 상영관이 등장했다. 두 개의 좌석과 알맞은 크기의 스크린이 있었다. 명인과 아영이 자리에 앉자 조명은 기다렸다는 듯이 꺼졌다.

스크린에는 20대의 젊은 명인이 비쳤다. 대학교 밴드부였던 명인은 피아노를 치고 있었다. 취업 후에도 퇴근만 하면 피아노 학원으로 달려갔다. 주말엔 친구들과 모여 밴드 연습도 하고, 라이브 카페에서 공연도 했다.

아영은 이런 명인의 모습이 매우 낯설었다. 그리고 이 모습이 어떤 사진과 겹쳐 보였다. 고사리 같은 손으로 피아노 건반을 움켜쥐고 있던 아영의 어릴 적 사진이었다.

아영은 태어난 이래로 세 번의 이사를 했다. 그중 첫 번째는 사진에 의해서만 기억되고 있었다. 아영은 분명 그땐 피아노가 있었다고 생각했다. 다음 장면에서 그녀의 추측이 증명되었다. 볼이 통통한 어린 아영을 무릎에 앉히고 피아노를 치는 명인의 모습이 등장한 것이다. 아영은 다른 소리를 내는 건반이 신기한지 치는 것을 멈추지 않았다.

"오빠, 우리 아영이 피아노에 재능 있나 봐."

아영을 향한 부모의 찬사가 쏟아졌다. 아영의 엄마는 급하게 카메라를 켜 영재의 순간을 기록했다.

"역시 우리 딸, 나 닮아서 그런가?"

젊은 명인도 거들며 아영의 장래는 피아니스트로 흘러가고 있었다. 단란한 시간이었다. 하지만 이 장면을 기점으로 아영은 단 한 번도 피아노를 쳐본 적이 없다. 초등학생 때도 주변 친구 모두가 다니던 피아노 학원에 다니지 못했다. 학교 방과 후 수업엔 참여할 수 있었지만 학원은 다닐 수가 없었다.

스크린 속에서 보이는 두 번째 집은 그 전보다 작아져 있었다. 그리고 그 시절 아빠의 얼굴을 유난히 보기 힘들게 된 이유도 알게 되었다. 명인은 몇 년간 아영이 잠에서 깨기 전에 집을 나가, 아영이 잠든 사이에 귀가했다. 이러한 이유로 어린 이집에 다닐 때 아영은 아빠가 산타클로스라고 생각했다. 그후 출장이란 단어를 알았을 땐, 80일간의 세계 일주에 나오는 필리어스 포그 같은 사람일 것이라 확신했다. 드넓은 바다를 항해하는 모험가일 것이라며 위안했다.

그러나 화면 속 명인은 전혀 다른 모습이었다. 새벽엔 전단지를 붙였고, 낮에는 은행 업무를 했으며, 밤에는 종종 대리기사가 되었다. 또 동이 트기 직전 명인은 빵과 초코우유를 사고 있었다. 그건 매일 아침 아영의 입속을 달콤하게 적셔 준 것들이었다.

젊은 날의 아빠의 모습은 아영이 어릴 적 TV에서 보던 사연 속 어른들의 모습을 연상케 했다. 그들의 초인적인 힘의 원천이 무엇인지 늘 궁금했던 어린 아영은 20대 후반에 접어든 지금에서야 깨달았다.

세 번째 집으로 이사를 할 때쯤 아영은 대학교에 입학했다. 그땐 명인이 깨어나기 전에 아영이 집을 나갔다. 아영이 슬금슬금 술 냄새를 풍기며 집에 돌아왔을 때, 명인은 이미 깊은 잠에 빠져 있었다.

　마지막 집에서의 삶은 과거에 비해 순탄했다. 잘못 선 보증으로 인한 빚이 점점 줄어갔고, 명인의 연차가 쌓이면서 월급만으로도 세 식구가 살아가기에 충분해졌다. 그도 잠시, 조직이 주는 무언의 압박이 시작되었을 때쯤 명예퇴직을 했고, 몇십 년간의 '일 습관'은 아파트 경비에 지원하도록 했다. 수많은 경쟁자를 제치고 들어간 자리였지만, 경비의 기계화에 속절없이 당하고 말았다. AI 경비 시스템의 보급으로 계약기간보다 일찍 경비를 그만두게 된 것이다.

　이것이 아영이 몰랐던 아버지의 40여 년간의 삶이었다. 아영의 눈시울은 일찍이 부어올랐다.

　상영이 끝난 뒤, 두 사람은 옥상 온실 정원으로 이동했다. 오늘은 그들만을 위한 레스토랑이 되어 있었다. 정원엔 흰색 그랜드 피아노 한 대가 놓여 있었다. 명인의 손은 스테이크를 써느라 분주했지만, 시선은 피아노를 흘깃대는 데 바빴다. 그 모습은 마치 수업 시간에 짝사랑하는 소녀를 훔쳐보는 소년과 같았다. 아영은 비로소 시네마 측에서 멋진 턱시도까지 보내온 이유를 알게 되었다.

　"아빠, 이 분위기에 피아노 소리까지 있으면 딱이겠다. 그치? 우리 같이 저 피아노 쳐볼래요?"

아영이 먼저 일어나 명인에게 손을 뻗었다. 명인은 손사래를 쳤다. 아영은 알고 있었다. 첫 번째 거절은 예의라는 것을.

두 번째 부탁에 명인은 천천히 일어나 아영의 손을 잡았다. 둘은 피아노로 향했다. 많이 굵어지고, 주름져진 투박한 손가락. 하지만 건반 위에서의 감각은 여전히 살아 있었다. 울려 퍼지는 선율은 직업 봉안실까지 흘러 들어가 명인의 세 번째 함이 자연스레 만들어졌다. '피아니스트 김명인'의 색은 'Grand Navy'로 웅장한 남색이었다.

"아빠, 앞으로 나랑 30년은 더 살 거잖아. 그치?"

"물론이지. 우리 딸이랑 오래오래 건강해야지."

"그럼, 우리 같이 진로 찾기 해요. 10년에 하나씩 새로운 걸 배우면서 세 번째, 네 번째, 다섯 번째 직업까지 다 만들자!"

평생 자신의 등에 업혀 살 것만 같았던 자그마한 딸아이가 이젠 어깨를 내어준다.

'언제 이렇게 커버린 것일까.'

명인은 영문을 알 수 없는 벅차오름을 삼키며 계속 피아노를 연주했다.

"이보다 더 완벽한 영화가 있을까요?"

마호와 세린은 투명한 창 앞에 서서 온실 정원 속 풍경을 슬그머니 엿보고 있었다.

세린은 아영에게서 눈을 뗄 수가 없었다. 잊으려 수없이 되뇌었던 마음이 오히려 진해지고 있다. 나누고 싶었던 추억과 하고 싶었던 말들이 눈앞에서 춤을 춘다. 그때 돌아섰던 뒷모습의 이름이 이별은 아니었던 것 같다. 세린은 선율에 맞춰 들썩이던 까치발을 내렸다.

"저번에 왜 연기를 시작했냐고 물으셨죠?"

세린은 지난번 딕의 서재에서 나눴던 이야기를 무심하게 꺼냈다.

"어릴 적 제 세상엔 그게 전부였거든요. 아빠가 배우셨어요. 이 세상에서 나만 아는 무명 배우. 그래서 저는 동화책이 아니라 대본집을 보면서 컸어요."

"그럼 배우가 되기로 결심한 이유는요?"

마호가 물었다.

"제 이름이 이 세계에 널리 퍼지면, 기다렸던 무명인을 다시 볼 수 있을까 해서요."

시네마의 모든 연말 이벤트는 성황리에 끝났다. 고요해진 복도 끝에서 작은 구두 소리가 크게 울렸다. 소리는 점장실 앞에서 멈춰 섰다. 가벼운 그림자에서 무거운 한숨이 새어 나왔다.

"점장님, 드릴 말씀이 있습니다."

리나였다.

"들어와."

점장은 일어나 커피포트에 열을 올렸다. 이내 끓는점에 다다랐는지 연거푸 뜨거운 김을 냈다. 그 사이에 찻잔이 준비되었다. 말린 백국화 꽃잎이 연하게 풀어지며 예쁜 모습을 한 차 한잔이 리나의 앞에 놓였다.

"먼저, 들어."

리나는 소파에 걸터앉아 얕게 들이켰다. 어깨에 잔뜩 들어가 있던 힘이 느슨해졌다.

"이번 작업은 어땠어?"

점장의 낮은 목소리가 먼저 깔렸다.

리나는 들고 있던 찻잔을 다시 테이블 위로 내렸다.

"다행히 기존 고객이라 기간 내 작업이 어려운 건 아니었습니다. 근데……"

리나는 잠시 머뭇거렸다.

"근데?"

"조금 이상한 게 있었습니다. 명인 님 직업 DNA에 다른 사람의 것이 얽혀 있었어요."

리나는 점장을 직업 DNA 저장소로 안내했다. 리나는 선반에서 이름 없는 유리병 하나를 꺼내 들었다. 명인의 것에서 따로 분리된 결정 조각이 둥둥 떠다니고 있었다. 조각들은 미세하고 투명했다. 리나는 조각들의 개체 수가 점점 줄어들고 있다고 덧붙였다.

"조각의 기억에 이런 것들이 있었습니다."

리나는 조각에서 추출된 영상을 점장에게 보여주었다.

현관문이 조심스레 딸랑대며 열렸다. 시계는 새벽 2시경을 가리키고 있었다. 어깨가 축 처진 한 남자가 검은 봉지를 들고 들어왔다. 명인이었다. 그는 검은 봉지에서 초코우유와 빵을 꺼내 냉장고에 넣었다. 그리고 슬며시 방문을 열었다. 새근새근한 숨소리가 들려왔다. 이불은 발길질에 저 멀리 나뒹굴고 있었다. 명인은 꿈나라에 도착해 한창 뛰놀고 있을 어린 딸의 머리칼을 살살 쓰다듬었다. 그렇게 한참을 바라보다 이마에 굿나잇 키스를 맞췄다.

"우리 세린이, 아빠가 정말 사랑해."

명인은 이불을 다시 덮어주고 아영의 방을 나갔다.

영상이 끝났다. 까맣게 물든 화면에 점장의 모습이 비쳤다. 그는 입을 꾹 다물고 있었다. 옆에서 리나는 눈치만 볼 뿐이었다. 한참의 침묵 끝에 점장은 천천히 입을 열었다.

"당장 딕에게 연락 좀 넣어줘."

서재에 도착한 딕은 책장 가장 아래 칸 서랍 앞에 털썩 주저
앉았다. 열쇠 꾸러미를 찰랑대는 그의 손은 분주했다. 오랜 세
월 동안 굳게 잠겨있던 녹슨 자물쇠는 쉬이 열리지 않았다. 결
국 딕은 거대한 펜치 하나를 구해왔다. 그의 안간힘에 굳건하
던 자물쇠는 부서지고 말았다.

서랍 안은 갖가지 책과 자잘한 문서가 제멋대로 흩어져 있
었다. 딕은 서랍 속 모든 물건을 꺼냈다. 바닥에 펼쳐진 것 중
노트와 파일 몇 개를 챙겨 서재를 나섰다.

"딕?"

서재 입구엔 세린이 서 있었다. 반가움에 함박웃음을 터뜨
리던 세린은 딕의 상태를 보고 한순간에 굳어버렸다. 시뻘게

진 얼굴과 헉헉대는 거친 숨소리. 딕은 땀으로 흥건해져 있었다. 손에 들린 노트에는 '재연 배우 실종 사건'이란 라벨이 붙어 있었다.

딕은 별다른 대꾸 없이 세린을 지나쳐 눈 깜짝할 새 코너를 돌아 사라졌다. 덩그러니 놓인 세린에게 외로움이 썰물처럼 밀려왔다. 눈물을 철렁이던 세린의 시선이 바닥으로 떨궈졌다. 툭툭. 눈물이 맥없이 떨어졌다. 굳어진 입술이 움찔대며 씁쓸한 미소를 지어냈다. 이번만큼은 고요하고 거룩한 크리스마스의 낭만을 적막한 방에서 홀로 보내고 싶지 않았다. 이것이 그녀가 딕의 서재를 찾은 이유다. 서재의 노란 조명과 책장에 가득 채워진 인생의 흔적들과 함께 있으면 누군가와 함께인 기분을 느낄 수 있지 않을까 하는 희망. 그리고 혹시 누군가 자신을 반기고 있지 않을까 하는 작은 기대.

세린은 눈물을 쓱쓱 닦아냈다. 아직 실망하기엔 이르기에, 다시 설레는 마음으로 서재의 문고리를 잡아 돌렸다. 공기 중으로 흩날리는 먼지들. 덜컥 열려있는 딕의 맨 아래 칸 서랍. 망가진 자물쇠. 이리저리 흐트러져 있는 물건들. 어수선한 서재의 모습에 유일한 희망이 꺾였다. 하지만 세린은 이상하게 이런 상황에서 유독 담담해진다. 지난 세월 동안 익혀온 버릇이다.

세린은 기지개를 한번 쭉 켠 다음 정리에 시동을 걸었다. 책과 같이 부피가 큰 것부터 주워 담았다. 물건들이 서랍에 반듯하게 쌓여갔다. 종이 사이사이에 가려진 물건도 더러 챙겼다.

"어?"

줍고 넣는 과정의 반복이 끝날 때쯤 무언가 세린의 눈을 사로잡았다. 보라색 물방울무늬 손수건. 자신의 흐릿한 기억 속에 있는 것과 비슷해 보였다. 손수건은 무언가를 꽁꽁 감싸고 있었다. 가벼운 무게감이 느껴졌다. 엉킨 실을 풀어내듯 섬세한 손짓으로 손수건을 끌어냈다. 무언가 툭 하고 떨어졌다. 보라색 나비 모양의 집게 핀이었다. 잔잔한 마음에 파동이 일었다.

점장실 앞에 선 세린은 어금니를 꽉 물었다. 오른손을 쥐었다 펴며 근육을 꾹꾹 이완시켰다. 한숨 크게 한번 쉬고, 문고리를 꽉 잡은 오른손으로 문을 열어젖혔다. 모든 이목이 세린에게 쏟아졌다. 점장실에는 딕과 마호, 리나가 와 있었다. 분위기상 크리스마스 파티는 아니었다.

"다들 모여 계셨네요?"

그 누구도 세린에게 선뜻 인사를 건네지 않았다. 기시감이 들었다. 초대받지 않은 파티에 난입한 이방인의 역할은 세린의 인생 전반에서 꽤 익숙한 것이었다. 익숙하면 무뎌야 한다. 그런데 이번엔 왜 이리도 아플까. 세린은 아랫입술을 꾹 깨물어 치밀어 오르는 눈물을 참아냈다.

"그만 멀뚱히 쳐다보지 말고, 들어와."

세린은 기도까지 차올랐던 서운함을 눌러내고 걸걸하게 꽉 막힌 목을 가다듬었다.

"이거……, 이거 물어보러 왔어요."

세린은 중앙 테이블 위에 보라색 물방울무늬 손수건과 나비 모양의 집게 핀을 올렸다. 그것을 본 딕은 소스라치게 놀라며 입을 틀어막았다. 미처 정리하지 못한 서재가 뒤늦게 떠오른 것이다.

"그게……"

"송세현."

딕의 말을 끊고 점장은 나지막이 이름 하나를 읊어냈다.

"송세현이 남기고 간 거야, 송세린."

점장이 엄지와 검지 간의 마찰을 일으켜 탁 소리를 내자 점장실이 소등되었다. 점장의 책상 위 램프에서 빛 하나가 뿜어져 나왔다. 분산된 빛들이 응축되더니 사람의 형체가 드러났다. 윤곽이 점점 선명해졌다. 빛으로 만들어진 화면 속엔 두 남자가 대화를 주고받고 있었다.

"점장님, 이것 좀 맡아 줄 수 있어요?"

점장의 손 위엔 무언가를 곱게 싼 보라색 물방울무늬 손수건이 놓여졌다. 작은 무게감이 느껴졌다.

"이건……"

"딸한테 줄 전리품이에요."

오늘을 마지막으로 세현은 시네마에서의 재연 배우 생활에 마침표를 찍게 된다. 그토록 고대하던 영화에 캐스팅되어 무명에서 유명의 배우로 첫걸음을 뗄 기회가 주어진 것이다. 땅속 깊은 곳에서 잠들어 있던 무명 생활을 청산하고, 세상의 빛을 쬘 생각에 세현은 발을 동동댈 정도로 무척 들떠있다.

"그동안 수고 많았어. 덕분에 많은 직업인이 구조될 수 있었어."

"저도 감사했습니다. 오늘 유종의 미를 거두고 올게요."

세현은 자신만만하게 말했다. 자신에게 주어진 마지막 티켓을 들고 세현은 상영관으로 유유히 사라졌다. 금방 돌아올 줄 알았지만, 이번 편은 예상과 다르게 꽤 오랜 시간이 걸렸다.

시네마 직원들의 걱정이 시작할 때쯤 잿빛이었던 명인의 카드 색이 정상으로 돌아왔다. 하지만 정작 기다렸던 이가 돌아오지 못했다.

당시 티켓 부스를 담당했던 딕이 상영관을 살폈지만, 세현의 흔적은 온데간데없었다. 다만, 이 사건 이후로 이따금 명인이 무언가를 찾는 듯한 표정으로 시네마 부근을 배회하는 이상 행위를 보였다. 그런 명인의 원석을 그때의 직업 DNA 담당자가 분해해 보려 했으나, 그의 능력으론 불가능한 일이었다.

🎬

점장의 이야기가 끝나자 리나는 유리병 하나를 꺼내 세린의 앞에 놓았다.

"이번에 분리해 낸 세현 님 결정들이에요."

세린은 병 가까이 눈을 들이밀었다. 놓칠 수 있을 만큼 작고, 여리고, 희미했다. 심지어 각각의 크기는 더 작아지고 있었다. 완전히 소멸할 것만 같았다.

세린은 구역질이 날 것처럼 속이 메슥거렸다. 도저히 받아들일 수가 없었다. 이렇게 되면 지난날 켜켜이 쌓아온 감정이 모두 세린, 자신의 몫이 되어 버린다. 딸로서 할 수 있는 투정, 짜증, 원망 따위의 권리가 상실할 위기에 처했다. 무엇보다 세린은 두려웠다. 아빠의 소멸을 인정하고 나면 지금껏 걸어온 삶에 대한 부정만이 남을 것 같아서.

"방법이 없나요?"

세린의 물음에 점장실의 공기가 숙연해졌다.

"제가…… 아빠를 볼 수 있는 방법이 전혀 없는 건가요?"

두 번째 질문에 리나의 입이 파르르 떨렸다. 하지만 망설이다 다시 입을 굳게 닫았다.

세상엔 몇 가지 법칙이 있다. 예를 들면, 가장 듣고 싶은 대답은 결국 절대 들을 수 없는 징크스가 되는 것.

세린은 귀에서 먹먹함이 느껴졌다. 더는 아무 소리도 듣고 싶지 않았다. 하지만 이런 작은 바람마저 사치였나 보다. 쿵쿵대는 소리가 귓가를 휘저었다. 어떤 충격에 의해 복도가 쾅쾅대며 울렸다. 그 소리는 점점 가까워져 왔다.

"세린 씨! 어딨어요?"

두서없는 물음. 로하였다.

"뭐 하는 거예요?"

로하는 엎어져 있는 세린을 일으켜 세웠다. 세린의 얼굴은 눈물로 흥건해져 있었다. 로하의 눈살이 찌푸려졌다. 그는 책상 위에 있던 보라색 물방울무늬 손수건을 집어 들었고, 손수건은 그대로 세린의 얼굴에 문대졌다.

"자, 시간 없어요. 저 유리병 속에 쫌쫌따리들 사라지면 이제 진짜 못 봐."

"쫌쫌따리들이요?"

세린은 울먹이며 물었다.

"결정 조각들요!"

로하는 유리병을 가리켰다.

결정은 조금 전 보다 더 줄어 있었다. 사라지고 있는 결정들을 보자 세린은 정신이 퍼뜩 들었다. 그런 세린에게 로하는 티켓 한 장을 건넸다. 금방 발급했는지 따뜻했다. 로하는 세린의 손을 붙잡았다.

"뛰자!"

두 사람은 계단을 가로질렀다. 이런 긴박한 상황 속에서 엘리베이터는 낭만성이 떨어진다는 로하의 주장 때문이었다.

둘은 상영관 층에 도착했다. 입장 3분 전이었다.

"이거 챙겨야죠."

로하의 코트 주머니에서 손수건과 나비 모양 집게 핀이 나왔다. 점장실에서 챙겨온 것이었다. 세린은 그것들을 받아 꼭 움켜쥐었다. 로하에게 눈인사를 건네고 상영관을 찾아 서둘러 떠났다.

뒤늦게 마호가 상영관 층으로 내려왔다. 두 사람을 따라 계단으로 왔는지 헉헉대고 있었다.

"후하…… 형, 어떻게 한 거야?"

"리나가 송세현, 송세린 두 사람의 DNA 나한테 보내줬거든."

마호는 화들짝 놀랐다. 지금까지 두 사람의 DNA를 완전한 하나의 기억으로 만들어 영상화한 전례는 없었기 때문이다.

"마호야, 나는 더 이상 내가 새롭게 할 수 있는 일이 없는 줄 알았거든?"

로하는 여전히 상영관 쪽을 응시하고 있었다.

"근데, 아직 있더라."

로하의 눈동자엔 세린의 뒷모습이 담겨 있었다.

상영관에 들어서자 비를 머금은 풀잎 향이 세린의 코끝을 달큰하게 적셨다. 스크린엔 눈이 뜨다만 채 마중을 나가는 어린 여자아이의 모습이 비쳤다.

"아빠……."

"우리 공주님, 깼어요?"

조용히 집을 나서던 남자는 인기척에 뒤를 돌았다.

"아빠 어디 가? 또 연기하러 가?"

"아빠는 단순히 연기하러 가는 게 아니야. 저기 보여?"

남자는 낮게 앉아 딸아이의 눈높이에서 하늘을 바라봤다. 쭉 뻗은 손끝에는 무지개가 걸려 있었다. 아이는 무지개를 발견하자 기쁜 마음에 손뼉을 연신 쳐댔다.

"우와! 무지개다!"

아이는 손가락을 뻗어 색의 수를 헤아렸다. 무엇이 잘 맞지 않는지 몇 번이고 다시 세며 고개를 갸웃댔다.

"아빠, 근데 무지개는 일곱 색깔 아니야? 보라색이 안 보여."

"세린아, 오늘 아빠는 아직 채워지지 않은 저 보라색을 찾으러 가는 거야. 원래 삶이란 차곡차곡 쌓아 나가는 거거든. 아빠 꿈이 뭔지 알아?"

"몰라! 근데 세린이 꿈은 아빠랑 노는 거!"

아이는 볼에 빵빵한 공기를 채워 투정을 부리며 아빠 품에 폭 안겼다.

"아빠 꿈은 저 무지개다리를 완성하는 건데. 우리 세린이가 언제나 다채로운 꿈을 꾸며, 단단하게 나아갈 수 있게 세상과의 연결 다리를 만들어 주고 싶어."

아이는 품에서 나와 자기 목에 걸려 있던 손수건을 풀었다.

"근데 아빠, 나도 보라색 있어."

다른 한 손으로는 남자의 손목을 들어 올렸다. 피부는 험한 촬영과 막노동으로 거칠해져 있었다. 그 위를 손수건이 감쌌다. 아이는 그렇게 무지개다리를 함께 만들어 가자는 뜻을 내비쳤다.

"이번엔 며칠 밤 걸려?"

딸이 아빠에게 물었다.

"이번엔 금방 올게."

두 사람은 엄지로 약속 도장을 꾹 찍어냈다.

이야기가 끝나자 상영관은 완전히 암전되었다. 눈이 어둠에 익숙해지자 세린은 캄캄한 주변부로 흙과 잔뿌리 같은 것들을 볼 수 있었다.

"금방 온다며……. 손가락 3개만 접으면 온다며!"

세린은 답답함에 허공에 대고 소리쳤다. 그때 상영관 뒤편에서 부스럭거리는 소리가 들렸다. 세린도 소리가 들리는 방향으로 뒤를 돌았다.

"이제 이런 거 안 좋아하나……?"

익숙한 실루엣은 초코우유와 소보로빵을 꼬옥 쥐고 있었다.

미워했던 마음이 한순간에 사그라졌다. 세린의 얼굴 위로 눈물과 콧물이 뒤섞여 하염없이 흘러내렸다. 끄윽끄윽 거리던 세린은 여전히 젊고, 씩씩해 보이는 세현의 품으로 달려들었다. 세현의 셔츠는 세린의 외로움과 서러움으로 적셔져 갔다.

"딸, 그동안 뭐 하고 지냈어? 꿈은 여전히 우리나라 최고의 배우고?"

보자마자 장난을 치는 걸 보니 아빠가 맞았다.

"하아, 진짜…… 이건 나 주려고 준비했던 거야?"

세린은 보라색 나비 모양 집게 핀을 내보였다.

세현은 딸의 등을 토닥이며 진정시켰다. 세린이 건넨 집게 핀을 집어 들어 그녀를 자신의 앞에 뒤돌아 앉게 했다. 세린의 머리카락은 많이 굵어지고 길어져 있었다.

"옛날 같았으면 이 집게 핀 한 줌에 다 잡혔을 텐데. 아빠가 많이 늦었네……."

세현은 세린의 머리칼의 반만 잡아 반묶음 머리를 해줬다.

"왜…… 왜…… 돌아오지 못했던 건데……?"

"자만했고, 방심했고, 감정에 도태돼 버렸어."

엑스트라 촬영차 대학로에 갔던 세현은 우연히 기대 수명 시네마의 재연 배우 구인 공고를 보게 되었다. 보수가 꽤 높았다. 지원 이유는 딱 그것뿐이었다. 그리고 우려했던 것과 달리 세현은 주어진 업무를 잘 수행했다.

세현은 점점 욕심이 났다. 가장으로서 빨리 많은 돈을 모아 가족들에게 따뜻한 보금자리를 만들어 주고 싶었다. 그렇게 일찍 돌아가겠다고 다짐했던 딸과의 약속은 점점 미뤄졌다.

점장으로부터 마지막 티켓을 받았을 때, 세현은 환하게 웃고 있는 세린의 얼굴을 떠올리고 있었다. 그것이 문제였다. 명인의 본체에 스며들어 아영을 보았을 때, 세현은 이미 딸과의 약속을 지켰다고 생각했다. 그 순간 명인과 세현의 자아가 합쳐진 것이다.

"그래서 그때 점장님이⋯⋯"

세린은 비로소 지난 장미꽃 99송이 사건 때 사색이 되어 달려왔던 점장의 모습을 이해할 수 있게 되었다. 오랜 오해가 풀리자 세린의 눈 사이로 빛 한줄기가 들어왔다. 주변부 벽의 틈이 벌어지기 시작했다.

세현은 딸의 손을 꼭 잡았다.

"세린아, 배우는 언어화하지 못하는 감정을 표현하는 직업이란다. 특정 상황에서 반드시 느껴야만 하는 감정과 표현법을 알려주고, 응어리를 꺼낼 수 있게 용기를 주는 사람이야."

세현의 뒤로 어릴 적 함께 봤던 무지갯빛이 차오르기 시작했다.

"그리고 너는 이제 사람들의 호흡에 생명력을 불어넣어 줄 수 있는 배우가 되었고. 그래서 아빠는 우리 딸이 자랑스러워. 사랑하는 세린아, 이제 땅속 깊숙한 곳에서 널 웅크리게 했던 고치에서 나와 날개를 펴고 실컷 날아보렴. 너를 위한 연기를 하면서."

붙잡고 있던 손의 감촉이 희미했다. 아빠가 사라지고 있었다.

자신을 붙잡으려는 세린을 향해 세현은 고개를 젓는다. 그는 흘러넘치는 빛을 따라 점점 흐려져 갔다. 스포트라이트가 쏟아진다. 세린이 주저앉은 바닥 위로 빛에 의해 원형 공간이 만들어졌다. 영롱한 보랏빛을 내뿜는 나비 한 마리가 세린의 곁을 맴돌다 벽 틈사이 하늘 위로 날아갔다. 세린의 시선도 그 나비를 따라 지상으로 떠올랐다.

무지개가 보였다. 무지개엔 보라색이 선명하게 채워져 있었다.

세린은 보라색 카드를 손에 꼭 쥔 채 점장실로 향했다. 점장실의 문은 살짝 열려 있었다. 문의 틈을 좀 더 넓히자 딕과 머리가 하얗게 센 한 남자가 보였다.

"그럼 도련님, 전 이만 나가보겠습니다."

딕은 뒷짐을 지고 있는 남자에게 고개를 숙여 인사했다. 뒤돌아 마주친 세린에게도 조용하게 눈인사를 건네고 방을 나갔다.

인기척을 느낀 남자는 세린을 향해 돌아섰다.

"왔는가, 세린 양."

중후하지만 부드러운 목소리를 가진 노인이었다.

"누구시죠?"

"나일세."

깔끔하게 넘긴 흰 머리, 짙게 패인 쌍꺼풀 라인, 눈가엔 주름이 자글자글했다. 그는 자수가 놓인 짙은 남색 두루마기를 입고 있었다. 점장의 것과 같은 것이었다. 그는 천천히 걸음을 옮겨 책상에서 의자를 빼내고 앉았다.

아직 세린은 점장실 입구 앞에 서서 꼼짝하지 못하고 있었다. 그런 세린에게 노인은 들어오라며 손짓했다. 세린은 조심스럽게 점장실로 발을 들였다. 피부를 스치는 공기의 감촉이 따뜻했다. 들숨 날숨의 이동이 전보다 쉽게 느껴졌다. 두려움이 조금씩 누그러졌다.

세린이 책상 앞으로 오자, 노인은 검지를 들어 책상 위의 물체를 가리켰다. 그의 손끝엔 가면이 놓여 있었다. 점장의 얼굴을 감싸고 있던 흑여우 가면이었다.

"고맙네, 세린 양. 덕분에 나의 시간을 되찾게 되었다네. 그 카드를 내게 보여 줄 수 있겠나?"

노인의 입은 세린을 향해 반가운 미소를 머금고 있었다. 낯선 인자함에 세린의 손이 미세하게 떨렸다. 그녀의 왼손으로 오른 팔목을 꾹 꼬집었다. 떨림이 멈추고 나서야 오른손에 들린 카드를 내밀 수 있었다. 카드에는 'Last Purple'이 적혀 있었다. 딸과의 마지막 약속을 지킨 '재연 배우 송세현'의 카드였다. 카드를 확인한 노인의 눈가엔 시원섭섭한 웃음이 묻어났다.

"송세현이 사라진 후 나의 시간은 더 이상 흘러가지 않았다네. 기대 수명 시네마의 점장으로서 직원을 보호하지 못하고, 한 직업인의 삶을 망쳐버린 것에 대한 벌이었던 거지."

송세현이 행방불명된 이후 점장의 카드 속 기대 수명은 줄어들지도, 늘어나지도 않았다. 점장의 직업 기대 수명이 그의 인생과 함께 일시 정지된 것이다. 한편 그는 점점 나이가 들어가는 주변인들을 보는 것이 불편해졌다. 불쾌했고, 괜한 화를 참지 못했다. 그의 성정에 못 이겨 오랜 인연이 하나둘씩 떠나갔다. 딕만이 강직하게 그의 곁을 지켰다. 이후, 심란한 마음을 가리기 위해 가면을 썼고, 계절의 변화가 어지러워 점장실의 창을 없앴다. 종종 직업의 기대 수명이 늘어나기만을 바라는 사람들을 만나는 날엔 그들이 참 한심스럽다가도 가소롭게 여겨졌다.

"모질었던 나의 언행을 용서해 주시게."

노인이 된 점장은 세린에게 고개 숙여 사과했다.

점장은 서랍에서 무언가를 꺼내 책상 위에 올렸다. 두 장의 카드였다. 그는 오른편에 놓인 카드를 먼저 뒤집었다. 카드엔 '배우 송세린'의 직업명과 함께 무지갯빛이 차올라 있었다. 그 빛깔을 보자, 세린은 그동안 자신이 시네마에서 만나왔던 인물들이 떠올랐다.

피의 장미색 Rose of Blood

현실과 이상 사이의 사이렌인 오렌지색 Signal Orange

햇빛을 닮은 황금색 Daylight

달콤하고 싱그러운 초록색 Sweet Green

독립을 열망한 푸른 하늘색 Independent Sky

아름다운 선율을 가진 웅장한 남색 Grand Navy

딸과의 마지막 약속이었던 보라색 Last Purple

세린의 삶에 다녀간 그들은 분리된 개체로 존재하지 않고, 하나의 다채로움이 되었다. 이윽고 세린은 알게 되었다. 배우로서 자신이 해온 일이 남이 되기 위한 과정이 아닌 자신을 찾기 위한 과정이었음을.

세린의 눈가엔 눈물이 맺혔다. 그것은 벅차오르는 감정에서 비롯된 것이었다. 세린의 눈물을 본 점장은 나머지 카드도 뒤집었다. 검은색으로 뒤덮인 '기대 수명 0년'의 카드였다. 그 카드엔 '배우 송세린'이란 글자가 선명했다. 세린이 이곳에 처음 왔을 때 받았던 것이었다.

세린은 혼란스러운 눈빛으로 점장을 바라봤다.

"사실 자네가 이곳에 발을 디딘 순간부터 자네의 카드는 무지갯빛을 띠고 있었다네. 다만, 어딘가 모르게 위태로워 보였던 그때의 자네에게 이 카드를 선뜻 내어줄 수가 없었어. 이미 그런 이들이 겪었던 참혹한 결과를 잘 알고 있었으니까."

"그러니까…… 잿빛이던 카드가 무지개색으로 바뀐 게 아니라 제 카드는 처음부터 무지개색이었지만 다른 카드를 내어주셨다는 거죠?"

세린의 물음에 점장은 천천히 고개를 끄덕였다.

세린은 책상 위에 있던 기대 수명 0년의 카드를 들어 올렸다.

'그때 이 카드를 받지 않았다면, 오늘의 나는 어떤 모습이었을까.'

한참을 생각하던 세린은 결국 웃음을 터뜨렸다. 점장도 그녀를 따라 부드러운 웃음을 지어냈다. 세린은 깍듯이 고개 숙여 점장에게 감사를 전했다.

"그리고 세린 양, 기대 수명이 사라지는 것을 아까워하지 말았으면 좋겠네. 그것이 제시간에 맞춰 흘러가도록 해주게. 기대 수명에 맞춰 성실하게 흐르는 인생은 그 자체로 행복이라네. 그동안 수고 많았어. 이젠 진짜 배우 송세린으로서 새롭게 시작하길 바라겠네."

점장은 책상에 있던 무지갯빛 카드도 세린의 손에 쥐여 주었다.

"감사했습니다, 점장님."

점장실에서 나온 세린은 발걸음을 재촉했다. 직업 봉안실,

딕의 서재, 로비까지. 시네마의 모든 곳을 헤맸지만 그림자조차 찾을 수가 없었다. 마지막으로 온실 정원의 문을 열었다. 한참을 찾았지만 보이지 않았다. 기운이 푹 꺼진 세린은 나무 그네 위로 축 늘어져 버렸다.

그때 커다란 그림자가 세린의 뒤로 드리웠다. 마음이 분주하게 쿵쾅거렸다. 무슨 말로 시작해야 할까. 사고가 정지하자 하고 싶던 말들이 조각조각 부스러졌다.

'연기한다고 생각하자!'

세린은 얼굴에 최대한 자연스러운 표정을 입히고, 뒤를 돌았다.

"이런…… 실망한 표정이 역력한데?"

딕이었다.

세린은 고개를 저으며 반가움을 표했지만 눈가엔 허무함이 잔뜩 묻어나 있었다. 딕은 피식 웃더니 시간을 확인했다.

"힌트가 필요한 것 같군! 오후 1시 27분. 보통 이 시간에는 오전 미팅의 내용을 정리하거나 작업을 하고 있을 시간이지. 다행히 오늘은 외부 미팅이 없는 날이란다."

세린은 그가 시네마의 산하기관에서 일하고 있단 사실을 깨닫는다. 매번 시네마에서만 마주쳤던 탓에 까맣게 그 사실을 잊고 있던 것이다. 세린은 나갈 채비를 하기 위해 방으로 부리나케 달려가 방문을 힘껏 열어젖혔다.

"한바탕 폭우가 내리더니, 이제야 맑아졌네."

방 안에서 잔망스러운 목소리가 들려왔다. 로하다.

"왜…… 왜 여기 있어요?"

"보다시피, 일과 사랑을 다 잡는 스타일이라서."

로하의 앞엔 노트북이 있었다.

"바로 여기로 올 줄 알았……"

세린은 곧장 로하의 품으로 파고들었다. 로하의 말은 세린과의 충돌로 인해 끝을 잇지 못했다.

"사라진 줄 알았어! 다 돌아다녔는데 안 보여서……. 정말 다시는 못 보는 줄 알았어요. 그동안의 고마움도 다 못 전했는데……."

"뭐야, 금방이라도 떠날 사람처럼 말하네."

떠날 사람. 로하의 말에 세린은 마음이 저렸다. 로하는 세린을 살포시 떼어내 눈을 마주치려 했지만 그렁그렁한 속눈썹만 보일 뿐이다.

"그동안 정말 고마웠어요."

세린이 말했다.

"내가 한 일이 아니라, 내 사랑이 해낸 거예요. 유치하고 어리숙한 이 감정이 할 수 있는 위대한 일이 아직 있더라고."

환희를 외치는 마음과 달리 세린은 로하의 고백을 외면할 수밖에 없었다.

로하는 마음을 굽히고 세린의 오른손에 쥐어진 카드를 빼앗아 확인했다.

"이야! 배우 송세린, 기대 수명 10년! 이것부터 자랑했어야지. 앞으로도 열심히 노력하면 더 늘어날 일만 남았네요."

시네마에서 일하는 동안 세린은 줄곧 기대 수명을 가진 직업인을 꿈꿔왔다. 그토록 기다려 온 순간이었는데 기쁘지 않았다. 자신의 안에서 일렁이는 바람결이 심상치 않았기 때문이다. 한바탕 돌풍이 불고 나면 깨끗해지기 마련이다. 세린의 안에서 뭔가 바뀌고 있었다.

"그래서 송별회는 언제예요? 파티는 해야지."

로하의 눈꼬리가 길게 휘어졌다. 예쁜 웃음과 달리 앞머리 너머로 글썽이던 눈썹은 힘없이 처져 있었다.

"세린 님, 잘 다녀왔어요?"

"네, 마호 님! 이제 봄이 오고 있나 봐요. 오늘따라 바람이 좀 싱그러운 느낌이었어요."

"세린 님한테 봄이 찾아온 건 아니고요?"

마호의 물음에 세린은 봄볕 같은 해사한 미소를 지었다.

세린의 오른손엔 대본집이 들려 있었다. 작년 연말 시상식

이후 세린은 희연으로부터 연락을 받았다. 첫 작품에서 대중을 사로잡은 희연은 그간 올해의 라이징 스타로 동분서주 뛰고 있었다.

'언니, 캐릭터 보자마자 언니 생각나서 연락드렸어요. 오디션 다음 주 토요일이니까, 가능하면 꼭 참여해 봐요!'

문자를 확인한 세린은 얼떨떨했다. 그러다 문득 극단에서의 마지막 장면이 떠올랐다. 그때의 세린은 버거웠던 감정을 희연에게 전가하고 도망쳐 나왔었다. 부끄러움이 몰려왔다. 이후 희연을 만나 사과했다.

"괜찮아요, 전 언니가 연기를 놓지 않은 게 고마울 뿐이에요."

희연은 좋은 기회를 놓치지 말아 달라 간곡히 부탁했다.

오디션장의 분위기는 좋았다. 이후 감독과 미팅을 하고, 오늘은 대본을 받아왔다.

"아 참, 우체통에 이게 꽂혀 있더라고요."

세린은 마호에게 한 통의 편지를 건넸다.

기대 수명 시네마 분들께

안녕하세요. 잘 지내시나요?

연초 인사가 조금 늦었네요.

요즘 저는 조금 더 바빠진 나날을 보내고 있습니다.

작년 가을부터 채식 오마카세 레스토랑을 오픈했는데,

최근 예약률이 급격하게 상승해 기쁜 분주함을 만끽하게 되었어요.

원대했던 꿈을 잃고 나서야 저는 진정으로 삶의 가치를 알게 되었어요. 음식을 준비하는 일이란 연대와 낭만적 추억을 만들어 주는 일이더라고요.

모두 여러분 덕분입니다.
감사의 의미를 담아 작은 선물을 보내드려요.

이연우 드림

"세린 님, 제가 이곳에서의 일을 고집하는 이유예요."
다부진 문장이 전해졌다.

"어쩌면 직업을 선택하는 일은 길 위의 여러 갈피 중 자신만의 꽃 갈피를 발견해 피워 내는 것일지도 몰라요. 앞으로도 연우 님의 길 위엔 수많은 갈피가 놓일 거예요. 그런데 이제 연우 님은 좋은 선택을 할 수 있는 힘을 얻게 된 것 같죠? 모두 세린 님 덕분이에요."

세린은 느낄 수 있었다. 이것이 마호의 진심 어린 마지막 감사 인사라는 걸.

"그나저나 타이밍이 좋네요. 세린 님 송별회 날 이렇게 멋진 케이크도 준비되고."

마호가 케이크를 꺼냈다. 신선한 딸기향이 진동했다. 코코넛 크림으로 만든 2층 높이의 비건 딸기 생크림 케이크였다.

"어머, 그거 뭐예요?"

이제 막 시네마에 도착한 사라였다. 나머지 시네마 사람들도 로비로 속속들이 모여 탐스러운 케이크의 자태에 감탄했다. 다만 세린의 초점만 케이크에서 어긋나 있었다.

마호는 인원을 체크했다. 한 사람만 빼고 모두 도착해 있었다.

"저희 그럼 이제 파티하러 가 볼까요?"

마호는 케이크를 다시 상자에 넣었다. 우물쭈물하던 세린은 마호를 붙잡았다.

"마호 님, 저 잠시 점장실에 다녀와도 괜찮을까요?"

"네, 시간은 충분해요. 천천히 얘기 나누고 올라오세요."

"밖에서 어영부영하지 말고 얼른 들어오시게."

점장실 앞을 서성이던 세린은 화들짝 놀랐다. 세린은 점장실 문을 조심스레 열었다.

"어떻게 아셨어요? 아직 노크도 안 했는데……."

세린은 쭈뼛대며 들어왔다.

"오늘 오디션은 잘했고?"

점장은 세린의 오른손에 들린 대본을 보고 있었다.

"아…… 네."

"무슨 용건이 더 남았는가? 감사 인사 뭐 이런 건 일전에 충분히 했던 것 같은데."

"이거 드리려고 왔어요."

세린이 어깨에 걸친 가방에서 파일 하나를 꺼냈다. 점장은 파일을 펼쳤다. 점장은 낱장의 종이를 살폈다. 다시 파일을 덮고 한숨을 쉬어냈다.

"솔직히 다시 한번 생각해 봤으면 좋겠구나. 이젠 실력과 재능 모두 갖추게 되었으니까."

"마음먹었어요. 제 오랜 꿈이었으니까요."

세린은 강단 있게 말했다.

점장의 입꼬리가 작게 올라갔다. 세린과의 첫 만남이 생각났기에.

"그래, 세린 양의 뜻을 존중하겠네. 이건 다시 들고 가도록 해."

점장은 파일에서 종이 한 장을 빼냈다. 상단엔 필모그래피라고 적혀 있었다.

"근데, 정말 안 가실 거예요?"

"내가 젊은이들 노는 데를 왜 가. 그리고 내가 없어야 편하지 않겠나?"

세린은 재차 묻지 않았다.

"그럼, 가 보겠습니다."

점장실을 나온 세린은 곧바로 온실 정원으로 갔다. 세린이 들어서자 딕의 박수갈채를 시작으로 모두가 그녀를 환영했다.

"죄송해요, 제가 좀 늦었죠?"

마호는 세린을 테이블 가운데 자리로 안내했다.

세린은 눈동자를 바삐 움직였다. 로하가 보이지 않았다. 세린의 굳은 표정을 감지한 마호는 황급히 세린의 손에 칼을 쥐여줬다.

"기다리고 기다리던 케이크 커팅식이 먼저 있겠습니다."

본격적인 파티가 시작되었다.

"세린 님, 이제 우리 영영 못 봐요?"

리나는 세린의 옆자리에 꼭 붙어 있었다. 세린은 불현듯 환영회 때가 떠올랐다. 직육면체 같던 딱딱하고 날 선 모습은 온데간데없이 사라지고 동글동글해진 모습만 남아 있었다.

"앞으론 TV나 영화관에서 보면 되지. 세린 님, 이번 캐스팅은 어떻게 됐어요?"

사라가 리나를 달래며 물었다.

세린은 빙긋 웃으며 리나의 등을 토닥였다. 의자 끄는 소리가 울렸다. 세린이 자리에서 일어났다.

"음……, 그동안 여러분과 일하며 많은 걸 배울 수 있었습니다."

세린의 담담한 목소리가 차분하게 깔렸다.

"연고도 없던 우리가 만나 가장 진솔한 이야기를 나누고, 그 이야기를 통해 오늘을 살아갈 힘을 얻고. 기적, 이건 기적이었습니다. 그리고 기대 수명 시네마는 그런 기적을 나눌 수 있는 곳이었어요."

딕의 코끝이 붉게 올라왔다. 사라와 리나도 작별을 앞두고 눈물을 글썽이기 시작했다.

"덕분에 앞으로 제 역할에 대한 가치관도 명확하게 세울 수 있었고요."

세린은 가방에서 종이 한 장을 꺼냈다. 아까 점장이 챙겨준 것이었다.

"제가 해내고 싶은 역할은 바로 여기 시네마에 있었어요. 그래서 이곳에 더 오래 남고 싶어요."

테이블 위에 종이 한 장이 놓였다. 놀란 마호는 들고 있던 포크를 떨어뜨렸다. 리나는 자리에서 벌떡 일어나 문서의 내용을 확인했다.

"흠……, 난감하네요."

종이를 든 리나는 눈을 가늘게 뜨며 종이 위에 적힌 글자 하나하나를 뜯어냈다. 다시 깐깐한 리나로 돌아와 있었다.

"뭐, 굵직굵직한 히트작은 없지만, 우리와는 잘 맞을 것 같은데요?"

리나는 안경을 으쓱대며 말했다.

문서의 제목은 필모그래피. 지난 기대 수명 시네마에서의 세린의 필모가 고스란히 적혀 있었다. 다시 단란한 식사가 시작되었다. 축하회로 바뀐 분위기는 해가 기울 때까지 이어졌다.

"송별회치고 분위기가 너무 밝네. 아님, 나 없는 동안 뭐 재밌는 일이라도 있었어?"

로하가 툴툴대며 나타났다. 로하를 발견한 세린은 그가 새삼스럽게 느껴졌다. 낮 동안 졸였던 마음이 풀어지자 서글퍼졌다.

"형, 왜 이렇게 늦게 왔어!"

마호는 세린의 옆에 로하의 자리를 마련하며 핀잔을 주었다. 그러나 로하는 정원 입구에서 한 발짝도 움직이지 않았다. 게다가 단 한 번의 시선도 세린에게 닿지 않았다.

"9 to 6 지킨 내가 이상한 거야? 다들 일 없냐고."

"이제 다시 일하러 가야지."

점장이었다.

소리 소문 없는 점장의 등장에 로하는 까무러칠 듯 놀라 소리를 질렀다.

"하…… 점장님, 인기척은 좀 주셔야죠. 아니 갑자기. 나이 들고 나서 한동안은 좀 유하시더니, 갑자기 또 빡빡해지셨네요. 근데 전 이제 왔는걸요?"

점장은 로하를 가뿐히 무시했다.

"송별회는 진작 끝난 거 아니었나, 세린 양?"

점장은 세린을 향해 물었다. 그의 손에는 잿빛으로 변한 카드 한 장이 들려 있었다. 그 카드는 세린에게 전해졌다. '키릭스 우주 광고 사업부 CTO 이다은'이라고 적혀 있었다.

"전보다 더 잘해 낼 거라 믿겠네. 이젠 정식 직원이니까."

점장의 말의 로하의 동공이 커지기 시작했다. 그제야 세린에게로 시선을 돌렸다.

"그러니까…… 세린 씨가 설명해 봐요."

"내가 한 일이 아니라 사랑이 해낸 거예요. 이곳에서 만나고, 만나게 될 경험, 사람 그리고 사랑을 모두 지켜내고 싶어졌거든요."

로하는 만족한 웃음을 지으며 양팔을 크게 벌렸다. 로하의 가슴팍에 무언가 닿았다. 그는 통증을 호소하며 얼굴을 구겼다. 마호의 태블릿이었다.

"자, 둘만의 회포는 다음에 더 진하게 풀기로 하고, 이거 먼저 볼래요?"

포털 뉴스판 1면은 이다은 CTO의 실종 소식으로 가득했다. 키릭스는 우주 엔터테인먼트 사업을 주도하는 기업이다. 홀로그램 디스플레이 개발사인 플픽과의 업무 협약을 통해 급속도로 몸집을 키워나가고 있었다. 그런 키릭스의 현재 주 사업은 우주 광고로, 지난 1월 1일의 밤하늘은 축하와 사랑하는 사람들의 이름, 각종 브랜드의 새해 이벤트로 번쩍였다. 그 덕분에 '슈퍼볼 광고보다 비싼 광고판', '키릭스가 쏘아 올린 우주 광고 시대'와 같은 기사가 연일 터져 나왔다. 이후 다양한 기업으로부터 광고 의뢰가 쇄도했다. 하지만 이것이 실종 사건의 촉발제가 되었다. 광고로 사용할 수 있는 인공위성과 홀로그램 디스플레이의 공급이 현저히 부족해 우주 광고 사업부 이다은 CTO가 직접 우주 관리 본부 현장으로 투입된 것이다. 본부 진입까진 DNA를 통해 확인할 수 있었지만, 그 이후의 행방에 대한 데이터가 송신되지 않고 있다. 청명한 은하수 색을 띠던 카드 색은 잿빛으로 물들어가고 있었다.

마호는 서둘러 티켓을 발급했다.

"〈키릭스 우주 광고 사업부 CTO 이다은〉 편으로 오후 7시 30분, E관 J열 13번 자리입니다."

세린의 손에 티켓이 쥐어졌다. 티켓이 들린 오른손에 잠깐 찌릿한 전기가 오른듯했다. 설렘일까 두려움일까.

"도전에는 늘 두려움이 따르니까. 하지만 좋은 시도와 시작이었음을 잊지도, 잃지도 말자."

세린은 나지막이 속삭였다. 여느 때보다 거대한 시작의 소리가 울려 퍼졌다.

"그래서 저번에 그 소개팅 비슷한 건 뭔데요?"

온실 정원 나무 그네에 세린이 걸터앉아 있다. 말엔 살얼음이 가득 엉겨 붙어 있었다. 그 앞에 서 있던 로하는 예상치 못한 오한에 어깨를 부슬댔다. 평소와는 다른 분위기에 천천히 눈꺼풀을 내리고 요리조리 눈알을 굴려본다. 그러다 뭔가 억울한지 입이 쭉 하고 삐져나온다.

"근데 그게 첫인사예요?"

세린의 첫인사엔 두 사람이 담겨 있지 않았다. 그 흔한 안부도 없었다. 로하는 그것이 서운했다. 그때 로하의 휴대폰이 울린다. 디데이 알람이었다. '세린 씨 만나는 날!'

얼마 전 그는 난생처음으로 디데이 앱을 깔았다. 종교는 없지만 틈날 때마다 양손을 모아 세린의 여덟 번째 필모가 무사하길 빌었다. 종종 성숙한 마음을 미숙한 언어로 교정하며 인사말도 연습했다. 그뿐만 아니다.

"요즘 외부 미팅 많아요?"

어느 날 옆 셀 직원이 건넨 질문이었다. 거무튀튀했던 영화제작사로의 출근 복장이 한결 정갈해져 물은 것이었으리라. 나름대로 언제든 달려 나갈 수 있는 태세를 갖춰둔 것이다. 재촉할 권한은 없었기 때문에.

'이번 주말에 시간 있어요?'

드디어 세린으로부터 연락이 왔다. 3주 만이었다. 곤욕을 겪던 마음은 다시 부풀어 올랐다. 하지만 기대와 다르게 오랜만에 본 세린은 낯선 얼굴을 하고 있었다. 로하는 다시 세린의 눈치를 살피며 살며시 눈꺼풀을 들어 올렸다. 그의 눈이 근육이 점점 말랑해졌다. 이런 상황에도 세린만 보면 눈꼬리가 사정없이 휘어진다.

그런 로하의 표정을 본 세린의 입술이 옴짝달싹한다. 저 무해한 웃음이 오늘따라 유난히 유독해 보였다. 둘 사이에 풀어야 할 문제가 있는 와중에 또 어영부영 넘어갈 수는 없었다. 세린은 윗입술로 아랫입술을 꾹 누르며 웃음을 참고 다시 분위기를 잡았다.

묵묵부답인 세린에게 로하는 가방에서 꺼낸 태블릿을 건넸다. 화면엔 구인 공고 문서가 있었다.

"이게 뭔데요?"

세린이 물었다.

"이번에 직업 영화 제작사에서 콘텐츠 기획 직무 추가 리쿠르팅하기로 했어요. 저번이 커피챗 겸 1차 면접. 그리고 내일이 최종 면접이에요."

"그럼……"

"소개팅이 아니라 면접이었어요. 그러니까 이제 날 좀 봐주면 안 될까?"

로하는 무릎을 꿇어 풀죽은 얼굴을 불쑥 들이밀었다.

골든 리트리버 마냥 낑낑대는 모습에 세린은 난감해졌다. 머리를 쓰다듬어 달라는 강아지 같은 애교스러운 몸짓에 세린은 손을 살짝 뻗었다. 보드라운 머리칼이 만져졌다. 로하도 그제야 긴장을 풀고 나무 그네에 무게를 실었다.

"괜찮았던 지원자는 있었어요?"

골똘히 생각하던 로하는 갑자기 코웃음을 터뜨렸다.

"기대되는 사람이 있긴 했어요. 이번 2차 과제를 어떻게 해왔을지 제법 궁금하네."

무성의 열정이 바스락거리는 현장. 입구에는 '영화 제작 콘텐츠 기획 직군 면접 대기실'이라는 푯말이 걸려 있다. 허리를 꼿꼿하게 세우고 있는 사람들은 종이를 넘기며 중얼거리기 바빴다.

무채색 복장 사이에서 유난히 튀는 지원자. 화사한 연둣빛 블라우스에 흰색 정장 팬츠를 입고 있었다.

소민은 지금 '아뿔싸!'를 연달아 외치며 좌절 중이다. 지난번 커피챗을 가장한 1차 면접이 캐주얼하게 진행된 탓에 이번엔 밝은 분위기로 스타일링을 시도했건만, 주변을 돌아보니 회색과 검은색뿐이다. 소민은 자신이 회색 건물 사이에 덩그러니 서 있는 철없는 어린나무처럼 느껴졌다.

대기실의 문이 열렸다. 면접을 마친 면접자가 대기실로 다시 돌아왔다. 생각보다 길어진 탓에 낯빛은 허옇게 뜨고, 눈이 퀭한 것이 당 수혈이 시급해 보였다.

"어땠어요?"

소파에 축 늘어진 면접자에게 앞선 면접자가 물었다. 모든 시선이 면접자에게 쏠렸다.

"전 지원 동기부터 망했어요."

옆에서 엿듣던 소민은 들고 있던 종이의 맨 앞장을 폈다.

'Q. 지원 동기는 무엇인가요?

소민에게 '기대 수명 시네마'는 환상을 자극하는 곳이었다. 오래전 고등학교 선생님을 통해 듣게 된 이곳은 애니메이션 디자이너를 꿈꿨던 소민에게 상상력을 더해줬다. 덕분에 소민은 영상디자인학과에 입학했다. 수업 중 3D 모델링 수업에서 두각을 보였고, 잘하는 것을 더 잘 해내고 싶었던 소민은 졸업 후 디자인 에이전시에서 3D 모션 그래픽 디자이너로 사회에 첫발을 내디뎠다.

사내에서 소민의 역할은 명확했다. 소민의 부서는 캐릭터 모델링 파트. 그 덕에 실무에서의 기본기를 다지며, 실력과 포트폴리오를 차곡차곡 쌓을 수 있었다. 3년 차가 되었을 때, 동종 업계의 같은 직군 종사자 사이에서 소민은 꽤 유명해졌다. 잡 오퍼가 심심치 않게 들어왔고, 인하우스 디자이너로서 커리어 전환을 고민하게 되었다.

"소민이 아니니?"

마트에서 장을 보던 소민은 반가운 얼굴을 만났다. 그녀의 고등학교 선생님이었던 유진이었다.

"선생님! 잘 지내셨어요?"

소민의 쇼핑 카트가 유진 쪽으로 향한다. 둘의 수다는 서로

가 부재했던 시간을 메웠다.

"그래서 그때의 다짐은 여전히 유효하고?"

유진이 물었다.

"다짐이요?"

"졸업식 때 소민이 네가 그랬잖아. '선생님, 저도 선생님 같은 어른이 될게요. 소외되는 꿈이 없도록. 그때 선생님께서 부서지고 있던 절 안아준 것처럼.'이라고"

과거의 다짐을 다시 상기시켜 준 선생님 덕분에 소민은 콘텐츠 기획으로 직무를 전환했다. 지금의 능력으론 당장 다짐을 이룰 순 없지만, 기획력을 익힌다면 다음 스텝으로의 연결고리가 충분히 생길 수 있을 것 같았다.

잠시 묻어둔 꿈은 직업 영화 제작소 채용 공고를 보면서 되살아났다. 심지어 기억 속에 묻어뒀던 기대 수명 시네마의 산하 기관이라는 문구에 심장이 요동쳤다. 운명 같았다.

"5번 이소민 님, 면접장으로 들어와 주세요."

마지막 순번인 소민은 긴장 한숨을 푹 내쉬고 면접장으로 입장했다. 정석대로 진행될 줄 알았던 면접은 바로 본론을 향했다.

"이거 제목만 보면 딱 내 니즌데."

지난번과는 달리 1:1 면접이었다. 면접관은 당시 왼편에 앉아있던 남자였다.

"네?"

당황한 소민이 되물었다.

"재밌네요."

면접관은 턱을 쓸며 소민이 제출한 문서를 읽고 있었다. 문서는 2차 과제에 대한 것이었다.

'내년 상반기 직업 기대 수명의 JOB 콘텐츠 제안서를 작성해 보시오'

제목: 회사에서 무명으로 사는 10가지 방법

1. 10분 일찍 와서 금일의 업무를 확인한다.

2. 정시가 되면 메일을 체크한다.

3. 회의 5~10분 전에 전달할 사항을 한번 브리핑해 본다.

4. 스스로 데드라인을 설정하는 법을 터득한다.

5. 자신을 위한 점심시간을 갖는다.

6. 중요한 미팅을 앞두고 있을 땐 동료와 식사한다.

7. 직접 처리할 일과 위임할 일의 구분을 명확히 한다.

8. 동료의 공치사를 인정하는 습관을 들인다.

9. 외국계가 아니라면 퇴근 직전 메일은 다음 날 아침으로 예약 발송 처리해 둔다.

10. 정시 퇴근을 지켜낸다.

• 퇴근 후부터 유명으로 살아간다.

내용을 확인하던 면접관의 표정이 점점 일그러졌다.

"내용이…… 제가 생각한 거랑은 꽤 다른데요? 자기 일을 양도한다거나, 게으름을 피울 수 있는 사내 요새를 알려준다거나, 그런 걸 기대했는데 말이죠."

소민은 침을 한번 삼켜냈다. 그리고 침착하게 운을 뗐다.

"여기서 '무명'의 '무'는 단순히 은둔을 의미하는 '없을 무' 자가 아닙니다. 회사로부터 독립한 시간을 성실히 살아갈 수 있는 저력을 가진 사람들에 대한 이야기입니다."

면접관은 호기심 어린 눈을 번쩍이며 소민의 말에 귀를 기울였다.

"사람마다 삶의 우선순위는 다릅니다. 특히 업이란 것은 누군가에겐 이상이고, 성취이며, 증명이겠지만, 누군가에겐 삶을 안전하게 영위하기 위한 수단일 뿐일 수도 있습니다. 후자의 경우 사내에서 두드러지는 인물이 아닐 진 몰라도 개인이 맡은 바를 충실히 해내는 역량을 가진 사람입니다. 그리고 그들의 그런 습관은 회사 밖에서의 시간 동안 자신의 잠재력을 발휘하게끔 할 것입니다."

말을 마친 소민은 면접관의 눈치를 살폈다. 끄덕임도, 찌푸림도, 어떠한 표정 변화도 찾을 수 없었다.

"그래서 궁극적으로 어떤 콘텐츠를 제안할 생각인 거죠?"

웃음기 빠진 질문이 이어졌다.

소민은 목적지가 보이지 않는 망망대해를 헤엄치는 기분이 들었다. 땀으로 흥건해진 무릎 위의 가지런한 손을 꽉 한번 쥐어내고 다시 노를 저었다.

"직장 생활을 담백하게 해내며, 퇴근 후의 삶을 자신의 이름으로 살아가는 직업인들에 대한 이야기를 다룰 것입니다."

"이소민 지원자, 내일부터 출근 가능해요?"

소민의 마음이 철렁였다. 신기루일까. 대답이 입을 거치기 전에 고개가 먼저 끄덕였다.

"네? 네! 가능합니다."

소민의 열정이 대답했다.

"그럼, 출근하세요."

"네?"

소민은 동공 지진을 일으키며 벌떡 일어났다. 면접관도 파일을 챙기고 자리에서 일어났다. 소민은 생각보다 큰 면접관의 키를 넋 놓고 바라보다 나가려는 그를 붙잡았다.

"저…… 정말요? 감사합니다!"

"내가 한 일이 아니라, 소민 씨의 고집이 해낸 일이에요. 내가 내 재능에 고집을 갖고, 인정해 줬을 때 비로소 발현되는 것들이 있어요. 소민 씨에겐 그게 오늘인 거고요. 수고했어요.

다음 주 월요일에 봅시다."

면접관은 뭐가 그리 급한지 부리나케 자리를 떠났다.

면접장에 혼자 덩그러니 놓인 소민은 지금 어안이 벙벙하다. 방금 들은 말을 곱씹다가 오류를 찾아낸다. 급하게 사라진 면접관의 발자취를 따라나섰다. 복도로 나가 저벅저벅 한 발걸음이 멀어지는 쪽으로 몸을 돌려 소리쳤다.

"저…… 면접관님! 아까는 내일 출근하라고……"

"아, 그건 열정 테스트. 자, 그럼 이제 진짜 다음 주에 봐요! 난 데이트에 늦어서, 이만."

면접관은 자상한 웃음을 남기고 복도를 활개 치며 사라졌다.

☸ 에필로그 2 설렘을 상기시키는 이미지

찰칵. 카메라를 든 남자는 지금 굉장히 흥분 상태다. 우연히 발견한 건물. 건물의 뾰족한 삼각 지붕엔 헤론보육원이라고 적혀있다. 대부분의 보육원은 박스형의 수직적 구조다. 그러나 이 보육원은 각 반과 시설을 여러 채의 동으로 분리해 옹기종기 모인 마을 형태를 띠고 있다.

남자는 살며시 교실 건물 안쪽으로 발길을 옮겼다. 내부는 순환 동선으로 설계되어 있었고, 수업이 모두 끝난 건지 복도는 조용했다. 남자는 교실 내부를 촬영하기 위해 조심스레 창문을 열어 커튼을 걷어 젖혔다.

"찾았다."

우연히 발견한 장면 하나. 이건 카메라를 든 모든 작가의 특

권이다. 은밀하게 장면을 포착한다. 셔터를 얼마나 눌렀을까. 포커스 안의 여자와 눈이 마주쳤다.

"잘 나왔나요?"

교실에 있던 여자가 물었다.

"그럼요, 워낙 화면발을 잘 받으니까."

남자의 능숙한 되받아침에 여자는 흥미가 생겼다. 교탁 위에는 노트북과 책 그리고 자료가 널브러져 있다.

"뭐 하시는 거예요?"

남자가 여자에게 물었다.

"글쎄……, 뭐랄까. 참회? 참회 중이었어요."

여자는 왼편에 있던 책 한 권을 남자에게 건넸다. 책의 표지에는 《직업어 사전》이라고 적혀있다. 남자는 책을 펼쳤다. 왼쪽에는 직업명이, 오른쪽에는 단어와 뜻이 열거되어 있다. 어릴 적 마르고 닳도록 읽었던 영어 단어 사전과 비슷했다. 책을 훌훌 넘겨보는 남자에게 여자는 설명을 덧붙였다.

"《직업어 사전》을 편찬하는 일을 돕고 있어요."

직업의 언어는 분야마다 차이가 명확하다. 전문용어부터 시작해 동료와의 커뮤니케이션 비용을 줄여주기 위한 단축어까지. 직업 데이터 센터의 자료를 기반으로 매년 각 직종에서 만연해진 단어와 필요한 단어가 정리된다.

"저는 필요해진 용어들을 정리하고, 그것이 현장에서 더 쉽고 빠르게 쓰일 수 있도록 단축하는 작업을 하고 있어요."

"의역가의 일을 하는 거네요."

남자의 말에 여자는 흠칫 놀랐다. 남자를 보는 눈빛에 생기가 돌기 시작한다.

"오! 말씀 되게 잘하신다!"

여자의 칭찬에 남자는 피식 웃더니 재킷 안주머니로 손을 넣었다. 명함 한 장이 여자에게 건네졌다.

"안녕하세요, 신건우라고 합니다."

군더더기 없는 깨끗한 명함. 뒷면에는 ATO라는 브랜드명만 또렷했다. 명함을 뚫어지게 보던 여자는 어딘가 불편해 보였다. 미간 사이에 주름이 한껏 파였다.

"흠……, 이 장면 되게 익숙한데."

"인기가 많은 편인가 봐요? 평소에도 명함 좀 받았던 거 보면."

"보면 몰라요? 예쁘잖아요."

건우의 손에서 카메라가 미끄러졌다. 깜짝 놀란 여자의 몸이 땅으로 고꾸라졌다. 카메라는 다행히 땅과의 충돌을 모면했다. 바닥을 짚고 일어난 여자는 눈을 위로 치켜뜨며 건우를 노려봤다.

"하, 참! 과하네요! 사람 민망하게……."

여자는 조금 힘을 실어 건우의 손 위에 카메라를 탁 내던졌다.

"다 알고 찾아오신 거죠?"

여자의 질문에 건우는 휘파람을 불며 딴청을 피웠다.

"아쉽지만 제안은 거절입니다. 저 이제 마케터 못 하거든요."

건우는 서두르지 않았다. 그녀가 이야기를 더 꺼낼 수 있게 잠자코 기다렸다. 잠시 후, 여자의 입에선 꾹꾹 눌러놨던 말뭉치가 줄줄 터져 나왔다.

"몇 달 전에 영문도 모른 채 권고사직을 받았어요. 10여 년을 함께해 온 회사에서 하루아침에 제 자리가 사라진 거죠. 급하게 다른 곳에 서류를 넣었는데, 이게 웬걸? 다 떨어졌어요. 저 꽤 잘나가는 마케터였는데. 저도 모르는 사이에 세상에서 제 존재가 사라졌더라고요."

이후 여자는 한 회사로부터 잡 오퍼를 받게 되었다. 메일함 발신인은 '기대 수명 시네마'였다. 여자는 건우에게 가까이 와 보라며 손짓했다. 이어 목소리를 낮추고 귓속말했다.

"솔직히 이상한 종교 단체? 아님 유령 회사? 이런 건 줄 알았어요."

필터링 없는 소곤거림. 뭐가 그리 재밌는지 건우의 광대가 한껏 올라갔다.

여자는 단기 계약으로 6개월간 혜론보육원에서 일하게 되었다고 했다. 이곳에서 그녀는 《직업어 사전》을 편찬하는 일을 돕고, 직업학 시간에 이를 활용해 수업을 진행하고 있다.

여자는 건우를 바라보다가 모니터로 시선을 옮겼다. 빛이 사라진 모니터에 여자의 얼굴이 비쳤다. 혜론보육원에서의 시간은 그녀를 조금씩 바꾸고 있었다. 보고를 위한 성과를 내뱉던 입은 이제 희망의 언어를 다룬다. 숙면의 맛을 알게 된 눈은 한결 유순해졌고, 양 뺨엔 선홍빛에 가까운 봄볕이 머물러 있다.

"제 자의로는 절대 끊어내지 못했을 거예요. 제가 만들고 있는 것에 분개하다가도, 내성이 생겨서 제 이름 앞에 붙은 화려한 수식어들을 놓지도 못했으니까."

"계약 기간 끝나면 뭐 하실 거예요?"

"글쎄요……. 여행이나 가볼까? 제가 오래된 건축물 보는 걸 좋아하거든요."

여자는 다시 명함을 집어 들었다. 번뜩이는 기억 한 자락. 휴대폰을 꺼내 한 SNS 페이지를 찾아낸다. 페이지 명은 ATO. 게시된 사진엔 건축물과 그에 대한 설명이 덧붙어 있었다.

"아토."

대부분의 게시물엔 여자의 좋아요가 찍혀 있었다.

"역시 기억을 못하는군요, 고유담 씨."

여자는 유담이었다.

"우리가 만난 적이 있나요?"

유담의 눈엔 당황한 기색이 역력했다. 그녀는 재빨리 지난 날의 미팅과 강연회의 기억을 더듬었다. 클라이언트 중에도 없었을 것이다. 애초에 콘텐츠 기반 브랜드는 담당하지 않았으니까.

"저는 유담 님의 장면이 계속 상기되었어요."

건우는 매고 있던 가죽 서류 가방을 책상에 걸쳤다. 그 속에서 열은 황색의 서류 봉투 하나가 꺼내졌다.

"제안 드리고 싶은 게 있는데, 1분 1초 말고 한 세기에 대한 내용이라면 조금 흥미로울까요?"

유담이 몸의 방향을 돌렸다. 눈동자엔 건우가 선명하게 담겼다. 마음속 깊이 불꽃 하나가 일렁였다. 계약 문서엔 의역가의 역할이 명시되어 있었다.

[의역가의 역할]

1. 아토(ATO)의 SNS에 게시될 각종 콘텐츠를 소비자의 언어로 의역하여 전달합니다.

2. 콘텐츠에 대한 소비자의 반응과 후기를 의역하여 아토만의 아이덴티티를 구축해 주세요.

간단히 말해 아토의 콘텐츠 제작과 브랜딩을 맡아 달라는 말이었다. 유담은 입안에서 감칠맛이 도는 것을 느꼈다. 운율과 위트가 흐르는 말맛에.

"건우 씨는 헤드 큐레이터보단 유능한 달변가이신 것 같네요?"

"그렇게 보였나요? 훔치고 싶어서 단어 선택에 고심 좀 했죠."

"훔…… 훔쳐요? 뭘를요?"

"유담 님의 유능함이요. 보이는 이미지와는 달라도 그날 제가 본 장면이 실체라면 충분하다고 생각했거든요. '상기 이미지는 실재와 다를 수 있습니다'라고 할까요."

건우의 언어에는 고집과 강단까지 있었다.

꾹꾹 참아내려 해도 자꾸 새어 나오는 웃음. 유담은 천천히 창가 쪽으로 고개를 돌렸다. 웃음을 참는 대신 가리는 것을 선택하기로 한 것이다. 창틀 사이로 길게 늘어진 시폰 재질의 커튼이 봄바람에 사뿐히 휘날렸다.

"이제 완연한 봄이네요. 새로운 시작을 하기에 적절한."

유담의 설렘이 분분하게 흩날리는 벚꽃 잎을 타고 나풀거렸다.

🎞 에필로그 3 봄날의 프리지어

지난겨울에 심었던 구근은 기어코 경계를 넘어 모습을 드러냈다.

세상 하나를 뛰어넘는 일.

버티다가…… 버겁다가…… 버릴까?

수많은 고뇌를 반복했을 것이다.

하지만 삶의 순환 법칙은

그런 개체에 지지대 하나를 세워주기 마련이다.

그의 이름은 버팀목.

그래,

사실 우리는 이 버팀목을 만나기 위해

오늘도 세상 하나를 뛰어넘는 분투를 벌이는 것 일지도.

이것은 의존이 아닌 균형이다.

어렵게 피어난 것들은 오래 머무르는 힘을 지닌다.

그러니

어렵게 피어나길 바란다.

은효는 오랜만에 정장을 꺼내 들었다. 10여 년 전, 신입 아나운서 시절 즐겨 입었던 흰색 정장이었다. 정장은 누렇게 뜬 자국 하나 없이 깔끔하게 보관되어 있었다.

은효의 오른쪽 팔이 정장 재킷으로 들어갔다. 블라우스 위로 보드라운 실크의 감촉이 느껴졌다. 겨드랑이 살이 약간 끼지만 그래도 전체 핏은 얼추 단정해 보였다. 화장대 위에 향수를 집었다 놓기를 반복하던 찰나, 둥둥거리는 소리가 방을 향해 돌진했다.

"엄마, 엄마! 준비 다 했어?"

은율이었다. 은율은 뒷짐을 지고 방문 앞에서 호들갑을 떨어댔다. 작은 몸통 뒤로 쭈뻣쭈뻣 튀어나와 있는 노란빛. 은율은 볼을 발그레 붉히더니 별안간 은효를 향해 노란빛을 듬뿍 쏟아냈다. 봄날의 햇살을 가득 머금은 프리지어였다.

"드디어 개화했어!"

은율이 말했다.

지난겨울, 두 사람이 함께 심은 구근은 이듬해 꽃으로 자라나 있었다. 꽃에서 퍼지는 봄 내음이 은효의 체취를 향긋하게 물들였다. 은효는 들고 있던 향수병을 화장대 위에 내려놨다. 그러곤 무릎을 굽혀 화분을 받아 들고 은율과 눈을 맞췄다.

"엄마, 이거 꽃말이 뭔지 알아?"

"글쎄? 뭘까?"

"당신의 새로운 시작을 응원합니다!"

기울어져 가던 은효의 몸이 지지대에 닿자 은율은 배시시 웃으며 자신에게 기대어 안겨진 은효의 목에 팔을 둘렀다. 엄마의 품에서 완연한 봄 내음이 느껴졌다. 아들의 작고 여린 몸에 기댄 은효는 비로소 꽃봉오리 한 개를 피워낼 수 있었다.

균형. 두 사람은 지금 균형을 맞춰나가고 있다.

"내 자랑 이은효, 면접 파이팅!"

은율이 말했다.

"응, 파이팅!"

은효의 봄날이, 다시 시작되고 있다.

기대 수명 시네마

2023년 8월 31일 초판 1쇄 | 2024년 4월 30일 2쇄 발행

지은이 노유정
펴낸이 박시형, 최세현

디자인 윤민지　**교정·교열** 윤수빈
마케팅 권금숙, 양근모, 양봉호, 이도경　**온라인홍보팀** 신하은, 현나래, 최혜빈
디지털콘텐츠 최은정　**해외기획** 우정민, 배혜림
경영지원 홍성택, 강신우, 이윤재　**제작** 이진영
펴낸곳 팩토리나인　**출판신고** 2006년 9월 25일 제406-2006-000210호
주소 서울시 마포구 월드컵북로 396 누리꿈스퀘어 비즈니스타워 18층
전화 02-6712-9800　**팩스** 02-6712-9810　**이메일** info@smpk.kr

© 노유정 (저작권자와 맺은 특약에 따라 검인을 생략합니다)
ISBN 979-11-6534-813-7 (03810)

쌤앤파커스(Sam&Parkers)는 독자 여러분의 책에 관한 아이디어와 원고 투고를 설레는 마음으로 기다리고 있습니다. 책으로 엮기를 원하는 아이디어가 있으신 분은 이메일 book@smpk.kr로 간단한 개요와 취지, 연락처 등을 보내주세요. 머뭇거리지 말고 문을 두드리세요. 길이 열립니다.